U0918852

沃普萧丑闻

The Wapshot Scandal

-

John Cheever

〔美〕约翰·契弗——著
朱世达——译

译林出版社

献给W. M.

本书中所有的人物都是杜撰的，就像大部分科学也是虚构的。

目　录

第一部

[I]

圣诞节前夜四点一刻光景，圣博托尔夫斯开始纷纷扬扬下起雪来了。车站站长老乔韦特先生提着他的灯笼来到月台上，将灯笼往空中举了起来。雪花片在灯笼的光柱中看上去就像铁锉屑一样熠熠发光，其实你在空中什么也触摸不到。这场雪使他欣喜异常，浑身感到舒畅，仿佛将他整个灵魂从焦虑和积食的躯壳中拔了出来似的。下午的火车已经晚点一个小时了，而飞雪仍然如此稠密、如此急速地飘扬下来，仿佛这村庄跟整个星球上的其他事物都隔绝了开来，将它那屋顶和教堂尖塔直往空中伸去。雪的晶莹洁白仿佛是我们梦幻的一部分，因为我们携带着白雪无处不去。头顶上，一只箱形纸鹞的残骸倒挂在电话线上。这纸鹞使人想起这一年反复无常的种种光景。"啊，是谁将工装裤放在墨菲夫人的海鲜杂烩浓汤里？"乔韦特先生大声唱道，虽然他知道这歌对于这个季节，对于这一天，对于一位车站站长的尊贵身份是不合时宜的，要知道他可是这小镇真正的古老边界——赫拉克勒斯[1]之门的守护者。

在车站的边沿走一圈，他能见到维亚达克客栈的灯光，眼下一个孤独的跑街正在那儿弓下身子亲吻邮寄货品目录上一位

1 赫拉克勒斯：希腊神话中的大力神。

漂亮姑娘的照片。这一吻带有一股油墨的味道。维亚达克客栈再过去，亮着村庄公共绿地上像一条线似的路灯灯光。村庄本身却是圆形的，路灯在任何地方都没有和通向海边特拉弗廷的主路、铁路路轨或河流的转弯处衔接起来，而只是顺应了村中居民的需要，被设计在居民沿公共绿地散步的范围内。结果，村子的形状真的就像一个古代居民点，在天气晴好的日子，如果从空中往下看，它仿佛是在伊特鲁里亚[1]。乔韦特先生甚至可以越过维亚达克客栈和旧船改装的杂货铺窗户窥到哈斯廷斯公寓的窗户里面：哈斯廷斯先生正在装饰圣诞树。先生站在一架梯子上，他的妻子和孩子们将饰品传递给他，并告诉他放在哪儿。他猛然间弓下身子去亲吻妻子。这也许是他对于这节日和这场暴风雪感受的一种总体爆发吧，乔韦特先生这样想，这想法使他感觉非常幸福。他在商店里和房子里都感觉非常幸福，他在所有的地方都感觉幸福。老狗特雷快乐地在大街上款款而行，正往家中走去。乔韦特先生于是怀着极大的温情联想起圣博托尔夫斯所有的狗。有的狗聪明机灵，有的狗愚蠢，有的嗜血成性，有的简直就是小偷。当它们攻击晾晒着的衣物、打翻垃圾桶、噬咬邮差或者搅扰人们的睡眠时，它们俨然外交家或者外交使者。它们用这样捣蛋、戏弄的方式将这地方上的人联

1　伊特鲁里亚：意大利中西部的古城。

系在一起。

最后一位购物的人正走在回家的路上，手中提拎着给除灰工的一副手套、给老奶奶买的胸针和给小婴儿阿比加尔买的塞满木屑的玩具熊。跟老狗特雷一样，所有人都在回家的路上，每个人都有一个可以归去的家。乔韦特先生想，那是百万家中的一个。即使他有一张免费乘火车的证，他也不会想外出旅游。他明白，这村跟其他村一样，也有残暴之徒和工于心计的人，也有小偷和疯疯癫癫的人。它也像其他村子一样，会用一种彬彬有礼的得体外表将这一切掩盖起来。这倒不是虚伪，而是一种希望的伪装或者说形式而已。在那样的时刻，大部分居民都在装饰他们的圣诞树。当地人从没有想到过这种在冬至日将一棵绿色的树置放在家中会包含怎样的古代凯尔特巫师的含义。他们在那时（也就是我笔下的那个时候）以比今天的人更加本能的虔诚与崇敬来对待他们所选择的树。在那时，当这些树已经没有什么用处的时候，他们也不会将树扔进垃圾桶，或者将仍然带有一些天使发丝的树在铁路边的沟里烧掉。男人带着男孩在后花园用隆重的仪式焚烧它们，带着钦羡的眼光望着那熊熊的火焰，闻着那香脂缭绕的烟雾的馥郁香气。在那时，人们也不像今天的人那么絮叨，说什么特勒曼家的圣诞树太瘦，沃普萧家的树中间有一个大窟窿，哈斯廷斯家的树太粗，吉尔福尔家准在经济方面遭了难，才花五十美分买一棵树。用上酷炫的装饰灯，攀比谁家的圣诞树最好，忽略饰物象征意义的事也会发生，但那是后来的事了。在我笔下的那个时候，装饰灯稀稀拉拉，是粗糙的，而装饰物则是带有纪念意义的物件，就像银餐具一样，而且人们是怀着一种崇敬的心情来对待这些饰物的，仿佛这与家庭的福祉休戚相关。这样，饰物自然就残缺不全了，比如，鸟儿没了尾巴，铃儿没了铃锤，有时候天使没了翅膀。这些施行修剪树枝礼仪的人穿戴非常保守。所有的男子都穿裤子，所有的女子都穿裙子，除了寡妇威尔斯顿夫人和串街走巷的木匠埃尔比·胡帕。他们这两天一直在醉饮波旁威士忌，身上一丝不挂。

在结冰的池塘——小镇北端的帕森池塘上，两个男孩正设法在冰面上开拓出一片上午可以打冰球的场子来。他们在冰面上滑来滑去，手里拿着煤铲子铲着面前的冰面。这简直是一个不可能完成的差使。他们两人也明白这点，但他们仍然踩着冰刀滑来滑去地忙碌着，怀着一种无以名状的急切心情，一会儿向堤坝泄水的隆隆声滑去，一会儿又从堤坝泄水的隆隆声旁滑开去。当白雪积得太厚，已不便溜冰时，他们便将铲子靠在一棵松树上，坐在树荫底下将滑冰鞋的鞋带解开。

“你知道，特里，当你在学校时，我多么想你。”

“在学校里，作业那么多，我简直没有时间去想念什么人。”

“抽烟吗？”

“不，谢谢。”

最先说话的那个男孩从口袋里拿出一个小袋子，里面装满了用干净的铅笔刀削好的美洲檫木丝。他将檫木丝倾倒在一张方方的粗糙的黄草纸上，手卷了一根松松的烟卷。烟卷点燃起来后就像一把火炬，照亮了他那瘦削的脸和刹那间显现出来的谦和表情。他的裤腿上撒满了檫木丝的余烬。他抽着烟卷，可以品味到烟卷里的成分——那燃烧的草纸味和檫木香的甜蜜。当烟雾抵达他的肺部时，他打了一个寒战，然而那烟味所带来的智慧和力量的感觉弥补了一切。当滑冰鞋的鞋带解开后，烟卷的火也熄灭了，他们开始往村子走去。他们经过的第一家是拉德家。拉德家在圣博托尔夫斯是非常突出的，因为在人们的记忆中，他家客厅窗户的百叶窗一直是关着的，门是锁着的。这拉德家在客厅里到底藏着什么玩意儿？村里没有一个人不这么纳闷的。难道那儿有一具死尸，有一架永动机，有一套十八世纪的家具，有一座异教徒的祭台，还是一个拿狗和猫做可怕实验的实验室？人们和拉德家的人做朋友，心里一个劲儿想一窥客厅的内情，但没有人成功。这拉德家的人是有点儿怪兮兮的。他们倒也不是那种不与人为善的人，他们在餐厅里装饰圣诞树，他们的餐厅就是他们的起居室。过了拉德家便是特勒曼家。经过这里，男孩们可以看到一丝黄色的光——像是紫铜，或者黄铜——那是这家色彩丰富的一种暗示。特勒曼医生曾经治愈了波斯国王罹患的疖疮，因此得到了国王馈赠的地毯。特勒曼家的桌子、钢琴、墙和地板上都铺满了毯子，从亮着灯的窗户，人们可以看见那绚丽的色彩。两个男孩中抽烟的那一个猛然间感觉那暴风雪的肆虐和色调的温暖感似乎在特勒曼的房子里融合在一起了。这种感觉简直像是一种发现，是如此令人感动。他甩开腿奔跑了起来。他的朋友跟在他旁边也奔跑着，一直跑到街角可以听见基督教堂钟声的地方。

教区长正要祝福站在他起居室里那些吟唱圣诞歌的人。从他们的衣服上散发出一股暴风雪令人作呕又令人感奋的味道。这房间整洁干净，暖融融的。在他们穿着带雪花的衣服走进来之前，房间原本是充满芬芳气息的。艾普尔盖特先生亲自打扫了房间，因为他没有结过婚，也没有雇管家。他不喜欢有女人待在他的窝里。他是一个身材颀长的人，脊柱令人惊讶却也非常优雅地弯曲着。这是由于他挺着一个偌大的啤酒肚，不过他以一种庄严而心满意足的姿态捧着他的啤酒肚，仿佛那里面盛着金钱和安全感似的。他时不时地拍拍他的啤酒肚。那是他的骄傲，他的朋友，他的慰藉，他的误差范围。当他戴着眼镜时，他给人一种肥胖而温和的牧师印象，但当他除去眼镜擦拭时，他的眼光咄咄逼人，发狂似的，嘴里散发出一股杜松子酒的味道。

他的生活是孤寂的。随着年岁的增长，他越来越痛苦，越来越对圣灵和圣母马利亚怀疑起来。说实在的，他一直在酗酒。当他刚开始接管这个教区时，那些老处女给他披戴圣带绣花，用鲜亮的图案装饰他的祈祷书，但是，当她们发现他对她们的热情一点儿也不在意时，她们便敦促教区委员会和主教将这个酒鬼罢免掉。其实，使她们感到愤懑的还不是他的酗酒。他发誓不婚，执意单身过日子这一点触犯了她们作为女人的自尊，所以，她们期望看到他名誉扫地，被免去牧师的圣职，被鞭笞、被折磨，从韦尔顿路经过那老药厂，被赶出村子去。最要命的是，艾普尔盖特先生最近开始犯妄想症了。在他看来，当他将面包和酒传递给教民时，他仿佛听见了他们的祷告和祈愿，但他们的嘴唇并没有嚅动，所以他知道这是一种妄想症，一种癫狂。当他从一个跪着的人走向另一个跪着的人时，他似乎听见他们在询问："吾主上帝，万军的统帅啊，我可以卖掉正在下蛋的鸡吗？""我可以穿绿衣服吗？""我可以将苹果树砍掉吗？""我可以买一台新的冰箱吗？""我可以将埃米特送到哈佛大学去读书吗？""'请喝下这酒，永远记住基督的血是为你而流，感恩吧。'"他说，希冀将这些恼人的幻想从心里驱逐出去，但他似乎仍然听见他们在垂询："我可以为早餐煎香肠吗？""我可以吃治肝病的药吗？""我可以买一辆别克车吗？""我现在就将金手镯给海伦，还是再等她长大一些？""我可以将楼梯油漆一下吗？"他感觉人类所有的崇高体验都是一种欺骗，人的存在不过是一连串谦卑的忧虑而已。如果他坦率说出他的酗酒和他对天恩的严重怀疑，那他就只能到教区办公室里干舔邮票的活儿了，可他又感到干那活儿，他太老了。“万能的上帝，”他大声说道，“祝福这些在庆贺您唯一的儿子诞生的仆人们吧，您唯一的儿子和圣灵一起，将所有的荣誉和光荣都归于您，啊，万能的天父的世界将永远延续。阿门！”这祝福明显带有一股杜松子酒的味道。他们呼喊着阿门，吟唱《今日基督降生》。

由于精神完全放松、专心致志地吟唱圣歌，他们脸部似乎变得异乎寻常地舒展了，就像这许多窗户一样。艾普尔盖特先生乐意去看这每一张脸庞。这些脸庞眼下显得如此不同。首先是哈丽特·布朗，她曾经在马戏团干过，为那些摆着滑稽别扭姿势的活人塑像唱浪漫的歌。她嫁给了一个浪荡子，这些日子就靠她支撑着这个家，烘烤蛋糕、馅饼。她的一生不易，那苍白的脸上明明白白地铭刻着她度过的艰难时刻。坐在哈丽特旁边的是格洛里亚·彭德尔顿，她爸开着那修自行车的铺子。他们是这村里唯一一家有色人种。格洛里亚戴着的十美分项链仿佛是无价之宝，她将她触摸的一切都看得尊贵而神圣。这倒不是一种原始或者说野蛮的美德，这是一种不平常的种族的美，而这种美更加反衬了坐在她右边的鲁西尔·斯基纳的丰腴和苍白。鲁西尔曾经在纽约学了五年音乐。邻居们核算下来，给她这样的教育得花十万美元。她本来是可以有一个歌剧演员的前程的。一想到圣卡罗歌剧院和斯卡拉歌剧院，你不眩晕才怪呢。那雷鸣般的掌声似乎是这世界上最美好、最温暖、最重要的微笑！蓝宝石和绒鼠毛皮！然而，正如人们都知道的，歌剧演员人才太多了，况且那行业都由无耻之徒把持着。她回了家，在母亲的前客厅里教授钢琴，过上一种安分、诚实的日子。她对于音乐的爱——艾普尔盖特先生想到，像她那样的人大部分都是这么热爱音乐的——是一种非常消耗精力且毫无趣味的激情。在鲁西尔的旁边站着库尔特夫人，她是村里管道工的妻子。她是维也纳人，结婚前是一个裁缝。她是一个羸弱、深色皮肤的女人，眼睛下面的眼影一片灯黑色。在她旁边站着年迈的斯特吉斯先生。他穿的衬衣领子是赛璐珞的，打着阿斯科特赛马会[1]上的那种阔领带。自从他在五十年前被招收进大学的合唱俱乐部，他每逢公开场合便会去唱上几句。

在斯特吉斯先生的后面站着麦尔斯·豪兰和玛丽·珀金斯，他们春天就要结婚了。谁都不知道，实际上他们自打去年夏天起就一直是情人了。起先，他在一次暴风雨中，在帕森池塘后面的一片松树林里第一次脱去了她的衣服。自那以后，他们大部分时间就在琢磨下次什么时候，在哪里，怎么干，另一

1　阿斯科特赛马会：在英国伯克郡举行的一年一度的赛马会。

方面，也在琢磨怎么在对他们无限信赖、他们也非常热爱的聪明父母的眼皮底下周旋。他们到巴斯康姆岛野餐，一整天都一丝不挂。可爱呀，太可爱了。这是罪愆吗？他们会在地狱里遭受焚烧的惩罚，会罹患疟疾和中风吗？他会在一场棒球赛中被雷击死吗？后来，就在那个圣诞节前夜，在圣餐上，他在圣坛前充当助祭，穿着崭新的雪白和玫瑰红长袍。祷告时，他在黑暗的教堂里扫视，到处搜索她的脸庞。就他许下的所有誓言而言，这种行为是十恶不赦的，但是，怎么可能是十恶不赦的呢？要是他的肉体没有充盈他的精神，他永远也不可能体会到那种力量感，那种彻骨的轻松感，那种心灵的充实感，那种对关于圣诞、伯利恒之星和列王那令人愉悦的消息的绝对信念。要是他在暴风雪中陪伴她走回家去，她慈爱的双亲有可能邀请他在他们家过夜，而她是极有可能溜到他床边来的。在他的心中，他仿佛听见了那楼梯吱吱嘎嘎的响声，瞥见她足背的肉色。他怀着无限天真无邪的心情想到，他的天性是多么美好呀，他竟然可以一面赞颂救世主，一面窥见他情人的脚的漂亮模样。在玛丽旁边站着查理·安德逊。查理·安德逊拥有一副非同寻常的唱甜蜜男高音的嗓子。在他旁边则是巴西特双胞胎。

这些吟唱圣诞歌的人为了抵御暴风雪，穿着各式各样深色的衣服，看上去不同寻常地凄寂。然而，他们一放开喉咙吟唱，便全然变了。那女黑人看上去就像一个天使，而矮胖的鲁西尔优雅地抬起她的头颅，仿佛要忘却她在卡内基音乐厅外面细雨淋湿的街道上所荒废的青春岁月。这伙人如此骤然的转变真是令人叹为观止。艾普尔盖特先生由此也感到他的信念复活了，感到在他们的面前铺陈着无限尚未实现的可能性。那是一种无限充实的宁静，一种没有强盗的复兴，一种对于光和色彩的沉醉。简直是一个王国！也许这是杜松子酒的效力！只要音乐在演奏着，他们就显得专心致志而纯洁。然而，当最后一个音戛然而止，他们便突然又变成他们自己了。艾普尔盖特先生向他们表示感谢，他们也向他的前门走去。他把斯特吉斯先生拉到一边，颇有技巧地说："我知道你的身体很好，难道你不觉得走进这场暴风雪对于你来说也太严酷了吗？电台报道说，这是百年未遇的一场暴风雪。"

"啊，不，谢谢你，"耳聋的斯特吉斯先生说，"在我离家之前，我吃了饼干，喝了牛奶了。"

唱圣诞歌的人离开了教区长的住宅，往村子的公共绿地走去。

人们可以听见从饲料店里传来的音乐声，巴里·弗里曼正在打烊。巴里毕业于安多弗学院。高年级放圣诞节假时，他曾经穿着崭新的小礼服参加东部明星舞会。他一出现，人们就哈哈大笑起来。他向一位姑娘邀舞，然后又转向另一位姑娘，都被拒绝了。他试图去抢别人的舞伴，人们哄笑着把他轰出了舞池。他在墙上靠了差不多半个小时，然后穿上大衣，走上大雪之中回家的路。他那穿着小礼服的形象还没有被人遗忘。一位年迈的女士会对人说："我女儿是巴里·弗里曼穿着他那猴装参加东部明星舞会后两年出生的。"那是他人生的一个转折点。也许就因为这个原因，他一生未婚，在圣诞节前夜回到的家中空空如也。

人们可以听见从布赖恩特百货店（"血本价"）传来的音乐声，老露西·马克曼正在接电话。"你有印着阿尔伯特王子照片的铁罐吗，马克曼小姐？"是一个孩子的声音。

"有，亲爱的。"马克曼小姐说。

"别打扰马克曼小姐，"电话接线员埃尔西亚·斯维尼插进来说，"在圣诞节前夜你不能用电话打扰别人。"

"介入私人电话是犯法的，"孩子说，"我只是询问马克曼小姐她是否有印着阿尔伯特王子照片的铁罐。"

"是的，亲爱的。"马克曼小姐说。

"那就让他走出来吧。"孩子说，爆发出一阵笑声。埃尔西亚的注意力又转向另一个更为有趣的谈话——从普莱斯科特杂货铺打向新泽西的一个八十五美分的电话。

"我是道勒丝，妈妈，"一个陌生的声音说，"我是道勒丝。我正在一个叫圣博托尔夫斯的地方……不，我没醉，妈妈。我没醉，我只是想对你说圣诞快乐，妈妈……我只是想对你说圣诞快乐。同时也祝愿皮特叔叔和米尔德里德阿姨圣诞快乐。祝他们所有人圣诞快乐……”她哭泣起来。

“‘……在圣司提反节那天，’”唱圣诞歌的人们唱道，“‘当大雪在周围纷飞……’”然而，道勒丝的声音，那受神启示而说出的关于加油站、汽车旅馆、高速公路和二十四小时超市的声音比在公共绿地上唱的圣诞歌更与未来的世界休戚相关。

唱圣诞歌的人们沿船舶巷走到威廉姆斯的家。他们知道在威廉姆斯家不会得到善意的款待，这倒并不是因为威廉姆斯先生吝啬，而是因为他觉得作为一家银行的总裁过于好客有可能影响他银行的诚信。他是一个保守的人。他在书房里挂着一幅伍德罗·威尔逊的照片，装照片的镜框是用旧的红木马桶座改制的。他从温莎小姐学校回家的女儿和从圣马克学校归来的儿子和父母一起站在门道里，嘴里喊着“圣诞快乐！圣诞快乐！”。威廉姆斯家隔壁是勃莱特尔的家。在勃莱特尔家，主人邀请大伙儿进屋去喝一杯可可。杰克·勃莱特尔娶了一位来自特拉弗廷达文波特的姑娘。他们的婚姻并不幸福。杰克不知从哪儿听说欧芹会催发情欲，便在花园里种上了八到十行欧芹。一旦欧芹成熟，兔子便来造访，糟蹋它。一天夜晚，他带着猎枪走进自家的园子，结果在一个叫马努埃尔·法达的葡萄牙渔夫胸口无可挽回地打了一个洞。多年来，这渔夫一直是杰克妻子的情人。杰克在县法院受到杀人罪的起诉，被宣告免罪，而妻子也随一个卖布匹的跑街私奔了。现在杰克和妈妈住在一起。

在勃莱特尔家旁边是达莫家。在达莫家唱圣诞歌的人受到了蒲公英酒和甜饼干的款待。达莫先生是一个羸弱的人，有时候还做些针线活儿。他是八个孩子的父亲。客厅里，一大群孩子排在他后面，仿佛在炫耀他过人的精力似的。达莫夫人看上去似乎又怀孕了，虽然并不明显。在厅道里挂着她年轻时候的照片，非常漂亮。她站在一头铁铸的鹿旁边。达莫先生给这帧照片题名为“两头鹿”。唱圣诞歌的人在离开房子走进暴风雪中时，相互把这题名指了出来。

下一家是勃勒塔尼家。勃勒塔尼家十年前曾经到欧洲去过一次，他们在那儿买了一尊基督诞生的塑像，人们羡慕得不得了。他们独生的女儿海兹尔和她的丈夫、孩子们也在那儿。在海兹尔的结婚典礼上，当艾普尔盖特先生问到，谁将这位姑娘交到新郎手里，勃勒塔尼夫人从教堂座椅上站起来，说：“我。她是我的，不是他的。当她生病的时候，是我照顾她。我给她做衣服。我辅导她做家庭作业。他从来没做任何事情。她是我的，我来把她交到新郎手里。”这种不同寻常的举动也没有损害海兹尔婚姻的幸福。她丈夫看上去兴旺发达，孩子们也长得漂漂亮亮、规规矩矩的。

在大街的尽头是老霍诺拉·沃普萧的家。唱圣诞歌的人知道在那儿他们将受到加奶油的朗姆酒的款待。在暴风雪中，这老房子里所有的火都点燃了，所有的烟囱都冒着烟，看上去就像是人间杰作。这种家屋的形象是那些设计圣诞贺卡的艺术家，或者是在配备了家具的出租房里备受酗酒后头痛煎熬的十分孤独的水手可能会在圣诞节前夜一块砖一块砖、一个房间一个房间地精心绘画出来的。女佣麦琪把他们让进去，给每个人递去朗姆酒。霍诺拉，一位穿着一身黑色衣服的年迈妇女，站在客厅的尽头，身上到处撒着也许是面粉、也许是爽身粉的东西。斯特吉斯先生主持仪式。他请求道："霍诺拉，给我们唱支歌吧。"

她退回到钢琴边上，理一理外衣，开始唱道：

天穹之号宣告，
飞雪来临，刮过大地，
不知落在何方：洁白的雾
笼罩山峦和森林，河流和天际，
掩藏花园尽头的农屋……

她一字不差地唱到结尾，然后大伙儿唱《普世欢腾》。这支歌是库尔特夫人最喜欢的一支歌，她不禁为之哭泣了起来。发生在伯利恒的事件似乎并不是一个启示，而是对她一直从心底里坚信自己所拥有的令人惊讶的丰富人生的肯定。正是为了这栋房子，这群人，这个暴风雪的夜晚，救世主活了，又死了。她想到，多么神奇呀，这世界得到了一位救世主的祝福！多么神奇呀，她能享受如此的欢乐！当圣诞歌唱完，她抹干了眼泪，对格洛里亚·彭德尔顿说："难道这不神奇吗？"麦琪又斟满了他们的酒杯。每一个人都谦让一下，而每一个人都又喝下了酒。重新走进暴风雪中，他们像乔韦特先生一样，觉得到处都洋溢着幸福，他们的周围充满了幸福。

而在这场景中，至少有一个孤独的人，既孤单又偷偷摸摸的。那是老斯波福德先生，他正在以小偷般灵巧的动作走上通向河边的小路，手里拎着一只神秘的口袋。他孤单地住在小镇边上，靠给人修钟表糊口。他家原先是非常富有殷实的。他曾经到处旅游，上过大学。在一个刮着百年未遇的暴风雪的圣诞节前夜，他会拿什么东西到河那儿去呢？这显然是一个秘密。他想要毁掉什么。而一个孤独的老头子会拥有什么文件呢？他为什么非要选择这么一个夜晚将他的秘密抛到河里去呢？

他拎着的口袋是一个枕头套，里面塞着九只活的小猫。小猫还挺沉的，咪咪地大声叫着要吃奶，而它们使劲使错了地方，着实叫他发愁。他曾经试图将它们送给屠夫、渔夫、除灰工和药店老板，但谁想在圣诞节前夜要一只流浪猫呢？而他一个人要照料九只猫也照顾不过来。他的老猫怀上孕又不是他的过错——谁也责怪不了。他越走近河边，心中的负疚感越发沉重。那是一种摧毁它们的生命力、它们生命的行为，这使他感到痛苦。动物并不会惧怕死亡，但枕头套里的挣扎是活跃的，仿佛充满了对命运的担忧。他感觉浑身发冷。

他是一个年迈的老人，他憎恨这雪。在艰难迈向河边的路上，他似乎在这场暴风雪中看到了地球的末日。春天再也不会来临了。西方河的河谷再也不会长满葳蕤的青草，盛开着紫罗兰。紫丁香再也不会绽开怒放。他望着暴风雪在田野上肆虐，从骨子里知道这就意味着文明的死亡——巴黎深埋在白雪之下，大运河和泰晤士河封冻了，伦敦被遗弃，一些幸存者在因斯布鲁克[1]悬崖峭壁的山洞里畏缩在用桌椅的木腿烧起来的篝火旁边烤火。他想，这是怎样一个残酷悲怆的俄罗斯式的冬天啊；怎样一个希望的泯灭啊。他心中怀有的所有美好情绪，比如欢乐和勇气，都被凛冽酷寒消融殆尽了。他竭力在这个时辰想象一下未来的情景，比如缓缓地解冻，比如吹拂起温暖的西南风——在河里流淌起蓝色的河水，郁金香和风信子绽放出美丽的花朵，春夜明亮的星星垂挂在臭椿的附近——但是，他还是感到冰河期般彻骨的酷寒，感到心脏在痛苦地跳动。

河流封冻了，但是在河堤边水流改变流向的地方还有一些豁口。要是在枕头套里放上一块石头会容易一些，但是这有可

1　因斯布鲁克：奥地利西部城市。

能会伤害他想要处死的小猫。他在枕头套上打一个结。当他走近河边时，枕头套里的嘶鸣声更加疯狂、更加叫人觉得悲凉了。河岸上结着冰。河水很深。暴风雪吹得人睁不开眼。当他将口袋往河水里一放，口袋漂浮了起来。当他试图将它压下水去时，他自己失去平衡，掉进了冰水之中。“救命！救命！救命！”他大声叫喊起来，“救命！救命！救命！我要淹死了！”但是没有人听见他的叫喊声，要好几个星期后人们才会想起他来。

火车的汽笛声响起来了。这是下午的那班车。火车头前推着排障器，扫除厚厚的积雪，将最后一班的人送回家，将他们送回船舶巷的老房子里。在那儿，什么也没有变化，没有任何奇怪的事情发生，没有人忧虑，也没有人悲伤。一两个小时后，人们的灵魂将被区分开来，善良的人会得到平地雪橇、轻便雪橇、滑冰鞋、滑雪鞋、小马驹和金饰物，而奸诈的人除了一块煤块之外，什么也得不到。

[2]

沃普萧家族十七世纪定居在圣博托尔夫斯。我和他们熟稔，于是审视他们的家事便成了我的活儿了。我为此花费了人生最美好的岁月，巅峰之作便是关于他们家的纪事了。他们非常友好。如果你在圣博托尔夫斯的大街上邂逅他们，他们看上去会好像这不期而遇的会面是他们早就约定好了的。如果你跟他们说点儿什么——比如说西方河泛水，或者说平克汉那栋大而无当的房子烧塌了——他们会抿嘴一笑，告诉你说错了。人们不能告诉沃普萧家的人什么事。抵御新鲜事物仿佛是这个家庭的特性。他们自视甚高，以为自己的认知是如此广博，像洪水泛滥或者火灾之类的事他们是不可能不知道的，即使事发的时候他们身在欧洲。我跟他们家的男孩一块儿上学，和摩西一块儿在特拉弗廷航海俱乐部赛船，和他们家的两个男孩一块儿踢足球。他们总是互相大声喊叫着为对方打气，仿佛在足球场上狂喊家族的姓氏会令他们家不朽似的。我在他家位于河巷的房子里度过了许多快乐时光。我至今仍然依稀记得的是，他们总会让我觉得非常孤独，让我清晰地痛苦地感到我不过是一个局外人。

当我和摩西最热络的时候，他拥有英俊的外表，风度非凡，这使他一路成功地读完了中学。然而，令人失望的是，他也就就此打住，再没有往前走了。他有一头深棕色的头发和一张灰黄的脸。谁都爱摩西，包括村子里的狗，而他总是显出一副最纯洁、最冲动的谦卑样子来。谁都不喜欢科弗利。他的头颈很长，总爱捏得指关节声声作响，令人不快。他们的母亲萨拉·沃普萧是一个体态轻盈的漂亮女人，戴着一副夹鼻眼镜，总是把“有趣”这个词的音发错，吹嘘她读《米德尔马契》读了十六遍。她总是把她的书放在花园里，她的乔治·艾略特的书都被雨淋得布满了黄色斑点，起了皱皮。他们的父亲利安德是一个马萨诸塞州的美国佬，看上去总像一个小男孩，虽然到头来这个看上去像小男孩的人是见识且领略过丑陋可怕的女人的。他脸色红润，一对碧蓝的眼睛，长着一头浓密的白发。他把“桅杆”说成“危杆”，把“有”说成“油”。在他一生最后的岁月，他在特拉弗廷和楠格萨吉特的娱乐场之间经营一艘游艇。利安德在游泳时淹死了。两年后沃普萧夫人也逝世了，升到了天堂。在天堂，她一定也会非常繁忙，因为她是美国女性中开始享受男女平等的第一代人。她在这美好的事业中耗尽了精力。她建立了妇女俱乐部、时事俱乐部，担任拯救动物联盟和兰姆勃特未婚母亲之家的主任。正由于忙于这些活动，她在河巷的宅第到处落满了灰尘，插花早已枯萎了、死了，时钟也停了。萨拉·沃普萧这一类女性对于性命攸关的事物的理解使她们觉得去从事家宅打扫这样简单的事务是一种失常行为。科弗利娶了一个名叫贝特西·马库斯[1]的姑娘。这女孩来自佐治亚州北部荒原，是四十二街牛奶吧的一个侍女。在我笔下的那个时候，科弗利正在塔利弗导弹基地工作。摩西辞退了在银行当实习生的活儿，跳槽到一家见不得人的叫利奥波德的经纪公司工作。他娶了梅利莎·斯卡顿。摩西和科弗利都生了儿子。

让我们来看一看这个夏天的夜晚，在沃普萧家的房子和西方河河岸之间的草地上，晚饭之前的那一刻他们在干什么。沃普萧夫人正在指导女厨萝萝画风景画。她们在这群人的右边支起她们的画架。沃普萧夫人拿着一个纸框对准了河景，说："Cherchez la motif[2]，萝萝，cherchez la motif。"利安德正在呷饮波旁威士忌，欣赏着天光。对于一个像他那样彻头彻尾的乡下佬，利安德的生活拥有比人们所能想象的更多的自由。他曾经跟一家莎士比亚剧团旅行到克利夫兰。几年之后，在一次县集市上，他乘了热气球升到一百二十七英尺[3]高的空中。他为自己而骄傲，为儿子们而骄傲。在他那探索性地投向河岸的平静目光中也充溢了一种骄傲的神色。他心想，世界上所有的河流都非常古老，然而他所在的县里的河流看起来是最古老的。

科弗利正在烧灼苹果树上的梅毛虫。摩西在将一张帆卷起

1 《沃普萧纪事》中，贝特西的姓是麦卡弗里。

2 法文，意为"寻找中心景色"。

3 1英尺约合0.3米。

来。从屋子敞开着的窗户，他们可以听见堂弟德弗楼正在弹奏《瓦特斯坦因奏鸣曲》[1]，德弗楼正在为他秋天的第一场音乐会演练。德弗楼有一张露出困扰神情的黝黑的脸，还不到十二岁。“光和影，光和影。”老霍诺拉姑妈评论这音乐道。对于肖邦、斯特拉文斯基[2]或者塞洛尼斯·蒙克[3]，她都说同样的话。她是一个七十多岁令人敬畏的老女人，穿着一身白衣服。（而在劳动节，她则会穿一身黑。）她的钱帮着这个家族免于丢脸或陷入更为糟糕的命运。虽然她的家在小镇的另一端，她对这里的风景和色彩还是会适当地瞧上一眼。挂在厨房窗户笼子里的鹦鹉会大声喊叫道：“裘力斯·恺撒，我感到厌恶极了。”它也就会说这么一句。

这世界显得多么地井然有序，洁净而合乎情理。最重要的是，它是多么纤细轻巧，仿佛一切不过是世界的初始而已，由一连串的清晨串联起来。这是一天的迟暮时分，是这个世界这一部分历史的迟暮时光。然而，这种迟暮并不会减弱自身的光辉。眼下，从厨房升腾起一缕黑色的烟雾，烟雾还夹带着火星，但这并没有什么关系。他们在宽敞的餐厅吃晚餐，打一会儿惠斯特牌，互相亲吻一下道一声晚安，然后进入梦乡。

1　德国作曲家贝多芬所作。

2　斯特拉文斯基（Stravinsky，1882—1971）：俄裔美国作曲家。

3　塞洛尼斯·蒙克（Thelonious Monk，1917—1982）：美国爵士乐钢琴家，作曲家。

[3]

一天下午，当科弗利·沃普萧从唯一一班在圣博托尔夫斯村庄停车的南行的慢车上走下来，麻烦便开始了。那是一个晚冬的季节，正在天黑之前。积雪已经融化了，但小草还是枯黄的，这整个地方还没有从二月的暴风雪中缓过气来。他和乔韦特先生握手，向他的家人问好。他向维亚达克客栈里的侍者挥手致意，向饲料店的巴里·弗里曼招手，和正从银行里走出来的麦尔斯·豪兰打招呼。薄暮的天空明晃晃的，充斥着一种躁动的力，但它并没有在幽暗的公共绿地上洒下它狂暴的光与火。这种可怕的力只是禁锢在大气之中。在一栋栋房子之间，他可以瞥见西方河。对于他来说，西方河充满了令他愉悦的回忆。他显然从这一幅明亮的图景中抹去了那未必会有的印象，即这河的漫长历史纯粹是一种不断净化的力量，而这种净化的力量终于使河水能适宜于直接饮用。他向右拐弯，转进船舶巷。威廉姆斯夫人正坐在客厅里读报纸。勃莱特尔家只有厨房亮着灯。达莫家黑着灯。勃勒塔尼夫人正在给一位来访者送行，向他致以问候，欢迎他回家。然后，他走上了前往霍诺拉姑妈家的路。

麦琪来开的门。他吻了她一下。“家中什么也没有，只有干牛肉，”麦琪说，“你的样子好像会吃掉一整只鸡似的。”他穿过长长的大厅，经过描绘着罗马七种景致的画，来到图书馆。在那儿，他发现老姑妈的膝盖上放着一本打开的书。那擦得锃亮的铜家具，那苹果木燃烧的壁炉火焰都显示着这是家，这是甜蜜的家。“亲爱的科弗利。”霍诺拉以一种爱的冲动说，亲吻了他的嘴唇。“霍诺拉。”科弗利说，抓住她的手。他们分开，互相温情地端详起来，瞧瞧彼此到底有了什么变化。

她的一头白发仍然是浓密的，脸庞仍然像狮子一般，只是最近刚配的假牙不太合适，让她瞧上去就像一个食人生番。这一野蛮的比喻使科弗利想起来，他的姑妈从来没有照过相。在家庭的相册中，她要么在逃离时后背对着镜头，要么用双手、手提包、帽子或者报纸掩住脸庞。任何看相册的陌生人都会以为她因谋杀罪而受到通缉。霍诺拉心中在想科弗利看上去有些营养不良，并直率说了出来。“你太瘦了。”她说。

“是的。”

“我要让麦琪给你拿些波尔多葡萄酒来。”

“我还是愿意喝威士忌。”

“别喝威士忌。”霍诺拉说。

“我并不总喝威士忌，”科弗利说，“但我现在想喝。”

“怪事怎么这么多呀？”霍诺拉问道。

“如果你想吃鸡，”麦琪在门道那儿说，“那么，你最好现在就吃，要不你在半夜之前就不可能再吃晚餐了。”

“我现在就吃鸡。”科弗利说。

“你必须再大声一点儿说话，”霍诺拉说，“她听不见。”

科弗利跟在麦琪后面再次穿过房子，来到厨房。“她比以前更加疯癫了，”麦琪说，“她声称睡不着。多年来，她都声称睡不着。好了，我一天下午走进客厅给她端茶去，她在那儿呼呼大睡，还打鼾。所以，我就说：‘醒醒吧，沃普萧小姐。给你端茶来了。’而她说：‘醒醒，你这是什么意思？我压根儿没有睡。’她还说：‘我只是在沉思。’她现在竟然想买一辆汽车。天哪，这就像往街上放上一头饿狮。要是她自己不先撞死，她也会将无辜的小孩碾死的。”

老女人之间的关系毫无例外就是在彼此背后叽叽喳喳，说对方的坏话，其实那里面一点儿真话都没有，所以权且把那些唠唠叨叨当作玩笑话吧。麦琪的听力很好，但多年来，霍诺拉一直对谁都说她是聋子。霍诺拉是一个有怪癖的女人，但麦琪跟村里所有人都说她是一个疯子。她们相互之间制造出来的身体或精神上的缺陷具有一种天真无邪的性质，使人们几乎无法相信她们的互相攻讦具有任何一点儿真正的含义。

科弗利在后面的食品储藏室里找到一把短柄小斧，沿木头阶梯走到花园里。他听见远处什么地方传来孩子们的喊叫声，那声音明显带有世界这一隅浓重的发音特点。从树篱外面的鸡舍传来咯咯的叫声。在这稀有人烟的地方，他感到异乎寻常的快乐，心中的不悦明显释然了。他知道，在这个时光，打皮纳克尔牌戏的人会悠然穿过公共绿地到消防站去。在这个时光，青春期的期望和憧憬，由于乡村的狭隘和闭塞而变得更为强烈，竟然接近了高潮。他记得自己曾坐在河巷屋子的后门阶上，心中充溢了对爱情、友谊和名声的渴望。这种渴望是如此强烈，他几乎要号叫起来了。

他穿过树篱来到鸡舍。孵蛋的母鸡已经回到鸡舍里面去了，在院子里只有四五只小公鸡在啄食。他赶着它们进鸡舍去。在一阵有失身份的忙乱之中，他一把抓住一只小公鸡的黄皮腿。小公鸡咕咕叫着，请求饶命，而科弗利将小鸡的脑袋放在一大块木头上，一斧头下去将它的脑袋剁下来时，希望跟它说点儿慰藉的话。他将那正在垂死挣扎的小鸡拿下来，离自己远远的，让它的鲜血滴落在泥地上。麦琪给他拎来一桶滚烫的水和一本圣博托尔夫斯出版的旧杂志《企业》。他将小鸡的羽毛拔掉，将内脏掏净。在这一刻，他也就渐渐失去了对鸡的胃口。他将剥净的鸡拿到厨房，便到书房去和他的老姑妈待在一起。麦琪已经将威士忌和水安放在那儿了。

“我们现在能聊聊吗？”科弗利问道。

“我想可以吧。”霍诺拉说。她将她的胳膊肘撑在膝盖上，身子往前倾斜着。“你想谈一谈河巷那栋房子吗？”

“是的。”

“嗯，谁也不想租它，谁也不想买它，瞧着它被拆掉我心也要碎了。”

“怎么回事？”

“惠特霍尔家十月租下了它。他们搬进来，马上又搬了出去。后来，哈维斯特劳家租下，也只待了一个星期。哈维斯特劳夫人在商店里跟所有人都说，这房子里闹鬼。但是，”她仰起头问道，“谁会到那儿去闹呢？我们一直是一个幸福的家庭。我们谁也不会去理会鬼。但这事闹得满城风雨。”

“那么，哈维斯特劳夫人说什么了？”

“哈维斯特劳夫人到处去说，那是你父亲的鬼魂。”

“利安德。”科弗利说。

“但是，利安德为什么要回来骚扰别人呢？”霍诺拉问道，“并不是说他一直不相信鬼魂。只是对于鬼魂，他一点儿用处都没有。我曾经多次听他说鬼魂跟低贱的人做伴。你知道，他是很善良的。他总是将苍蝇和飞蛾护送出门，仿佛它们是贵客似的。除了吃饼干和喝一杯牛奶之外，他还回来干什么呢？当然，他有他的缺点。”

“当他在教堂抽烟时，”科弗利问道，“你和我们在一起吗？”

“你准在胡编乱造。”霍诺拉说，回避着过往的事情。

“不，”科弗利说，“那是圣诞节前夕，我们一起去参加圣餐仪式。我记得他显得非常虔诚。他走来走去，在身上画十字，大声应答主持牧师。然而，在祈求上帝赐福的仪式之前，他从口袋里拿出一支卷烟来，点燃了它。我看得出来，他醉得够呛了。我对他说：‘你不能在教堂里抽烟，爸爸。’我们坐在第一排，许多人看见他抽烟了。当时，我只想我要是农夫普罗津斯基的儿子就好了。我不知道为什么，普罗津斯基家的人都非常严肃。在我看来，只要我是普罗津斯基的儿子，我就会快乐。”

“你应该为此感到羞耻。”霍诺拉说。然后，她叹了一口气，改变了她的腔调，不安地接着说道：“还有别的事儿呢。”

“什么事？”

“你记得他在七月四日那天怎么扔钢镚吗？”

“啊，记得。”科弗利仿佛看见他们家的前面五颜六色的。一面大旗垂挂在二楼，那旗帜的玫瑰红条褪成鲜血一样的颜色了。他的父亲站在门廊前，在游行队伍走完而球赛还没有开始时，他向一群来到河巷的孩子扔去崭新的钢镚。树上长满了叶子，在他的幻梦中，那天光也是翠绿翠绿的。

“那么，正如你记得的，他将那些钢镚放在一个雪茄盒里。他将那盒子漆成黑色的。当我在屋子里整理时，我发现了那盒子。在盒子里，还有一些崭新的钢镚。许多钢镚并不是真的。我想那是他自己做出来的。”

“你是说……”

“嘘——”霍诺拉说。

“晚餐准备好了。”麦琪说。

霍诺拉在晚餐后显得疲惫不堪，所以，他在厅道里吻别了她，便走回自己在小镇另一头的家里去了。自从秋天以来，这房子就一直空着。窗台上放着一把钥匙，门一打开，一股浓烈的霉味便冲了出来。他就是在这儿被怀上而降生的，就是在这儿，他开始领悟到人生的美妙。他发现这充满无数令人眩晕的记忆的地方，如今却充斥着腐败霉烂的味道，不由得感到几分痛彻心扉的恼怒。他知道，正是那愚蠢的本性引导我们去追求子虚乌有的永恒。他打开大厅和客厅里的灯，从小屋里拿来几根木头。他专注于生起火来。当壁炉的火生了起来，看到周遭如此多无人居住的房间，他开始感到一阵无以名状的忧虑，仿佛他的到来本身就是一种搅扰。

按照遗嘱，这是他和他哥哥的遗产，也是供人思念的地方。房子有任何漏雨或其他破损的地方，他是有责任的。正是他打碎了壁炉架上的花瓶，在沙发上烧了一个洞。他不相信鬼魂、阴间、精灵或者死者扰乱人心的其他形式。他二十八岁了，婚姻非常幸福，有一个儿子。他体重一百三十八磅[1]，身体非常健康，晚餐还吃了一只鸡。这些都是事实。他从书架上拿

1　1 磅约合 0.45 千克。

下一本《项狄传》来阅读。从厨房传来一阵嘈杂声，把他吓得够呛，手心都冒出了汗来。他伸长了脖子，想探听一下那究竟是什么声音。那可能是百叶窗的撞击声，可能是一根壁炉薪木倒了下来，可能是一头动物弄出来的响声，也可能是当地魔鬼传说中的一个流浪汉，这种流浪汉会住在撤空的农场里，留下篝火、空鼻烟罐、不产奶的乳牛或受到惊吓的老处女等蛛丝马迹。但是，他身强力壮，年纪轻轻，即使在黝黑的厅道里遇到这样的流浪汉，他也能对付。他为什么会觉得如此不舒服呢？他走到电话机前，想询问一下电话总机接线员现在是晚上什么时候了，但电话怎么也打不通。

他继续阅读下去。从餐厅传来了喧闹声。他大声狠狠地说了些什么，表示他的急躁和不安，而结果让他相信他的话确实被听见了。有人在倾听。对于这种愚蠢的行为，他自有办法。他径直走进空空如也的房间，打开了电灯。什么也没有，但是，他的心跳加快了，隐隐作痛，而手心早已开始出汗了。餐厅的门兀自缓缓地关上了。这其实也是非常正常的，因为这房子已经颓败得不像样子了，一半的门会自己合上，另一半的门则怎么也关不上。他穿过摇摇晃晃的门，走进食品储藏室和厨房。在这儿，他什么也没有看见，但当他打开灯时，他仍然感觉有人来过这儿。事实上，真实的情况是一间空空如也的房间和他受到惊吓而起鸡皮疙瘩的皮肤。他下决心要弄个水落石出，于是他走出厨房，来到厅道，爬上楼梯。

所有卧室的门都大开着。在这儿，在这黑暗之中，他仿佛看见了持续了两个世纪的稠密的人居情景。历史的负担是清晰可感的：在这一片漆黑之中，怀上孩子、生育和死亡时的哼唧和呻吟，一八九三年家庭聚会时的歌诵，七月四日游行所扬起来的尘土，情人在厅道邂逅相见时的惊愕，一九〇〇年将大楼西翼烧毁的那场熊熊大火吞噬一切的火舌，施洗礼仪式上彬彬有礼的举止，婚后新郎将新娘带回家时的喜悦情景，以及酷寒的冬季所带来的艰难。但是，为什么在这幽暗之中的气氛会如此令人心烦意乱，如此令人失意呢？埃比尼泽发了财。洛伦佐倡议建立了州内关于未成年儿童福利的法律。艾丽斯让几千个波利尼西亚人皈依了基督教。为什么这些鬼魂中没有一个对他们的工作满意呢？难道是因为他们都没有能够不朽？难道是因为他们死亡时都太痛苦了？

他又回到壁炉火前。这是一个可以触摸的世界，燃烧着薪火，实在而又温暖，然而，他身体所面对的不是这客厅，而是周围房间里的黑暗。为什么坐得离壁炉火这么近，他却感觉一阵寒战从左肩一直往下传递，紧接着胸口的皮肤又由于寒意而紧绷起来？难道有一只手压在那儿吗？他跟他父亲同样认为鬼魂跟低贱的人做伴。他们和心肠脆弱的人混在一块儿。他知道，人们在离开这个世界后每每会在一间房间里留下一丝爱意或怨恨。他相信，不管人们为爱付出了什么，比如金钱、性病、丑闻、快感，人们会在如此极度地释放自我的地方，如旅馆、汽车旅馆、客房、草场或田野，留下善行的芬芳或恶行的臭味，以影响后来者。这样的话，这些激情或有怪癖的人就有可能在他们后面留下一种氛围，那种氛围使得后来者的到来看上去像是一种干扰。该是上床睡觉的时间了。科弗利从衣柜里拿出一些床褥来，在最靠近楼梯的一间空房间里铺了可以聊以睡觉的床。

他在半夜三点醒了过来。明亮的月亮或者夜空照亮了房间。他马上知道让他醒来的不是幻梦，不是冥想，也不是焦虑，而是某种移动的东西，某种他可以看得见的东西，某种奇异而非自然的东西。恐惧起自他的视觉神经，然后浸润他的全身，然而，恐惧正是起始于他的视线。他可以感觉到那不安从神经系统又重新反射到瞳孔里。人是眼见为实的，而他所看见的或者以为看见的是他父亲的亡魂。这一妄想所造成的混乱是极其可怕的。他浑身打起寒战，心里发冷，因恐怖而颤抖起来。他坐在床上，大声吼道："啊，父亲，父亲，父亲，你为什么要回来呢？"

他的大声吼叫是一种慰藉。鬼魂似乎离开了房间。他以为自己听见了座椅电梯[1]的声音。难道他回来是想吃饼干、喝牛奶

1 座椅电梯：供无攀登楼梯能力者使用的设备。

吗？是想读一读莎士比亚吗？难道是因为他跟所有其他人一样感到死亡痛彻心扉的痛苦了吗？难道他想重新回味一番他失去那无上的青春特权的时刻吗？在那一刻，他领悟到他已经不像平时那样感觉精力饱满，意识到医生是无法医治凋零的秋天和凛冽的北风的。他那美好灿烂的岁月的氤氲——那奢侈闲逸的生活味道，那女人乳房的芬芳，简直像是一股从陆地吹来的风，像是带着青草和绿树的味道——仍然滞留在他的鼻孔里，然而该是让位于年轻人的时候了。虽然他身体残缺了，头发花白了，但是，要论说追逐年轻的姑娘，他并不比任何年轻人差劲。爬过山岗和河谷。你一会儿看见她们，一会儿又看不见她们了。这世界是一个天堂，一个天堂！父亲，父亲，你为什么要回来呢？

隔壁房间里有什么东西坠落下来了。其实如果知道这是松鼠在捣鬼，科弗利也不会被惊动。然而，他太紧张了。他一把抓起他的衣物，飞奔下楼梯，让前门大开着。他待在小道上穿上他的内裤。他奔跑到一个角落里，穿上他的裤子和衬衣，光着脚跑到霍诺拉的房间。他草草地涂写了一张告别的短笺，放在大厅的桌上，在天光刚刚熹微的时候，赶上了北行的送牛奶的火车。火车驶过马克曼的家、韦尔顿路和洛厄尔的家。洛厄尔家谷仓牌子上的口号从对动物慈悲些吧变成了上帝会回应祈祷的。火车继续驶过斯特吉斯先生的家，老斯特吉斯先生一直住在那里给人修钟表。

[4]

科弗利回到他和贝特西一起生活的塔利弗基地，心中一直在想他发疯了，或者说他看见他父亲的鬼魂了。当然啦，他取后一种解释，但是他还不能跟他的妻子说这些事儿，他也不能给他的哥哥摩西解释为何河巷的房子一直空置着。在西行的飞机上，他父亲的影子一直跟随着他。哦，父亲，父亲，你为什么回来呢！他纳闷，利安德对塔利弗基地会怎么想？

这导弹研究和开发基地内一共有两万人。像任何社会一样，不管他们的愿望如何，人都被分成一等、二等、三等和低级。庞大的贵族阶级由物理学家和工程师组成。商务人员构成中产阶级。广大的无产阶级包括机械师、地面人员和导弹发射塔架维护工。大部分贵族阶级被分配了地下掩蔽所，虽然这事儿从来就没有被公开说过，但很明显一旦发生大灾难，这些无产阶级就只有死路一条。这招来一些抱怨。这基地最生命攸关的地方是沙漠边缘那二十九个导弹发射塔架、蚊子形状的原子反应堆、地下实验室、机库和两平方英里[1]的计算机和管理中心。基地关注的问题全是地球以外的东西，虽然常识往往会阻止人们对在塔利弗进行的科学研究规模之庞大和在科学家之间

1　1英里约合1.6千米。

造成的非理性的间离感、孤独感和妄想进行感伤或直白的讽刺。这毕竟是一种显示巨大智力差别的生活方式。

安全总是一个问题。从来没有人在报纸上提及过塔利弗。在公众的视野中它并不存在。这种对于安全的关注似乎限制了基地每一个层面的生活。一个星期六的下午，贝特西正在看电视。科弗利带着宾克西到购物中心去了。她透过窗子看见街对面的汉森先生将他家抵御风雨的外重窗卸下来，换上纱窗。他有一架木扶梯。他将木扶梯小心翼翼地放在花坛上。他卸下外重窗，拎到车库去。他的妻子和孩子们似乎不在家。在那儿没有任何生命的迹象。他卸完了第一层外重窗，开始卸楼上卧室的。扶梯不够高，他只能从开着的窗户探出身子去卸铰链，把它们直着偏斜地拿进屋子里来。有一扇窗户的铰链扭曲变形生了锈。窗户卸不下来。他跨坐在窗台上，猛拽窗户。他从窗台上摔了下去，啪的一声掉在了几个星期以前他刚砌的一个小小的水泥台面上。贝特西从窗户呆望着他的身体很长时间。那身子一动也不动。她又回到她的电视机前。二十分钟后，她听见了鸣笛声，一辆救护车来到街上，将那仍然一动也不动的身体用担架抬上了救护车。那天晚上她获知他当场就死了。是几个孩子报的警。她为什么不报警呢？她怎么来解释她的异常行为呢？在她的冷漠背后似乎存在着对于安全的顾虑。她不想做任何可能引起人们对她注意的事情，不想牵扯到任何可能需要作证或者回答问题之类的事情中去。也许她对于安全的考虑促使她全然忽略邻居的死亡。

科弗利觉得给利安德解释起来会有些困难，尽管他是作为一个磁带转码员受到训练的，为什么当他从雷姆森派克调到塔利弗后却转向公共关系方面的工作了。这是由于人事部门的计算机出了问题，而他也没有去申诉。他们生活在一个种族杂居的社区。贝特西急需一个可以躲避风雨的地方，科弗利确实也申请迁到别处去，但政府管理房产的办公室里堆满了这种申请。话又说回来，科弗利对他现在的居处也并非十分不满意。道路两旁种上了银杏树，在树下孩子们穿四轮溜冰鞋溜旱冰，鸣啼的鸟儿在树上搭了窝。在晚餐前，坐在后花园里，他可以看到远处导弹塔架后面干燥的山区暮色慢慢移动，那是一种可憎却也强烈的光辉。他们拥有一座小小的花园和一个可以烤肉的烤炉。他们右边的房子住着一个叫阿姆斯特朗的人，他在国际关系部工作。阿姆斯特朗在捉刀撰写航天员纪事时养成了一种枯燥无味的男子汉式单音节写作风格。左边的房子居住着一个名叫墨菲的塔架维护工，星期六晚上他每每喝得酩酊大醉，揍老婆。沃普萧家的人跟墨菲家的人相处并不十分融洽。一天上午，当科弗利正在工作的时候，电子信号牌上显示有人打电话给他。他走出安全区去接电话。是贝特西打来的。“她偷我们家的垃圾桶。”贝特西说。

“我不明白，亲爱的。”科弗利说。

“是墨菲夫人，”贝特西说，“今天上午收垃圾的人来了，他以前总是星期二来的。收垃圾的将垃圾拿走后，她将我那个漂亮的、崭新的电镀马口铁垃圾桶拿到她家后院去，将他们家那只从卡纳维拉尔角带回来的破烂的旧塑料玩意儿放在我们家。”

“好啦，我现在也帮不上忙，”科弗利说，“我五点半到家。”

当他到家时，贝特西仍然非常激动。“你现在就到那儿去把它拿回来，”她说，“他们会将桶里装满垃圾，声称那就是他们家的。你应该在桶上漆上我们家的名字。你现在就到那儿去把它拿回来。他就在那儿，正在割草呢。”

科弗利从家里走出来，走到两家的边界上。彼特·墨菲刚打开他的割草机。远处的山脉是蓝色的。在一天的这个时光，每家屋宇景致相似，而这单汽缸的割草机和这两个穿着白衬衣的男子给这个场景带来一种少有的异样感觉，仿佛科弗利并不是想指责他的邻居或是他邻居妻子的偷窃行为，而是来说促销指数的上升表明直接邮寄广告的效果毋庸置疑地强大。简而言之，他们所处的现实和他们的激情似乎受到了挑战。远处的山脉是由火和水造成的，山谷里的房屋却显得如此虚无缥缈，薄暮中似乎散发出一种衬衣硬纸板的味道。科弗利神经质地捏着指关节，摇一下头向彼特示意。彼特推着割草机就在他面前经过，由于割草机的声音太大，他没能听清科弗利的话。科弗利等待着。彼特在草地上转了一圈，又走了回来，关上割草机，在科弗利面前停了下来。

“我妻子对我说，你们偷了我们家的垃圾桶。”科弗利说。

“那又怎么样？”

“难道你们习惯拿别人家的东西吗？”科弗利不仅愤懑，而且更加迷惑了。

“听着，小嫩蛋，”墨菲说，“在我长大的地方，你要么偷，要么去吃土。”

“然而这并不是你长大的地方。”科弗利说。这样出击出错了方向。他似乎在给这场争论作注释。由于对自己的正当立场充满信心，他用一种严肃又圆润的声音说话，只是这种声调由于那种老派的或者说乡下的矜持打了折扣。

“劳驾你把垃圾桶还给我们好吗？”他询问道。

“听着，”墨菲说，“你现在闯入我的领地了。你正待在我的土地上。离开这儿，要不我就废了你。把你的眼睛挖出来。揍歪你的鼻子。撕下你的耳朵。”

科弗利从腰间出了一个右拳，而墨菲这大块头看来却是一个胆小鬼，他倒了下去。科弗利站在那儿，一阵惶惑。不料，墨菲冷不防冲向他的手和膝盖，一口咬住科弗利的胫骨。科弗利大声叫了起来。贝特西和墨菲夫人从厨房里飞奔出来。正在这时，一枚导弹飞离发射台，在暮色中使山谷和基地上空就像仲夏的白天一样明亮，将这一对打架的对手、他们的房子和银杏树的影子浓重地投射在草地上，而气浪将那惊天动地的吼声分割成听起来就像铁轨接口处叮叮当当的缓缓的响声。导弹升天了，随着导弹的远去，亮光也减弱了，两个女人拉着各自的丈夫回家。

啊，父亲，父亲，你为什么要回来呢？

科弗利工作的计算和管理中心坐落在远方，看上去似乎是一座巨大的平房。这座平房仅仅用作升降机的终点站和负责安全的官员办公室，其他办公室和硬件设备都在地下。这裸露出来的平房是用玻璃制造的，漆成暗暗的油水一样的颜色。这漆成暗色的玻璃并不减弱光线，却改变了白天的光。在这些黯淡的玻璃墙后面，人们可以看见平坦的草原和一座被遗弃的农场。农场里有一栋房子，一座谷仓，一片树林，以及劈开的木头做的栅栏。在远处导弹塔架阴影下的那些被遗弃的房子具有一种撩起人们思乡情结的魅力。它们标志着一个业已逝去的时代。不管过去真实的情景是什么样的，它们似乎标志着一种富裕的、自然的生活方式。被遗弃的农场使人联想起一系列世俗的田园生活的形象——篝火，一桶桶新鲜牛奶，在苹果树上荡秋千的美丽姑娘——这一切具有一种令人信服的力量。然而，人们从这儿转进那黯淡的、油色的玻璃建筑里，走进了另一个世界，一个埋藏在牧牛草场地下六层的世界。从任何一个方面来说，那是一个新颖的世界。它的新颖就在于它弥漫着一种热情，一种你觉得你有了用武之地的气氛。这种热情，这种充溢着有用武之地的自豪感，在今天我们大部分人中间已经很难找到了。当你瞧着有时候升降机会抛锚，玻璃墙会破裂，注视着安全检查办公室里那些漂亮的接待姑娘那种原始的、太古的魅力，你无疑会像一个年迈的老人，体会到被时间催逼着越过峥嵘岁月时所拥有的那份沉重的感觉。在计算中心匆匆进出的人们脸上所洋溢的那份满足和目的感，你在纽约或巴黎的地铁里是看不到的。在纽约或巴黎的地铁里，人们怀着漫画家所描画的那种文明里恐惧和痛苦的表情互相注视。一天晚上，当他很晚离开办公室时，他听见基地主任卡梅伦博士和他的一位助手刚结束一场争论。博士在大声吼道："你们将永远不能送一个他妈的人到他妈的月亮上去。即使你们能送个人到月亮上去，也没个屁用。"

啊，父亲，父亲，你为什么要回来呢？

贝特西希望能搬迁到卡纳维拉尔角，她对塔利弗基地失望极了。他们已经搬到塔利弗基地两个月了，但是没有一个人来拜访他们。她没有交任何朋友。在夜晚，她能听到谈笑声，但是她和科弗利却被排除在这些聚会外面。从她的窗户，她可以看见阿姆斯特朗夫人在花园里干活，她把这种对花卉的兴趣看成一种和善性格的表现。有一天，当宾克西正在打盹，贝特西走到隔壁门前拉响电铃。阿姆斯特朗夫人来开的门。“我是贝特西·沃普萧，”贝特西说，“我是你隔壁的邻居。我丈夫科弗利是一个经过训练的子程序员，但眼下他们却让他干公关。我看见你在花园干活，我想我应该拜访你一下。”这女人客气地邀请她进屋。她看上去似乎有点儿拘谨，但并不是不好客。“我想问问你我们的邻居，”贝特西说，“我们已经搬到这儿来两个月了，但我们似乎都太忙，没有空闲的时间交朋友。我们谁也不认识，所以，我想举办一个小小的鸡尾酒会，大家互相认识认识。我想知道该邀请谁。”

“哦，亲爱的，我要是你的话，最好再等一等，”阿姆斯特朗夫人说，“这个社区因为某种原因非常保守。我想最好在你邀请你的邻居之前，先去见见他们。”

“啊，我来自一个小镇，”贝特西说，“在那儿，人人都是邻居。我常常对自己说，要是我不能相信陌生人的友情的话，那么，在这个世界上我还能相信什么呢？”

“我明白你的意思了。”阿姆斯特朗夫人说。

“我什么地方都待过，”贝特西说，“上流社会。下流社会。我丈夫的家族是乘阿培拉号来到美国的。那艘轮船是继五月花号之后抵达的，但搭乘的乘客要高级得多。在我看来，所有的人从外表看都是一样的。我希望你能给我提供二十来个、三十个最有趣的邻居名单。”

“啊。亲爱的，恐怕我做不了。”

“为什么？”

“没时间。”

“啊，这需要很多时间，是吗？”贝特西问道，“我这儿有一支铅笔和一张纸。你告诉我谁住在街角那栋房子里。”

“塞尔顿一家。”

“他们有趣吗？”

“是的，他们很有趣，但他们待人非常地刻薄。”

“他的名字是什么？”

“赫伯特。”

“他们家隔壁是谁住？”

“特拉姆珀逊一家。”

“他们有趣吗？”

“是的，他们有趣极了。特拉姆珀逊和莱基诺德·塔潘发现了塔潘恒量。他曾被提名诺贝尔奖，但是他非常地不友好。”

“那么，他们家另一边是谁呢？”贝特西问道。

“哈内克一家，”阿姆斯特朗夫人说，“我必须警告你，亲爱的，如果你不经介绍就贸然地去问他们，那你就犯错了。”

“这就是我认为你不对的地方，”贝特西说，“你等着瞧吧。在他们家另一边是谁住？”

结果，她走时写了二十五个名字。阿姆斯特朗夫人解释说，她个人无法去参加聚会，因为她就要到丹佛去了。贝特西因为心中有聚会的事儿要想，因此感到宽释了许多，对周围的人也和和气气的了。她将她的计划跟购物中心卖酒的老板聊了一下。他告诉她应该准备些什么，并给了她一对夫妻的电话。那女的是一个侍女，而男的则是一个酒吧的男侍者，他们会调制鸡尾酒饮料并准备食品。她在文具店买了一盒邀请信笺，快快乐乐地花了一整个下午和晚上书写地址。在聚会的那一天，这对夫妇三点钟就来了。贝特西梳妆打扮了一下，把小儿子也穿戴得整整齐齐的。科弗利五点回到家里，按预期第一批客人会在那时来到，一切准备就绪。

到了五点半还没有一个客人来，科弗利兀自打开一罐啤酒，而那男侍者则为贝特西打开威士忌和干姜水。街上车来车往，但没有一辆车在沃普萧家门前停下来。她能听见邻近一个街区的网球场上正在进行网球比赛，人们正高声谈笑。酒吧侍者客气地打圆场说，这真是一个古怪的社区。他在丹佛工作，真希望回到一个更为彬彬有礼、循规蹈矩的地方。他切开酸橙，挤了柠檬汁，在桌上排开一排鸡尾酒杯，在酒杯里放上冰块。六点钟时，侍女便从包里拿出一本平装小说来读。六点过了一会儿，后门门铃响了起来，贝特西急匆匆赶去开门。原来是干洗店的伙计。科弗利听见她邀请他进来喝上一杯。“啊，我倒是非常乐意，沃普萧夫人，”这伙计说，“但我不得不赶回家去做晚饭。我一个人住，我想我曾经告诉过你。我妻子跟一个食品捷运公司的屠夫私奔了。律师劝我将孩子们放在孤儿院里，他说如果那样的话，我将可以更快地获得监护权，所以我就只能一个人住着了。我是如此孤独，我只能跟苍蝇聊天。我住的地方苍蝇可多了，我不打死它们。我跟它们聊天。它们就好像朋友似的。‘喂，苍蝇，’我说，‘我们都是孤孤单单的，你和我。你瞧上去蛮不错呀。’我猜想你也许会认为我发疯了，跟苍蝇聊天，但事情就是那样的。我没有任何可以聊聊的人。”

科弗利听见门砰然关上了。贝特西在厨房洗涤槽汲了点儿水。回到房间时，她脸色苍白。“好了，让我们来一次聚会吧，”科弗利说，“你和我。”他给她又斟了一杯酒，将一盘三明治送到她手里，然而，她看上去因为痛苦而变得如此木然，简直好像无法转动她的脑袋了。当她呷饮威士忌时，酒汁流淌到了下巴上。“我真弄不明白这些书中说的事，”这侍女说，“我结过三次婚，而在这本书里，他们在干的这些事儿，我简直弄不明白。我是说，我不明白他们到底在干什么……”她瞧了一眼那小男孩，又继续读下去了。科弗利问这对夫妇是否想喝点儿什么，他们两人都礼貌地回绝了，说他们在工作的时候是不喝酒的。他们的在场更加加深了沃普萧夫妇的窘迫和尴尬，到末了，这种窘迫和尴尬很快便成为一种耻辱了。尽管这对夫妇非常彬彬有礼，但他们瞧着他们，似乎整个世界都在瞧着他们。最终，科弗利打发他们走了。他们大大地松了一口气。他们很知趣，得体地没有说抱歉，而只是说再见。“我们要将一切为迟到的来客留着。”当他们走出门外时，贝特西鼓足勇气在他们背后说道。

这是她最后一次鼓足勇气了。她胸中所积聚的痛苦几乎要把她摧毁了。在外界似乎有组织的残暴面前，她行将崩溃了。她以她的天真无邪来对待周围的人，把所有的陌生人都看成朋友，然而，她被人们如此轻蔑地遗弃了。她并没有向他们要钱，或者向他们寻求任何帮助，她也没有向他们祈求友谊，她只是邀请他们到她家来，喝上一杯威士忌，让这空荡荡的房间充斥着谈话声，然而，他们中竟然没有一个人肯赏光。在她看来，这个世界犹如地平线上那导弹塔架一样充满敌意、无法理解，并且具有威胁性。当科弗利用手臂搂住她，说“太遗憾了，亲爱的”时，她一把把他推开，恶狠狠地说：“滚开，滚开，离我远点儿。”

最终，为了安慰她，科弗利带她到商业中心的咖啡馆去。他们买了票，拿着盛满咖啡的杯子，坐进帆布椅子里去。一个年轻女人，一头金黄色的头发沿耳朵拢在脑后，弹奏着一把小巧玲珑的竖琴，唱道：

啊，母亲，亲爱的母亲，啊，母亲，
天色为什么如此暗？
为什么空气中充斥着杀蟑螂粉的味道？
为什么公园中阒无一人？

那没关系，我亲爱的女儿，
那并不意味着世界的末日，
洗衣机照样转动，
而我正准备款待朋友。

但是，母亲，亲爱的母亲，请告诉我，
为什么你的盖革计数器嘀嗒作响？
为什么所有这些善良的人
要跳进那小溪里？

那没关系，那没关系，我亲爱的，
真的没关系，
我的盖革计数器只是记录
辐射的升降。

但是，母亲，亲爱的母亲，在我睡觉之前，

请告诉我，
为什么我的金黄色卷发
会脱落？
而天空为什么如此殷红？
为什么天空如此殷红……

在科弗利的本性中，毫无疑问有一种乡下人的气质，他更有一种无法忍受这种自哀自怨情调的气质。他一把抓住贝特西的手，大步走出咖啡馆去，像一个年岁更长的人，口中吐着粗气。这是一个多么倒霉的夜晚。

啊，父亲，父亲，你为什么要回来呢？

[5]

摩西·沃普萧和梅利莎住在普罗克西米尔庄园。那地方坐落在郊区铁道边。在那儿，人人都知道这里的一位夫人被逮捕过。那已经是四五年前发生的事了，然而，这次事件却像传说一样一直在居民中流传着，这位夫人一度成为这个美丽地方的天才。其实一切都非常简单。普罗克西米尔庄园的八个警察除了一起尚未破案的抢劫案以外，整天无所事事。他们唯一的职能只是在人们举行婚礼或者鸡尾酒会时指挥交通而已。他们整天收听州际警察电台关于其他地区偷窃汽车、重伤罪、酗酒、谋杀等犯罪行为或警告的广播，而普罗克西米尔庄园的警事记录簿却一直是空白的。这种闲散的生活在他们的自尊心上造成了沉重的压力，因为他们虽然被配备了手枪和子弹带，却整天只是给违规停在火车站的汽车写写罚单而已。这简直像是一场孩子的游戏，给通勤的人因为违反了警察自己制定出来的最琐屑的规定开罚单，他们还干得十分带劲呢。

这位名叫勒穆尔·杰姆逊的夫人也有同样的问题。她的孩子都住在学校，家务的烦琐事都由女佣做，她自己则常常跟朋友们一起打打扑克，一起吃中饭，但她每每会因为寂寞无聊发脾气。一天下午，她从一次到纽约的不成功的购物旅程回来，发现她的车因为压了一条白线而被开了罚单。她将罚单一下子撕成了碎片。后来晚些时候，一个警察在一堆垃圾中见到了那些碎片，把碎片拿到警察局，粘了起来。

当然，警察们可高兴了，他们终于抓到一个公然挑衅他们权威的事例。杰姆逊夫人收到一张传票。她给她的朋友弗林特法官——他是俱乐部的一员——打电话，让他去通融一下。他说他会去的，但是那天下午晚些时候，他患上了急性阑尾炎，被送到了医院。当交通法庭点到了杰姆逊夫人的名字，却不见人，警察便警惕起来。他们下了逮捕令，这是多年来第一次下逮捕令。上午，两个穿着一身新制服、全副武装的巡警在一个年迈女警官的陪同下，拿着逮捕令驱车来到杰姆逊夫人的家。一位女佣开的门，说杰姆逊夫人还在睡觉。他们至少暗示了一下他们有动武的可能，便走进漂亮华美的客厅，还叫女佣去喊醒杰姆逊夫人。当杰姆逊夫人听见警察来到楼下，她生起气来。她拒绝下楼。女佣走下楼去，过了一两分钟，杰姆逊夫人听见了警察沉重的脚步声。她惊慌起来。难道他们敢走进她的卧房吗？警官在大厅里跟她喊话。“夫人，起床跟我们走吧，要不我们就要把你从床上抓起来了。”杰姆逊夫人嘶叫起来。女警官将手伸进腋下手枪套，走进了卧室。杰姆逊夫人仍然在高声嘶叫着。女警官叫她起床，穿上衣服，要不他们将让她穿着睡衣到警察局去。当杰姆逊夫人往洗手间走去时，女警官尾随其后，她又开始吼叫起来，简直是一阵歇斯底里的嘶喊。当她在楼上的厅道里遇见警察时，她冲着他们吼叫，但是她还是乖乖地随他们把她带到车里，前往警察局。在警察局里，她再一次吼叫起来。最终，她交了一美元罚款，打的回了家。

杰姆逊夫人下决心要打破这几个警察的饭碗，一走进家门，她便动起手来。她要在邻居中找个能说会道并富有同情心的人。她想到了彼特·多尔迈奇。他是一个电视自由撰稿人，正租住在福尔逊的门房里。没有人喜欢他，但杰姆逊夫人却时不时地邀请他参加鸡尾酒会，他对她是欠了一份情的。她把她的情况跟他说了。“简直不可思议，亲爱的。”他说。她则说，考虑到他天生的雄辩口才，她想请他为她辩护。“我是反对法西斯主义的，亲爱的，”他说，“不管它在哪里冒出那丑陋的脑袋。”她接着给市长打电话，请求就此开一个听证会。听证会安排在那晚八点半。杰姆逊先生正巧有事不在家。她又给几个朋友打电话。到中午时分，普罗克西米尔庄园所有的人都知道，她被一个女警察侮辱，那女警察尾随她到洗手间，当她整装时，女警察坐在澡盆边上，还知道杰姆逊夫人在被枪口指着的情况下带到警察局。十五到二十位邻居参加了听证会。市长和他的理事会成员一共七人，那两位巡警和那位女警官也在场。当听证会重又按既定程序进行时，彼特站起来，问道：“难道法西斯主义来到普罗克西米尔庄园了吗？难道希特勒的鬼魂在林荫大道上游荡吗？难道我们在家里要时时担忧冲锋队员的皮靴蹂躏我们的人行道，用他们的铁腕拳头捶打我们的门吗？”他滔滔不绝地讲下去。他一定花了整整一天来写他的讲稿。整篇稿子都针对希特勒，只是偶尔提一下杰姆逊夫人。听众都咳嗽起来，打哈欠，溜掉了。当抗诉被否决，听证会解散时，法庭上只剩下主要的相关人员，杰姆逊夫人败诉，但这桩案子却没有被人遗忘。当火车经过绿树覆盖的山峦时，列车员会说“警察昨天在这儿逮捕了一位夫人”，然后，“警察上个月在这儿逮捕了一位夫人”，而现在，则说：“在这儿，一位夫人被逮捕了。”这就是普罗克西米尔庄园。

这村子坐落在城北三座长满绿树的山岗上，风光旖旎，令人心旷神怡，仿佛这村子已经巧妙地通过社会压力消除了人性恶的一面。一天下午，当一个叫劳拉·西里斯顿的邻居来到梅利莎家喝雪利酒时，这个想法钻进了梅利莎的心里。“我想告诉你，”劳拉说，“格特伍德·洛克哈特是一个荡妇。”梅利莎听见这话时，正在房间的另一端往酒杯里斟雪利酒，心中不禁纳闷她是否听真切了，因为这话太惊人了。这是什么样的邻里传闻啊？怎么可能是这样的传闻呢？它是一种实验吗？她对她所居住的社区的性质和动向从来是不甚了然的，难道邻里传闻真的也包括这类内容吗？

劳拉·西里斯顿大声笑了起来。她的笑声充满了一种健康的力量，她露出雪白的牙齿来。她坐在沙发上，一个肥胖的女人，双腿死死地踩在地毯上。她的头发是棕褐色的，硕大的眼睛也是棕褐色的，露出温情的目光。她腮颊丰满，泛着漂亮的嫣红色。她很久以前就结婚了，有三个成年的儿子，但最近非常干脆且义无反顾地从婚姻的围城里走了出来，仿佛她在这沸沸扬扬的围城里待得太久了。她对她那可怜的丈夫说，她已经受够了那一切。为了这次访问，她在身上洒上了香水，脖子上挂着一条粗粗的假的金项链，那假金项链在她的脸庞上反射出一缕铜色的光。她穿的是高跟鞋，紧身衣，这身风骚的打扮只是为了表明她的社会地位，并不着眼于吸引男人的注意力。

"我只是想你应该知道，"劳拉说，"这并不仅仅是流言蜚语。她跟谁都非常亲热。我是说那送牛奶的，还有那读煤气表的老头。那英俊的、一脸稚气的来送洗后衣物的男孩因为她被辞退了。那卡车在那儿一停就好几个小时。她开始在内罗毕杂货店购买食物和日常用品，那杂货店送货的男孩遇到了不少麻烦。她丈夫是一个非常英俊的人，人们说，他是为了孩子忍着这一切。他喜欢他的孩子。我真正想告诉你的是她就要离开我们了。他们签了一个附有修缮条款的两万八千美元的抵押合同，银行的查理·彼特逊刚通知他们，他们必须给房子翻盖一个新的屋顶。当然啦，他们拿不出这笔钱，巴姆珀斯·特里戈尔将付给他们买房的钱，他们就得搬到别的地方去了。我只是琢磨你也许会想知道这件事。"

“谢谢你，”梅利莎说，“你还想再喝一些雪利酒吗？”

“哦，不，谢谢你。我得走了。我们要去韦兴家，你们呢？”

“是的，我们是要到他们家去。”

劳拉穿上她那件短貂皮夹克衫，以那种优雅，那种矜持，那种温情脉脉、毫不含糊的女人对情人告别时才有的风姿从房子里走出去。

这时，后门的门铃响了起来。厨娘因为在外带婴儿不在屋里，梅利莎亲自走到后门，让内罗毕杂货店的伙计进门。她在心中纳闷，这是不是洛克哈特夫人想色诱的那年轻的小伙子。他是一个瘦高的年轻人，一头棕褐色的头发，一双碧蓝的眼睛散发出温和的光，而不像那些老迈的男人——那些破烂的灯笼——眼睛暗淡无光。她真想问问他关于洛克哈特夫人的事，但这当然是不可能的。她给了他两角五分的小费，他很有礼貌地感谢了她。她上楼去洗了一个澡，为参加韦兴家的舞会梳妆打扮起来。

韦兴家的舞会一年举办一次。正如韦兴夫人跟人解释的，他们每年给地板铺上地毯之前要举办一次舞会。舞会上有一支三人乐团演奏，舞会上会招待一顿非常丰盛的晚餐。晚餐有浇上糖浆的三文鱼、焖牛肉、深色的带有花卉香味的红酒，还有一个喝饮料的吧台。十点一刻之后，梅利莎感到无聊，想叫摩西带她回家了，但摩西正在另一个房间里。她长得可爱，总是兴高采烈的，很少会感觉无聊。她瞧着这些一对对跳舞的人，心中却想起可怜的洛克哈特夫人。这帮人已经不再邀请洛克哈特夫人参加他们的聚会了。在另一方面，她也知道，人们会多么轻易、多么错误地认为那些另类的人——酒鬼和淫荡者——会通过他们伤风败俗的行为穿透进他们社交界那不朽的硬壳之中。难道洛克哈特夫人比她梅利莎更了解人吗？谁具有那种穿透力呢？难道是牧师吗？牧师曾经目睹他们的手在伸向圣餐杯时发抖。难道是医生吗？医生曾经看见他们脱光衣服、一丝不挂。难道是心理学家吗？心理学家曾经看见他们丧失一切冥顽的自尊。那个穿一身殷红衣服、在跟一个肥胖女人跳舞的人是谁？打入社交圈有什么价值呢？那醉醺醺的、不幸的女人在房间一隅总是幻想着有一群裸露的抒情诗人在一片树林中追逐她，可这又有什么关系呢？梅利莎感到厌烦，她想她周围跳舞的人也同样感到厌烦。孤独是一回事，她知道孤独感可以使灯光下聚会的情景显得多么的甜蜜，而无聊却是另一回事了。啊，在这个相当富裕而平等的世界中，为什么人们都显得如此无聊、如此失望呢？

梅利莎走进浴室。韦兴家的房子巨大无比，她迷了路。她误入了一间漆黑的卧房。她一走进这房间，另一个女人——她准是在等候什么人——一把抱住了她，兴奋得呻吟起来。那人一明白自己的错误后，便连连说“抱歉”，走出了门外。梅利莎只看到她是一个有深色头发的女人，穿着一条宽下摆女裙。她在黝黑的房间里站了一会儿，试图将她的这次邂逅在远处传来的舞曲声中再回味一遍，却没有成功。这意味着她的两个邻居，也就是说两个家庭妇女，相互爱上了，打算在韦兴家的舞会癫狂正酣时约会。这可能是谁呢？她邻居中谁都不可能。这准是一个从郊外来的人，是从普罗克西米尔庄园以外的狡诈世界来的人。她走进了点着灯的厅道里，找到她刚才走过的路，而她所能做的只是把这场邂逅忘掉。它压根就没有发生过。

她请巴姆珀斯·特里戈尔给她拿杯饮料来，他给她送来一杯深色的波旁威士忌。一阵深沉的感伤情怀顿时向她袭来，她企盼着能找到一个情感可以寄托的地方，那是一个甚至在她的梦幻中都没有出现过的地方。她似乎知道这地方应该是什么样子——它不是天堂——然而它所具有的那种使情感富足和自由、使人精神昂扬的可能性却使她深深地感动。那是一种了不起的感觉，使人觉得将来是可以比现在做得更好的，韦兴家的舞会并不是现实的全部，这世界也并不是被呆板地分裂为恶与善，而是由她欲望的绝对权威和范围来左右的。

她开始跳舞，一直跳到三点乐队停止奏乐。她的心情从无聊演变成想肆无忌惮、贪婪地寻欢作乐。她并不希望这聚会作鸟兽散，她一直待到黎明时分，摩西开始注意到她为止。摩西是一个非常细心呵护妻子的丈夫。在船屋和漏水的小划子里，在海滩和长着苔藓的河岸上，在汽车旅馆、酒店、宾馆、沙发、白天的床上，他都细心百般地呵护着她。这屋子每晚都回响着他放肆纵情的快乐叫声，但是在这种爱情的极度状态中，他自有一套极其严谨的关于正派和体面的原则，而有些性事买卖的形式在他看来过于令人惊讶与憎厌了。在白天（除了星期六、星期日和假日），他关于正派和体面的原则是非常苛刻的。在男女都有的场合，如果有人讲述了一个肮脏的故事，他会把对方的鼻子一拳头揍掉的。有一次，他严厉叱责他的小儿子，因为他骂了声该死。他是那种对放荡不羁的人怀有同情心的一家之主。每晚，他和梅利莎调情，每晚，他怀着无限的自信爬上床，而那些可怜的放荡不羁的人却没有他这种安全感。他，作为爱情的漫游者，是必须要写情书的，将钱花在鲜花和首饰上，在饭店里献殷勤宴请姑娘，请姑娘看戏，聆听她们没完没了的回忆——我妹妹对我有多刻薄，猫死亡的那个晚上之类的。在对待女人几近迷宫般复杂的层层衣物上，他必须运用他机智的头脑和灵巧的双手来解开它们。为了几小时，有时候几分钟的甜蜜偷情，他必须要预见到诸如地形状况、情人变化无常的趣味、嫉妒的丈夫、心存疑云的厨师之类的麻烦。他被剥夺了友谊的乐趣，他在警察眼里是一个可疑的人，他有时寻找一份工作也会非常困难，而世界却对他那一身毛茸茸野人般的已婚邻居关怀备至。在火暴脾气上，摩西和梅利莎非常相似，但也就这一点相似。在其他方面，他们几乎没有相同点。他们喝不同牌子的威士忌，阅读不同的书籍和报纸。在性爱的幽暗圈子以外，他们几乎是陌生人。有一次，他从一个长长的餐桌望去，心中不禁纳闷那个一头浅黄色头发的漂亮女人到底是谁。一天上午，梅利莎打开大厅桌子的抽屉，发现一系列剪下的为时一个月到六个星期的备忘录，标题写着“饮酒记录”。备忘录记述着：“中午 12：00 三杯马提尼酒。3：20 一杯提神饮料。5：36 至 6：40 火车上三杯波旁威士忌。晚饭前四杯波旁威士忌。一品脱摩泽尔白葡萄酒。接着是两杯威士忌。”这一发现揭示了所有这些纷纷扰扰、熙熙攘攘，这些细心呵护都不是发自内心的。每天的记录差不多。她将它们放回抽屉里去。这是另一件需要忘却的东西。

[6]

说来几乎令人无法相信，霍诺拉·沃普萧从来没有交过所得税。名义上照管她事务的比斯利法官想当然地认为她应该知晓税法的，所以他从来没有在这个问题上诘问过她。也许在年龄上倚老卖老可以解释她这种对法律的忽略、这种违法的疏忽。她也许觉得她已经太年迈了，无须再开始做像交税那样的新鲜事了，她也许觉得在他们来逮捕她之前她就死了。她时不时地会想到她这种疏忽，也会一时感到愧疚，但是，正如她想的那样，老年人的特权之一就是可以高度不负责任。不管怎么样，她从来没有交过任何的税，因此，一天晚上，一个叫诺曼·约翰逊的人跳下火车来。这火车同样把科弗利送到了圣博托尔夫斯。那晚，他看见了父亲的鬼魂。

乔韦特先生从衣着上判断，他可能是一个跑街，便介绍他去了维亚达克客栈。梅布尔·莫尔顿自她父亲中风后一直在经营这家客栈。她引领他上楼到后面的一间房间。“房间并不算好，”她说，“但我们有的也就这样了。”她离开他，让他自己去咀嚼她所说的话。从唯一的一扇窗户望出去，他可以看见河流那边的银餐具厂。在房间的角落里放着一个罐子和一只供盥洗的盆。他看见床下有一只夜壶。这些原始的玩意儿让他感到非常不安。请想想看，在人类业已自由地探索太空的时候，有人竟然还在用夜壶！宇航员用夜壶吗？火车司机的助手们呢？他们过去用什么？他放弃了这个话题，转而去嗅闻房间空气中的味道。维亚达克客栈非常古老，对于它的各种异味你只能原谅了。他将他箱子和包里的西装都挂在壁柜里。他碰了壁柜里的马口铁衣架一下，那些衣架丁零当啷足足响了半个钟头。这种鬼魂般的嘶鸣让他惊魂未定，而后便是无边的寂静。楼上的房间里传来脚步声。那是男人的脚步，还是女人的脚步呢？他听见鞋后跟硬，那步子却沉甸甸的，他猜想那是一个男人。但他在干什么呢？首先，这陌生人从窗户走到壁柜，然后从壁柜走到床边，从床边走到盥洗池，再从盥洗池走到窗边。步子清脆有力，急匆匆的，但这样来来回回地走来走去毫无意义。他在打包，在穿衣，在剃须，或者正如约翰逊从自身经验了解的，他只是在一个空旷的地方毫无目的地来回踱步，心中在纳闷：他忘掉的东西到底是什么？

约翰逊穿着一件衬衣和短裤坐在床边上。（他的短裤上印着一手扑克牌和骰子。）他打开一瓶雪利酒，喝了一杯。在我们周围不断出现的不同脸庞中，有些看上去像是某一个特别王国的硬币，似乎具有相同的脸型和价值。人们有可能在以前见过约翰逊，也有可能还会见到他。他的脸长长的，对于这种脸型，无论如何是不能用“成熟”这样的一个词来形容的。时间包含着一系列意想不到的失落和粗暴的打击，然而，在灰暗朦胧和交叉的光线下，这种感情上的伤痕却是无法看见的，人们能看到的只是那显得认真、简朴而神秘莫测的脸。我们中有些人在这世界上来回走三次，离婚，再婚，再离婚，和我们的孩子们分手，积聚一笔财富，又随手将财富挥霍殆尽，回到我们最初的地方，于是，我们在同样的窗户发现同样的脸庞，从同样的一个老头那里购买我们的香烟和报纸，对同样的电梯工道声早安，对同样的前台职员道声晚安，对所有的人，对那些跟约翰逊一样像是钉进地板去的钉子一样被死死地钉进不幸之中的人问安。

他是一个到处旅行、行踪不定的人，对孤独的痛苦，对因孤独而引发的性欲上的暴力冲动太熟悉了。在半睡半醒时所感知的孤独就像是交通干线和高速公路，就像是一个迷惑的幽灵的投影，他对这种孤独的意象太熟悉了，他对那种孤苦伶仃的状态，那种被性欲忘却的状态也太熟悉了。这种孤苦伶仃、被性欲忘却的状态一定在维纳斯被创造出来之前就在世界上肆虐了，这种状态遑论善恶，统领它的只是痛苦。当他还是一个孩子的时候，他父亲就去世了，他由母亲和一位既是教师又是裁缝的姐姐抚养长大。他一直是一个好孩子，勤劳而刻苦，当其他孩子在大街上追逐足球玩耍的时候，他在兜售平足脚底垫、杂志、热水器、圣诞卡和报纸。他将钢镚儿放在空李子汁的罐子里，每星期将它们存进银行储蓄账户中。他用自己的钱付了大学两年的学费，后来被征召进陆军服役了。他本来可以在苏必利尔装运矿砂的港口获得一个缓役的工作，在战争期间赚上大钱，然而当他得知这个信息时，已经太晚了。

在展开攻势的第四天，他登上了诺曼底。他们一登陆，身强力壮的军士长便往自己的腿上开了一枪，那嗜血成性的连长才打了三个小时的仗便精神崩溃了。就像他那样谦卑而正派的士兵才是真正勇敢的人。开仗后的第三天，他挂彩了，被飞机空运到英国医院。当他回到连队，他被调遣到司令部，在复员之前他一直在那里工作。那是他一生中的四年时光，从一个年轻人的事业中被挖走的四年。当他回到苏必利尔，他的姑妈已经死了，母亲正在死亡线上挣扎。葬了母亲，他欠下三千美元的医疗费，一千四百美元的丧葬费，还有谁也不想买的一栋房子的抵押金七千美元。那时他二十七岁。他给自己倒了一杯雪利酒。他大声说道："我从来没有过一辆电动火车玩具。我从来没有过一条狗。"

他在德卢斯[1]退役老兵管理处找到了一份工作，于此得到了另一份教训。大部分人一生下来就欠债，一辈子生活在债务之中，死的时候还负债。与负债的重负相比较，小心谨慎和勤劳就不算什么了。他需要的是灵感，是一场赌博。一天晚上，

---

1 德卢斯：美国明尼苏达州东北部港口城市，在苏必利尔湖畔。

他站在苏必利尔郊外的一座小山岗上，顿时感到一阵灵感。他可以看见在遥远处的德卢斯的灯火。在他的脚下是一家罐头厂平整的屋顶。从德卢斯刮来的晚风正顺着他的方向吹拂，晚风给他送来狗的吠叫声。他是这样想的：在这山岗上居住着两千人。山岗上的每一个人拥有一只狗。一只狗一天至少吃一罐头食物。人们爱他们的狗，不惜出高价饲养它们，然而，谁知道那罐头里放的是什么东西？狗喜欢吃什么？残羹剩饭、垃圾和马粪。流浪狗的毛皮总是最好的，也是最健康的。它所需要的只是一个销售点。老英国狗粮！对于大部分人来说，英国就意味着烤牛肉。在罐头上贴上那样一个标签，狗主人就会付两角五分的高价来买。从罐头厂传来的嘈杂声为他这一灵感的思绪作伴奏，他快乐地上床进入了梦乡。

他在社区对狗做实验，结果找到了一个狗粮配方。这配方包括百分之九十早餐工厂扫出来的垃圾，百分之十骑马俱乐部马棚的马粪，再加上足够的水，使狗粮湿润。他设计了标签，在标签上印刷一个纹章盾牌，用花体字写上“老英国狗粮”。罐头厂同意加工一千个罐头。他租用了一辆卡车，用垃圾桶装上原料往罐头厂运送。当罐头贴上了标签，分箱装好，存放在车库里时，他感觉他占有着一些有价值而美丽的东西。他买了一身崭新的西装，开始拿着老英国狗粮样品在德卢斯的市场上到处转悠、推销。

他到处都遇到同样的结果。杂货店老板从批发商那儿购买狗粮，他便去找批发商，批发商告诉他，他们不能买他的狗粮罐头。他们销售的狗粮罐头是由芝加哥肉类厂商和其他产品搭配在一起供货的，他当然不可能与芝加哥竞争。他试图在山岗上亲自销售他的狗粮，但是你不可能挨家挨户地去兜售狗粮。他得到了一个深刻的教训：单枪匹马什么事儿也干不成。德卢斯充斥着饥饿的狗，而他在车库里却存放着一千个狗粮罐头，但是作为一个单干的企业家，他无法将这两件事联系在一起，同时又创造利润。意识到这一点，他又喝了一杯雪利酒。

那时天已经很黑了。照进窗户里来的天光消失了。他穿上衣服下楼去吃晚饭。他是餐厅唯一的客人，梅布尔·莫尔顿给他送来一碗油腻的汤，在汤里，一根刚点燃的火柴梗漂荡着。这刚点燃的火柴梗跟那夜壶一样，让他咬牙切齿地痛恨起圣博托尔夫斯来。“啊，太抱歉了，”当他将那火柴梗拿给梅布尔看时，梅布尔说，“太抱歉了。你瞧，我父亲上个月得了中风，太缺人手了。情况总不是我们想要的那样。煤气灶上的指示灯灭了，厨师只能用火柴来照亮煤气灶，我猜想那就是为什么火柴会掉到汤里面去。好了，我把汤拿走，给你拿一盘烤牛肉来，我敢保证不会再有火柴梗了。请注意我是用左手拿走你的汤的。我去年冬天扭到了左手，从那以后，它总是不对劲，我坚持用左手干活，看看这样能不能让它好起来。医生告诉我，如果我坚持用这只手，它会好起来的。当然啦，对于我来说，使用右手要顺当得多了，但是时不时地……”她看出来了，他感到厌烦，她便走了。她侍候了成千个孤独的男人，大部分人喜欢在她欣赏他们的妻子、孩子、房子和狗的照片时听她讲她的伤心、痛苦、扭到的手。这是人与人之间一座交往的脆弱桥梁，但终究聊胜于无，而且这样可以更好地打发时光。

约翰逊吃完他的炖肉和馅饼，便去了一家酒吧。那酒吧仅仅依靠啤酒广告霓虹灯紧巴巴地照亮着，味道就像是茅厕，只有两个农夫顾客光顾。他走到酒吧的一头，离他们远远的。他又喝了一杯雪利酒。他在一座小型的保龄球机器上玩了一会儿保龄球，便从侧门走上大街。小镇一片漆黑，压根不了解羁旅者、漫游者、这广大世界的流动人口的需要。所有的店铺都关上了门。他瞧了一眼公共绿地那边的一位论派教堂。那是一栋白色的木造房屋，拥有圆柱和一座钟楼，尖塔笔直地伸向星空。在他看来几乎令人难以相信，他的同乡，这些富有创造力的人，这些首先利用明亮的灯光和连续音乐拓展玻璃店业务的人，竟然如此落后，建造了这样一座属于古代世界的教堂。他沿公共草地转了一圈，走上船舶巷，径直来到霍诺拉的家。这栋老房子零零星星地亮着灯，但他没看见一个人。他又回到酒吧，看电视上播放的拳击赛。

人们最看好的是一个老迈的俱乐部拳击手，名叫摩塞。对手叫圣迭亚戈，可能是个意大利或波多黎各人，很健壮，一身肌肉，但显得愚蠢。摩塞一路拳打脚踢拿下了头两轮。他是一个英俊而矮小的人，脸上布满皱纹，约翰逊心中琢磨，这准是为家庭操劳造成的。他也许一小时之前在厨房吻别了妻子，他打拳击赛也许就是为了支付那台洗衣机的分期付款。他身段和步法灵活，聪明，出拳狠毒，看上去似乎是不可战胜的，然而在第三轮中，圣迭亚戈往他右眼上方猛然一拳，血顿时冒出来。鲜血沿摩塞的脸和胸口往下流淌，他在沾满鲜血的地毯上绊了一跤。在第五轮比赛中，圣迭亚戈又击破了对手的老创口，鲜血蒙住了摩塞的眼睛，他体力不支地在拳击场上踉踉跄跄。在第六轮中，裁判终止了比赛。摩塞的精神会垮掉，他的妻子和孩子们会伤心不已，他的洗衣机也会给拿走。约翰逊走上楼去，穿上印着越野赛马图景的睡衣，读起一本平装本小说。

他读的小说是关于一个拥有数百万美元的年轻女人的，她在罗马、巴黎、纽约和檀香山都有房产。在第一章中，她和她的丈夫在滑雪场的一座小木屋中做爱。在第二章中，她和男管家在餐具室亲热。在第三章中，她的丈夫和男管家在游泳池鬼混，而女主角则和内房侍女上床。她的丈夫发现了她们，也加入进去。厨师跟邮差鬼混，而厨师十二岁的女儿勾引上了马夫。关于做爱，小说写了足足六百页。他知道，小说会以宗教机构收尾。女主人公做了一切已知的罪孽之后，剃光头发，戴上铅戒指，进了修道院。你最后会看到她堕落的丈夫穿着粗糙的僧侣式拖鞋，拿着一小瓶抗生素，在暴风雪中跋涉前行，赶往深山中去救治一位病重的妓女。对于一个孤独的人来说，这似乎是一个糟糕透了的故事。他从他躺着的坚硬床垫感受到曾经像他一样躺在那儿的成千孤独者所积累起来的孤独感，热切地盼望不要再孤身一人了。他关了灯睡觉，梦见了天鹅，一只遗失的箱子，还有一座白雪覆盖的山峦。他看见他的母亲用颤抖的手将饰品从圣诞树上取下来。早晨醒来，他感觉舒畅，精神昂扬，甚至充满了爱意，但是将脸蛋隐去的陌生人总是等在湖边，在花园里总是有一条毒蛇，在西方总是浮着一片黑云。梅布尔给他拿来的早餐鸡蛋浮在油腻腻的汤里。他的脚一跨出维亚达克客栈，一条狗便对他吠叫起来。狗跟随着他穿过公共草地，猛然咬了一口他的脚踝。他奔逃到船舶巷，一些走在上学路上的孩子对着他的惊慌失措哈哈大笑起来。当他跑到霍诺拉的家时，他兴高采烈的情绪早已消失得无影无踪了。

麦琪来开的门，并引导他到书房。此时，霍诺拉正坐在窗户边，在堆在篮子里的一大堆烟火具中挑挑拣拣。她一听到一个男人的脚步声，便卸下眼镜来。她希望这样能看上去年轻一些。不戴眼镜，她已经看不清什么东西了。当约翰逊走进书房，她瞧着约翰逊的脸庞一片模糊，这使她确信他是一个拥有敏锐趣味、热情和开放胸怀的年轻男子。对于她所看到的那十分朦胧的形象，她的心中充溢了友情或怜悯的冲动。“早安，”她说，“请坐。我只是在检查一下我的烟火。这是我去年买的，你知道，我正琢磨我得举行一次小小的聚会，你知道，去年七月天气非常干燥，一连六个星期没有下雨，消防队长请求我不要放烟火。我把它们放在大衣柜里，压根忘了，直到今天早晨才想起它们来。我喜欢烟火，”她说，“我喜欢阅读包装纸上的说明文字，想象一下当它们燃放出来会是什么样子。我喜欢闻火药味。”

“我想了解一下你的叔叔洛伦佐的事。”约翰逊说。

“哦，好呀，”霍诺拉说，“是关于纪念匾牌的事儿吗？”

“不是。”约翰逊说。他打开他的公文包。

“啊，去年一个男人跑到这儿来，”霍诺拉说，“怂恿我为洛伦佐做一个纪念匾牌。开始时，我还以为他代表什么委员会，后来我发现他不过是一个跑街。你不是跑街吧？”

“不是，”约翰逊说，“我是政府派来的。”

“啊，洛伦佐是国家立法机构的成员，你知道吧，”霍诺拉说，“他提出了关于童工的法案。你瞧，我的父母是传教士。我出生在波利尼西亚，你瞧瞧我，你不会知道，是不是？父母将我送回美国上学，在我能回去之前，他们去世了。洛伦佐把我抚养长大。他从来就不是一个与人为善的人。”她似乎陷入沉思之中。“但是你可以认为他既是我的父亲又是我的母亲。”

她叹了一口气，露出明显的不悦之情，说。

“这是他的房子吗？”

“啊，是的。”

“你的叔叔将他的房产给了你？”

“是的，他没有其他亲属。”

“我这儿有一些阿普尔顿银行和信托公司的来函。他们估计你叔叔的房产在他逝世的时候价值一百万美元。他们说，他们每年付给你七万到十万美元。”

“我不知道，”霍诺拉说，“我大部分的钱都给人了。”

“你有证据吗？”

“我不做记录。”霍诺拉说。

“你付过所得税吗，沃普萧小姐？”

“哦，没，”霍诺拉说，“洛伦佐让我发誓不要给政府任何钱。”

“你遭遇麻烦了，沃普萧小姐。”这时，他感觉自己变得高大而强壮了，像那些传送不幸消息的人那样，深感自己的身份极端重要。“这将让你遭到刑事诉讼的。”

“哦，亲爱的。”霍诺拉说。

她被逮住了，她明白，就像一个笨手笨脚的小偷在银行自动取款机前挥舞水枪一样被逮住了。如果说她对于税法的知识并不比一场梦幻多多少，她怎么也知道这些法律是她的国家和她的时代的法律。她这时所做的便是走到壁炉前，点燃园丁业已放在炉子上的刨花、纸和木柴。她之所以做这个，就是因为火对于她来说是一类主要的止痛剂。当她对自己不满意，陷入麻烦、困惑，或者感到无聊，点燃一堆火似乎可以泯灭她的不悦，或者使她的重负灰飞烟灭。她像一个土著人一样对待火焰的光和热。刨花和纸砰的一声变成了火焰，让整个书房充斥了一种干燥的、气浪一般的热流。霍诺拉往壁炉里添加干燥的苹果树树枝，使火烧得更加旺起来。她感觉一旦火焰变得足够灼热，它便会将她对于可怜的农场和监狱的恐惧焚烧殆尽。一根木头爆裂开来，余烬飞溅到盛放烟火的篮子里，首先点燃了罗马烟火筒。“天哪。”霍诺拉喊道。她没有戴眼镜，几乎是一个瞎子，伸手去拿花瓶，试图熄灭罗马烟花筒，但是，她看错了目标，直往约翰逊的脸上浇了一品脱左右酸臭的养花的脏水，还扔去十几朵风信子花。这时，罗马烟花筒开始迸发出一团团彩色的火花来，而这些火花点燃了那被称为金色维苏威火山的烟花。一枚火箭往钢琴的方向弹射出去，整个篮子里的烟火便全噼里啪啦燃放起来。

[7]

在家里，关于霍诺拉·沃普萧讲得最多的两个故事与她的闹钟和她的书法有关。与其说人们讲述这两个故事，还不如说人们在表演。这两个故事，家庭中每一个成员都饰演一个角色，就好像吟唱一段咏叹调，然后，到了高潮性的结尾时，所有人似乎都以为自己身处在十九世纪意大利歌剧演出中一样，融进合唱中来。闹钟的故事发生在遥远的过去，那时洛伦佐还活着。洛伦佐下决心要让人觉得他非常虔诚，喜欢在十点三刻准时抵达基督教堂做早祷。虽然霍诺拉对宗教是真心虔敬的，但她讨厌装腔作势，不是找不到她的手套，就是不知道帽子放在哪儿了，总是迟到。一个星期天上午，洛伦佐气鼓鼓地手挽着他的侄女，带领她走进一家杂货店，买了一只闹钟送给她。然后他们来到教堂。伯莱姆先生，艾普尔盖特先生的前任，刚开始他关于圣保罗镣铐的冗长不堪的布道，闹钟便叮铃铃响了起来。大部分教众在打瞌睡，他们都倏然惊醒过来，惶惶然摸不着头脑。霍诺拉摇晃了一下闹钟，把闹钟的发条松开，当她终于将闹钟回复到原先的位置，铃声便停了下来。伯莱姆先生便继续他关于圣保罗镣铐的布道。这时，闹钟又叮铃铃响了起来。这次，霍诺拉摆出一副架势，假装这压根不是她的闹钟。她满头大汗，坐在那个对神不敬的引擎旁边。伯莱姆先生继续讲述他关于镣铐意义的思考，一直讲到闹钟不再闹腾。这真是一个具有历史意义的星期日。关于她的书法的故事则起源于一个早晨。在那天，她给当地卖煤的店主写了一封信，抗议他的高价，然后又给波特先生写了一封信，对于他失去那位圣洁的妻子表示沉痛的哀悼。她将信函装错了信封。然而，因为波特先生认不得她写的内容，只认识她的签名，便被她的悉心关怀大大地感动了。煤老板萨默尔先生读不懂她写的悼念的信，把信寄回给了霍诺拉。她受过书写斯宾塞式书法的训练，但是这种书写体远远未能表达她本性中那种令人敬畏或者说粗鄙的精神，这样，她的激情和书写风格之间的冲突使她的书写体简直难以辨认。

正在这时，科弗利收到他老姑妈的一封信。

要是一个更为耐心的人一定会一个字一个字地辨认，琢磨出它大致的内容，但是，科弗利不是这样有才能和富有耐心的人。他只能猜出几件事实来。屋后的一棵冬青树染上了锈病。她希望科弗利回圣博托尔夫斯，给冬青树喷药。紧接着是一段关于波士顿阿普尔顿银行和信托公司的无法辨认的段落。霍诺拉为科弗利和他的哥哥建立了信托基金，他设想她是在谈这个问题。这笔收入使科弗利过着比仅仅依靠政府薪金更为舒适的生活，他希望这笔信托基金不要发生任何问题。在这段之后是一句非常清晰的话，说塔利弗基地主任莱姆尔·卡梅伦博士曾经获得过由洛伦佐·沃普萧设立的奖学金。信的结尾照常是她关于降雨、风向和潮汛的观察。

科弗利琢磨，她关于冬青树的话另有所指，但是他这时也没有心思去仔细寻思这老女人的心里到底装着什么。即使她在阿普尔顿银行和信托公司遇到了麻烦，给他寄的每季度的支票迟迟未到，他也是无能为力的。关于卡梅伦博士的话也许是真的，也许并不是真的，因为霍诺拉每每夸大洛伦佐慷慨的善举，何况她会像所有老女人那样记不清人们的名字。信件抵达的时候，他正遇到倒霉的事儿，于是，他把信转寄给哥哥了。

贝特西还没有从那场鸡尾酒会的痛苦中恢复过来。她恨死了塔利弗，责怪科弗利让她住在这鬼地方。她以分房独自居住、不与丈夫讲话来报仇。她总是独自唠唠叨叨地埋怨噪声、社区、厨房、天气、报上的新闻之类的。她冲着土豆泥大骂，诅咒炖牛肉，她要这些坛坛罐罐全去见鬼，她对着冻苹果馅饼说着非常下流的话，就是不跟科弗利讲话。生活中的每一个平面——桌子，餐盘，她丈夫的身体——仿佛都是一块拦在她路上的石头那粗糙、伤人的一面。没有什么是顺心的。沙发刺痛她的脊背。她不能在她的床上睡着。台灯太暗了，没法看书。餐刀太钝了，连黄油都无法切开。尽管她是一个忠实的电视观众，她却每每抱怨节目太无聊了。最让科弗利受不了的是他们之间性关系的破裂。性关系是一切的关键，是他们婚姻生命力最自然的源泉。没有性生活，跟她待在一起着实是痛苦不堪的。

科弗利竭力在一旁客观地观察她，他看出来，或者说他以为他看出来了她也许背着过去沉重的包袱，而对于她的过去他一无所知。他心中想道，我们大家终生都受到最初岁月的影响，也许对于她来说，这种集聚在一起的影响太强大了。这也许可以解释她本性中那阴暗的一面，对于他来说，她本性中阴暗的一面比月亮的阴影还要神秘。是否有一种爱与耐心的方法可以去探索这一阴暗的一面，去发现她痛苦的源头，通过这样的探求与了解将她引导到理智的轨道上来呢？或者说，这是否是她这一类女人的本性，她们坚持要永远将一半的身子留在连她们自己都不知晓的黑暗之中？当她端坐在电视机前时，她看上去一点儿也不像月亮女神，但是，对于他来说，在世界的万物中，她不可调和的面容所表现出来的精神似乎非常像月亮。

一个星期六的早晨，当他在修脸时，他听见了贝特西的声音，尖厉而愤懑，于是他穿着睡衣下楼去瞧个究竟。贝特西正在训斥新来的打扫女工。“我真不明白这世界变成什么样了，”贝特西说，“我真不明白。难道你要我给你付好多钱，就让你这么死坐着享福，让你就这么跷着二郎腿抽我的烟卷、看我的电视吗？”贝特西转身面对科弗利。“她说不了英语，”贝特西说，“她甚至不知道怎么操纵一台吸尘器。她甚至不知道怎么干那活儿。而你。瞧瞧你这熊样。都已经九点钟了，而你还穿着睡衣。我琢磨，你想一整天就这么坐在屋子里吧。这真叫我烦死了。好了，你带她上楼，教她怎么用吸尘器。现在，你们两个人，齐步走。你们上楼去，变点花样干点有用的事吧。”

这打扫女工一头黑发，皮肤是橄榄色的。她的眼睛里蓄着泪水。科弗利找到那吸尘器，提着它上楼，一边欣赏着这陌生人丰满的臀部。在他们之间刹那间建立起了被呵责的孩子们之间会建立的那般融洽关系来。科弗利插上了插头，打开吸尘器，但是当他对这陌生人微笑时，情况发生了变化。“现在我们把吸尘器放在这儿，”贝特西听见他说，“对了。就这样，我们让它把角落里的灰尘吸干净，伸进角落里去。慢慢地，慢慢地，慢慢地。往后，往前，往后，往前。别太快了……”贝特西在楼下生气地想道，科弗利终于在星期六上午找到一件有用的事干了，他至少可以将一间房间打扫干净。她走进浴室，在浴室里她产生了一种幻觉，与其说那是关于解放女性的幻觉，还不如说那是关于奴役男性的幻觉。

日常道理的演进——一位女性总统和一个由女性组成的参议院——并不出现在贝特西的幻觉里。事实上，在她的幻觉里，世界上的事大部分仍然由男人去做，这些事现在扩而广之还包括家务和购物。她一想到一个男人在弓身烫熨衣服，在擦掉桌上的灰尘，或者在烤肉，便不禁微笑起来。在她的幻觉中，一切在公共场合纪念伟大男子的雕像将全部被推倒，扔到垃圾堆里去。骑着马儿的将军，穿着长袍的牧师，穿燕尾服的立法议员，飞行员，探险家，发明家，诗人，以及哲学家将要由漂亮、妩媚的女性来替代。女性在性事上将拥有完全的独立。她们将如同买一本袖珍书籍一般随意地和一个陌生人做爱。晚上回到家里，她们会厚颜无耻地给她们沮丧的丈夫（在伦敦烤炉上撒阿道夫牌肉类嫩化剂）描述她们性欲冒险经历中最精彩的部分。她倒没有走得如此远，以致想象通过任何法律手段限制男性的权利，但是她确实把男人看成垂头丧气、平淡无奇且沮丧消沉的一群人，他们永远丧失了被别人认真对待的机会。

闹剧似的胡闹和自吹自擂成了科弗利·沃普萧爱情之歌的主要内容，在我笔下的那个时候，他养成了一种像中餐馆小馅饼里算命纸条那样讲话的不幸习惯。“时间会医治一切的。”他会说。或者说：“穷人比贼还贼。”除了他捏指关节的习惯以外，他还有一个更加叫人难受的、神经质地清嗽喉咙的习惯。每隔一定的时间，他会从喉咙里吐出一种沉思般的、抱歉性的、埋怨的、吞吞吐吐的杂音来。“呃——”他在洗涤盘子时，会对自己这样说道。“呵——呃——”他会这样说道，仿佛这些杂音能最微妙地表达出他的不悦似的。他是那种在公共关系会议上将自己的身份名牌（嗨，我是科弗利·沃普萧！）连同送给代表的白色康乃馨一股脑扔进垃圾篓里的人。他似乎感觉自己生活在一座小镇上，在小镇里，谁都知道他是什么人。当然，这距离真相不能再远了。贝特西是那种传说中女主人公似的女人，她们可以神速地从女巫变成美女，又从美女变成女巫，使得科弗利也不得不随之颠来倒去。

科弗利就像有些暴君那样喜欢随心所欲地安排历史事实。他会兴高采烈、满怀希望地表示发生过的事压根没有发生过，虽然他还没有张狂到将没有发生的事说成发生过。发生过的事压根没有发生过是他爱情之歌中一句普通的歌词，就像那些赞颂性欲快感的抒情歌曲歌词一样普通。而现在贝特西成了一个整天抱怨的女人，或者如科弗利说的，贝特西没有成为一个整天抱怨的女人。她曾经在雷姆森感觉非常痛苦，希望到卡纳维拉尔角。她幻想自己坐在卡纳维拉尔角白色的海滩上数澎湃的海浪，向救生员挤眉弄眼送秋波。如果要画一幅贝特西的画，那背景必然应该是佐治亚州北部地区的风光，她在那儿度过了她神秘的童年。在那风光中，应该有尖背野猪，一棵快要枯死的楝树，一栋需要重新髹漆的木结构房子，还有那一眼望去被狂风吹刮的无边无际的红土，那红土只要有一点儿细微的小雨，就会变得滑溜不堪，被雨水冲走。在佐治亚州那一部分地区，表土是如此稀少，以至于都装不满钓鱼诱饵的罐子。科弗利曾经从火车的窗户一刹那间瞥见过这儿的风光。关于她的过去，他只知道她有一个妹妹，叫卡罗琳。“对卡罗琳这姑娘我太失望了，”贝特西说，“她是我唯一的妹妹，我真想和她享受一番那种姐妹情谊，但我太失望了。当我在廉价品商店打工时，我把我的工资都给她买嫁妆了。而她一结婚，便离开班布里奇，从来不给我写信，也没以任何方式告诉我她在哪儿。”后来，卡罗琳开始给贝特西写信了，但是贝特西在感情上对妹妹有一种幻灭。科弗利对此却觉得很高兴，因为除了电视机之外，没有任何东西可以排遣贝特西在塔利弗的孤独感，而他本人似乎也无法使这地方的社交活动更加丰富。结果，离了婚的卡罗琳受到邀请来到他们家。

卡罗琳的来访开启了科弗利新的思维方式，他将按照这种新的思维方式来看待发生过的事，或者说来看待可能发生过却被忽略的事。她是星期四来的。当科弗利下班回家时，他发现家中所有的窗户都亮着灯。走进家门，他可以听见她们在客厅的谈话声。几个月以来贝特西第一次显得非常快乐，看见他时还亲吻了他。卡罗琳抬头望了他一眼，微微一笑，她那眼睛的颜色和神情都被一副硕大的眼镜遮盖住了，那眼镜片正映着房间的摆设。她并不是一个很肥胖的女人，然而，她坐在那儿却像一个肥胖女人那样将双腿大大地张开来，双手粗俗地垂放其间。她穿着一身旅行的行头——一双紧绷在脚上的蓝色轻舞鞋，一条皱巴巴的紧身蓝裙子，那好像紧贴在她身上似的。她的微笑是甜蜜的，缓缓绽放开来。她起身，给了科弗利一个湿漉漉的吻。“啊，他看上去就像哈维，”她说道，“哈维是班布里奇的一个男孩，你跟他很像。他家住在斯巴塔克斯街。”

“他们不住在斯巴塔克斯街，”贝特西说，“他们一直住在汤姆逊大道。”

“他爸爸在别克牌轿车销售店找到活儿之前，他们是住在斯巴塔克斯街，”卡罗琳说，“后来他们搬到汤姆逊大道去了。”

“我以为他们一直住在汤姆逊大道。”贝特西说。

“一直住在汤姆逊大道的是另一个男孩，”卡罗琳说，“就是那个有一头卷发、龇牙咧嘴的男孩。”

在咖啡桌上有一瓶波旁威士忌酒，她们俩都喝了。当贝特西走进厨房去热晚饭，卡罗琳和科弗利待在一起。就是在这个节骨眼上，科弗利把发生过的事看成压根没有发生过。卡罗琳悄悄跟他耳语。“我一直想看一看娶贝特西的那个男人，”卡罗琳说，“在班布里奇，没有人认为会有人娶她，她是如此古怪。”

科弗利像他通常做的那样，面对这句碎语中所包含的歹毒时，在决定把说过的话当作实际上没有说过之前，他迟疑了一会儿。他只能得出结论，在佐治亚州，“古怪”的意思是富有魅力，是富有独创性，是美丽。

“我不懂。”他说。

“啊，她古怪极了，就是那么回事，”卡罗琳细声地说，“在班布里奇，谁都知道贝特西古怪。我并不认为那是她的过错。我只是想，那是因为后爸对她太糟糕了。他总是鞭打她，总是抽出他的皮带，毫无理由地抽打她。我想他把她的理智全抽打光了。”

“我对此一点儿也不知道。”科弗利说，或者没有说。

“好了，贝特西是一个从来不跟别人讲心里话的人，”卡罗琳轻声说道，“那是她古怪的一个方面。”

“晚饭好了。”贝特西用她那最甜蜜、最信赖别人的口吻说。现在回过头来看，这种口吻似乎是非常真诚的。

晚饭时，关于班布里奇的谈话继续下去，令人奇怪的是，那场由卡罗琳主导的谈话似乎是非常病态的。“贝西·帕拉吉特又生了一个先天愚笨的孩子，”卡罗琳大声说道，她并不是幸灾乐祸，但还是带着相当的热情，“糟糕的是，这孩子健康极了，可怜的贝西只能下半辈子自己带他了。可怜的人儿。当然啦，她能把他放在州福利院里，但是，她真是不忍心让她的小儿子活活饿死，州府吏员就是这么干的，他们让孩子饿死。埃尔玛·皮尔逊也生了个先天愚笨的孩子，幸好孩子死了。还记得那卜拉希家的姑娘吗，贝特西，就是右手臂萎缩的那个？”她转身对着科弗利，解释道：“她的右手臂萎缩，还没到你的胳膊肘，在手臂头上长着那小极了的手。啊，她还学弹钢琴。妙不妙？我是说，她当然只能用这极小的手弹奏和弦，用左手弹奏其他部分的音乐。她的左手是正常的。她学弹奏钢琴，什么都学，直到她父亲掉进棉纺厂的电梯竖井里，摔断了双腿，她才没再去上钢琴课。”科弗利在心中纳闷，难道这不是病态吗，或者说，难道在佐治亚生活就是这样的吗？

卡罗琳待了三天。如果人们忘记她在晚饭前说的那些话，那她还是一个说得过去的客人，只是她对于悲剧的人类经验的了解简直是永不枯竭，她在每一件东西上都留下了她口红的印记。她有一张大嘴巴，总是重重地往嘴唇上涂口红，瓷杯、玻璃杯、毛巾和餐巾上，都烙上了她的紫色口红印。烟灰缸里堆满了沾着口红痕迹的烟蒂，在厕所总是会有一张舒洁纸巾，上面沾着紫色的口红。对于科弗利来说，这并不是可以用粗心大意来解释的，在其背后隐藏着更多的含义——这是想把自己和这家人紧紧地联系在一起的一种过时的方式，而她与这家人待在一起的时间是如此短促。紫色的口红印记似乎是想表明她是一个非常孤独的女人。在卡罗琳离开的那一天，科弗利去基地上班时，她还在睡觉。当他下班回家时，她已经走了。她在他儿子的前额上留下了她紫色口红的污迹。他的眼睛所看到之处，所有的东西上都有紫色口红印记，仿佛这是她告别的一种方式。贝特西在一边看电视，一边吃卡罗琳作为礼物送给她的一盒糖果。当他走进房间里来，擦拭她脸颊上他要亲吻的地方时，她没有抬起头来。“离我远点儿，”她说，“离我远点儿……”

卡罗琳走之后，贝特西的不满情绪似乎与日俱增。一个晚上，按照科弗利无视事实的习惯，没有什么特别的事发生。他在基地因为有事待得很晚，七点半才回家。贝特西坐在厨房里，在哭鼻子。“怎么回事，亲爱的？”他问道，或者说，他没有问。

“啊，我给自己冲了一杯极醇厚的茶，”贝特西哭泣道，“烤了一块热丹麦酥皮饼。我正坐下来想清闲一番，电话铃响了起来，有个女人推销杂志让我订阅，她说呀，说呀，她说完，我的茶和丹麦酥皮饼也都凉了。”

“那有什么，亲爱的，”科弗利说，“你可以再烤一次。”

“不是没事，”贝特西说，“不是没事。没有一件事是对劲的。我恨塔利弗。我恨死这地方了。我恨你。我恨潮湿的马桶座。我住在这儿唯一的理由是我在这世界上没有什么地方可去。我太懒了，不想找一份活儿。我相貌太平常了，不可能再找一个男人。”

“你想出去旅游吗，亲爱的，你想让生活发生变化吗？”

“我全国都跑遍了，到处都一样。”

“啊，回来吧，亲爱的，回来吧，”他充满着极大的爱，同时又显得极度困顿地说，“我感觉我好像是走在大街上，在你的后面叫喊着你，请你回来，你却从不转过头来。我知道这大街是什么样子，我见得太多了。那是夜晚。在街角上有一个地方，在那儿你可以买到烟卷和报纸。还有文具。我可以看见你走上这条大街，我跟在你后面，喊着叫你回来吧，回来吧，但你决不转过头来。”贝特西继续哭泣着，科弗利以为他的话对她有所触动，一只手伸去搂住她的肩膀，她却猛然一扭，从他的拥抱中挣脱出来，嘶号道：“滚开。”这吼叫就像那刺耳而可怕的刹车声一样，听上去已经全然不符合常理了。

“但是，亲爱的。”

“你揍我，”她嘶号道，“你把你的皮带抽出来揍我，你揍我，你揍我。”

“我从来没有揍过你，亲爱的。我从来不会打任何人，除了墨菲先生，他那晚偷了我们家的垃圾桶。”

“你揍了我，你揍了我，你揍了我。”她号叫道。

“我什么时候揍你了，亲爱的，什么时候？”

“星期二，星期三，星期四，星期五，我不可能记得那么清楚。”她走进自己的卧室，把门砰然关上。他惊呆了（或者说，如果这样的事果真发生了，他会惊呆的），他犹豫了一两分钟，终于认识到（或者说，会认识到）宾克西害怕得哭了起来。他一把抓住这小孩，仿佛他就是理智、爱和动物性温情的化身似的。他将他夹在胳肢窝里，将他带到厨房里去。这似乎并不是思考问题或者做出决定的时候。他给自己做了几个汉堡包，晚餐后，对小孩讲了一个傻乎乎的太空漫游的故事，就像他每晚都要做的那样。这些故事并不比他小时候听到的会讲话的兔子的故事糟糕多少，只是那些会讲话的兔子天真得可爱。他关上灯，和小孩吻别，道了晚安，在卧室门前停了下来，问贝特西是否想吃晚饭。“离我远一点。”她说。他喝了一杯啤酒，阅读了一会儿一本过期的《生活》杂志，走到窗前，眺望大街上的华灯。

在这里（或者说，如果他正视事实的话，会在这里）存在一个没有先例的、被遗弃的痛苦悖论。小偷和谋杀者还享有他们的侠义交情，还信仰他们的先知，而他什么也没有。精神病治疗，精神病治疗，当他将一只脚放在另一只脚前面时，他想到了这个词，但是，如果他去找医生，那他通过安全审查的地位和职业都会泡汤。一个人如果和心理状态不稳定挂上钩，那塔利弗绝不会雇用他。他坚信生活摧毁性的打击终究会带来一些积极的结果，坚持这一信念的唯一方法就是相信这些特别的打击还没有来到。他一边这么想着，一边给自己在沙发上收拾了一个床铺，上床睡觉。

第二天早晨，当科弗利去拿一件衬衫穿时，他发现贝特西将他的衬衫纽扣全部剪掉了。这时，那古怪的思路——发生过的事压根没有发生过，正在发生的事也没在发生——又回到了他的心头。剪掉衬衫纽扣的事是不能明白说出来的。他用领带箍住了衬衫领口，将衬衫下摆塞进裤子里去，便去上班了。在上午中间时分，他去了厕所，给贝特西写了一张便条：

“亲爱的贝特西，”他写道，“我要离家出走了。我太绝望了，我对绝望的生活毫无兴趣，特别是那种悄无声息的绝望生活。我没有地址，我想这并没有什么关系，因为在我们生活在一起的这些年中，你从来没有给我寄过一张明信片，我也不会指望你会开始给我写一大摞、一大摞的信。我曾经想过带着宾克西，但这是违反法律的。我爱他，甚于我爱世界上的任何人，请好好照顾他。你也许想知道我为什么要离家出走，为什么我会绝望，虽然我简直不能想象你会询问自己关于我离家的任何问题。你家的人，除了卡罗琳，我谁也不认识，有时候，我真想更好地认识他们，因为我有时候在想，你把我跟你早年生活中让你痛苦的一个人搞混了。我知道我的性格很难让人接受，我家的人总说科弗利是一个非常古怪的男孩，我也许比我所能了解的更应该受到谴责。我并不喜欢怨怼，我也不喜欢心怀不满、怀恨在心，然而，我却总是这样。在我们一起生活的清晨，当闹钟把我叫醒，我想做的第一件事便是将你拥进我的怀中。然而，我知道如果我这样做，你定会从我的怀抱中猛然挣脱出去。一天就是这么开始，一般也是这么结束。我也不想再说别的事了。正如我在便条的开头说的，我对绝望的生活毫无兴趣，特别是那种悄无声息的绝望生活，所以我离家出走了。”

科弗利将这封信寄走了，买了几件衬衫，请了年假，那晚便前往丹佛，在丹佛住进一家四等旅馆。浴室的地板上扔满了烟蒂，不知因为什么可疑的理由，床脚边放着一面穿衣镜。他喝了点儿酒，去看了一场电影。他半夜回来时，开电梯的问他需不需要找个姑娘，或者找个男孩，要不要瞧一些淫秽的图片，或者露骨的滑稽漫画。他说不，谢谢，便上床睡觉。第二天上午，他去参观一家博物馆，又看了一场电影，在薄暮时分，在一家酒吧喝酒，他感觉他的灵魂在那穿着破旧的印第安鹿皮靴、挂着一串念珠的形象面前屈膝、俯身、弯腰、下跪膜拜，贝特西总是挂着那念珠在屋子里走来走去。他又喝了一杯酒，又看了一场电影。当他回来时，开电梯的又问他需不需要找个姑娘，或者找个男孩，要不要来上一次猥亵的按摩，瞧一些淫秽的图片，或者露骨的滑稽漫画。他需要的是贝特西。

婚姻的秘密被十分小心翼翼地守护着。科弗利有可能毫无拘束地谈论他的不忠，他要掩饰的是他对于忠诚的激情。她错误地责怪了他，将他的衬衫纽扣剪去，这没有什么关系。如果她在他的内裤上烧几个洞眼，或者给他吃砒霜，也没有什么关系。如果她把房门锁上不让他进去，他可以从窗户爬进去。如果她将卧室的门锁上，他可以把锁砸了。如果她一见他就号啕大哭，就抡起一把斧头，或者一把砍肉的大刀，那没有什么关系。她是他的磨石，他的带有重铁球的脚镣，他的天使，他的命运，她的手中掌握着他最辉煌的梦幻。他当时就给她打了电话，说他要回家来了。“好吧，”贝特西说，“好吧。”

在回家的路上，换车时，他遇到了些麻烦，第二天夜里十点钟才到家。贝特西已经上床了，正在锉指甲。“嗨，亲爱的。”他说道，坐到床上，喉咙里发出一声呻吟。“啊，好极了。”贝特西说道，将指甲锉刀随手扔到桌上，仍然保持她的矜持。她走进浴室，关上门，科弗利听见流水不同的响声，犹如蒂沃利的喷泉一样多样而欢乐。但她没有回来。发生什么事了？她在什么地方磕碰了？难道她爬出窗户了吗？他撞开浴室的门，发现她赤裸裸坐在澡盆的边沿上，在阅读一本过期的《新闻周刊》。“怎么回事，亲爱的？”他问道。

“没事儿，”贝特西说，“我只是在读杂志而已。”

“但那是一本过期的杂志，”科弗利说，“那是一年以前的杂志了。”

“啊，它太有意思了，”贝特西说，“我发现它太有意思了。”

“但是你并不关心时事，”科弗利说，“我是说你甚至连副总统的名字都不知道，是吗？”

“那不关你的事。”贝特西说。

“你知道副总统的名字吗？”

“那压根不关你的事。”贝特西说。

“哦，亲爱的。”科弗利呻吟道，他的心中充溢着爱意，他双手将她抱了起来。然后便是交媾的快意，生气勃勃，犹如最葳蕤的树丛绿叶，充满了房间。流水淙淙的声响。金丝雀在田野上飞翔。轻轻地，轻轻地，他们毫不费劲地从石壁、烟囱、水槽、长长的通廊往上升腾，升腾，在每一个转弯的地方，他们互相扶持、帮助，一直到达最高处的屋脊，从那儿极目远望广阔的世界全景。科弗利身在其中，是最幸福的人了。然而根据他的思路，这一切并没有发生。怎么可能发生呢？

[8]

比斯利法官的办公室在特罗布里奇街区的二楼。梅布尔的妹妹艾妮德·莫尔顿带领霍诺拉到较远的一个房间去，法官正在那儿阅读，或者假装在阅读文件。霍诺拉猜想他可能在打盹，阴郁地打量了他一番。时光把他变成了一个像鹰一样的人物。她见得太多了，时光让许多事情倒转，让许多男人变了模样，成了老头儿。她说他是鹰，并不是指他成了一个具有掠夺性的人，而是指他的脸庞变得瘦削，使他总是尖尖的鹰钩鼻活像鸟儿的喙，使他秃脑袋上稀疏的花白头发看上去就像鸟儿正在不断脱落的羽毛。他弓着背脊就像一只在孵蛋的鸟儿。他的嗓音嘶哑，但他的嗓音一直是沙沙的。他鼻子上的皮肤脱落了，露出了紫色的肉来。她记得他曾经是一个让女人神魂颠倒的美男子，年逾八旬，他似乎仍然为自己的灵巧而感到自豪。在他的书桌上方挂着一幅涂着清漆的巨大的画。画上是长着角的鹿，正离开一棵阴郁的树，要去池塘喝水。画框边上装饰了圣诞节金银丝。霍诺拉往画瞄了一眼。“看得出来你在为圣诞节做准备了。”她不怀好意地说。

“嗯。”他模糊不清地说。

霍诺拉告诉他她的问题，竭力从他瘦削脸上的惊愕程度来判断事态的严重性。他的记忆力，他的思辨能力，看来并没有受到损害，却迟缓多了。当她讲完后，他用手指揉了揉太阳穴。“县法院在五个星期之内不会开庭，”他说，“所以，他们只能在那以后才能起诉你。他们扣押了你的银行账户了吗？”

“我想还没有吧。”霍诺拉说。

“那好，霍诺拉，我劝你直接到银行去，把大部分钱取出来，到国外去。引渡的手续非常复杂，耗费时间，税务局并不是一点儿怜悯之心都没有。当然啦，他们将诚请你回国，我想，像你这样一位令人尊敬的女士是不会受到不愉快的对待的。”

“我太老了，已经不能旅行了。”霍诺拉说。

“你太老了，不应该生活在这破败的农场上。”他说。他眼中闪烁的光芒就像鸟儿的目光一样令人费解。他仿佛一只公鸭一样，将脑袋转来转去注视着她。她不再说什么了，既不说谢谢也不说再见，便离开了办公室。她走进五金店，买了一段晾衣绳。她回到了自己的家，径直爬到了阁楼上。

霍诺拉钦羡所有新鲜的东西：雨和清晨凛冽的光，各种各样的风，各种流水的声音，她在流水的声音中听到了连续不断的存在，还有大海，她特别钟情于雨。由于她喜欢所有这些，所以当她拿着晾衣绳，走进空气污秽的阁楼想上吊时，她感觉自己像是一个外来人。空气是如此闭塞，使人头昏脑涨，带有如此刺鼻的味道，犹如在烤炉里一样。唯一的窗户上苍蝇和黄蜂发出的嗡嗡声，是这里唯一的生命的声响。在窗边堆着加尔各答箱子，帽盒，一顶嵌着珍珠的（她的）头盔，一张破损的主帆，一对船桨。她将她拿来的晾衣绳穿过椽子，打个圈。那椽子上印刷着：佩雷兹·沃普萧动物园暨马戏团。红色的帘幕挂在椽子上，呈现出一个戏台的样子。他们曾经在细雨霏霏的日子里在那儿演戏，雨水使那小小的、小小的世界充满了温馨。罗德尼·汤森用一个亲吻唤醒了她这位睡美人。那是她最喜欢的一个段子了。她走到窗前，眺望那暮色，心中在纳闷，为什么一天结束时的暮霭非得要从她那儿得到明喻和答案呢？为什么在她一生的所有日子中她都将暮霭的色彩比喻成苹果、旧书干枯的书页、亮着灯光的帐篷、蓝宝石和尘埃呢？为什么她总是能直面暮霭，仿佛那暮霭的光能引导她正直，使她充满勇气呢？

天色灰暗，自从早晨起天色就灰暗了。在大海上，在人群等候渡轮的狭长渡口，在城市，在地峡，在监狱和可怜的农场，天色都是灰暗的。那是一缕严峻而丑陋的光，像帷帘一样伸展开去，网在岁月的锦缎之上。作为对所有光线的回应，黑暗使她感觉空虚而悲哀。她明白，对德行的报答每每是幼稚、平淡而鄙俗的，但那终究还是报答，她似乎无法在她的行为中找到任何值得回味的美德。当波特夫人快要死亡时，她曾经想给她送去鸡汤。她曾经想将壁炉炉灰撒在草地上。她曾经想将勃勒塔尼夫人的《阎将军的苦茶》[1]归还给她。艾普尔盖特先生年复一年地在基督教堂重复上帝这个词时，她数着教堂的每一颗螺栓、钉子，每一排条凳、灯光和风琴管。哦，女保护人、恩人、处女和圣者！

她曾经以她的脚踝、头发和手为豪，以她对于男人和女人所施加的威力为豪，虽然她对于爱情了解得太透彻了，以致明白了这种爱情的冲动不会得到任何回应。她在圣诞节给穷苦的人送玩具，这真是值得引以为傲的事，她沾沾自喜地冲着自己宽宏大量的形象微笑。她不无骄傲地想象着一支在耳边吟唱赞歌的合唱团。光荣的霍诺拉，慷慨的霍诺拉，绝世无双的霍诺拉·沃普萧。她是一个给生活注入活力的人，没有什么东西可以与生命的速度和精明相媲美，然而一个年老女人的精神在一个雨天的风中还能展翅飞翔吗？她身上已经没有任何躁动的活力了。她已经没有任何用处了。她在晾衣绳上打了个圈，将一只箱子拖到椽子下面。这就构成了她的绞刑架。箱子的盖子半开着，她看到里面的文件曾经被乱翻过。这些是家庭文件，是私密的东西。有谁可能这么乱翻呢？麦琪。她什么东西都要翻动：霍诺拉的书桌，霍诺拉的钱包。她将撕碎扔在壁炉里的信的碎纸片拼凑起来。为什么？难道这会犹如一栋空空如也的房

1　格拉斯·查灵·斯通（Grace Zaring Stone，1891—1991）写的一部小说，1933年被改编成电影。

子会对小孩产生的神奇力量吗？国王和皇后都早已死亡了。她搜寻了一遍爸爸的大头钉盒子，戴上了妈妈的珍珠项链，在每一个抽屉里翻动那些放在那儿的简简单单的玩意儿。霍诺拉戴上眼镜阅读一份杂乱的文件。“哈钦斯盲人院院长和托管人委员会请求……”在这下面是一封信，信的字迹已经褪色了：“亲爱的霍诺拉，我将前望[1]波士顿采够[2]夏季和究[3]季的衣服，星期四回来。我想，很显然当洛伦佐在这儿时，他会很想买下我的土地。我非常极[4]于把它卖掉。我明白，根巨[5]过去的经验，要想从他那儿得到一个好价各[6]是不可能的。他的信条就是奸诈，但是，如果你能跟他说说，也许会影响这比[7]买卖……”在这下面，她读道：“当我已成骨灰，读此信的人是我期望中的儿子。”

这是利安德在他生命的最后几个月中写的几页糟糕透了的日记或者说自传。

---

1 信中错字模拟拼错的英文原文。“望”应为“往”。

2 “够”应为“购”。

3 “究”应为“秋”。

4 “极”应为“急”。

5 “巨”应为“据”。

6 “各”应为“格”。

7 “比”应为“笔”。

（他写道）霍诺拉堂姐是一个吝啬鬼。当地每一家慈善机构的头面人物。给穷人送瘦骨嶙峋的鸡和小母鸡的蛋。在教堂里大声为卖苦力的、忧心忡忡的人祷告，却不愿借一百美元给唯一、唯一的堂弟，让他去当地的水力鞍鞯工厂进行安全的投资，拥有可靠的收入。在圣博托尔夫斯没有活儿。没钱。这村庄快完了，或者已经完了。我十九岁时因为霍诺拉的小气，不得不到下游十英里的特拉弗廷大旅店当夜班服务台的值勤伙计。

特拉弗廷大旅店完全可以位于所有时代的奇迹之列。在自由撰写的文字里，人们把它比喻为卡纳克的纪念碑[1]、希腊的雅典卫城和罗马万神庙。它是一座偌大的木结构建筑，被海水浸润的没有配备消防设施的旅店，门廊有两层楼高，并设有宫殿般的客厅，八十间客房，八间浴室。洗脸盆和夜壶仍然被广泛地使用着。那被认为是厅道里难闻臭味的主要来源。客厅和一些套间有煤气灯照明，而大部分客房仍然点着煤油灯。在大堂里有棕榈树。除了早餐，在其他时候用餐都有音乐伴奏。美国风味膳食。一天十二美元以上。从晚上六点到放最后一枪，那通常是在半夜，在服务台值勤。工资十七美元，包括伙食钱。穿燕尾服，在纽扣上插上一朵花。有通话管，但没有电话。一部分打铃唤人服务系统配有干电池。从阳台上可以看到海滩美

1 埃及神庙遗址。

景。旅店旁边是网球场和槌球草地。从代养马房牵来了几匹骑用马。还有划船。晚上主要的娱乐就是听讲课。罗马的光荣。威尼斯的光荣。雅典的光荣。也有一些哲学和宗教性的话题。

在客人中有莎士比亚戏剧女演员。洛蒂·比尚。发音为比尚。在法夸逊大斯特拉福德与艾冯莎士比亚演出公司演配角。携带自己的被单、银餐具、果酱和果冻巡回颠簸。一天晚上很晚了，比尚小姐——笔者当时知道的这个名字——一脸苦相来到前台。在海滩掉了珍珠项链。记得她是在哪儿掉的珍珠项链，但不愿黑咕隆咚一个人去海滩找寻。我陪着明星房客去寻找。夜半时分。月亮，星星，等等。海面缓缓起伏。在一个隐蔽洞穴里的石头上找到了珍珠项链。赞赏美景，午夜温馨的空气，明月挂在西方。比尚小姐吐着粗气。随之便来到快乐时光。我睡过去了。醒来时发现名演员正在月光下来回起舞，手按住乳房不让乳房跳动得过分激烈。是为月而狂吗？你在干什么？啊，你不想我怀上个孩子吧，是不是？她说。来回舞蹈着。以前从未体验过这种行为，以后也再也没有过。仿佛有用。

洛蒂·比尚身高五英尺六英寸[1]。体重一百一十七磅。年龄不详。一张请饮用潘恩牌香芹复合制剂广告的面容。浅棕色的

1　1 英尺约合 0.3 米，1 英寸约合 2.54 厘米。

头发。当今会称之为金发。身材匀称，但按现代标准而言上围过大。金嗓子。会让你愤懑得毛发倒竖，也会让所有的人眼泪直流。明显的英国口音，但没有那种外国人的感觉，也不让人感觉不愉快。本性爱挑剔，吹毛求疵。正如上面提到的，旅行时还带着自己的被单。卧室里摆放暖棚里培育的花卉。不过，说起幼年贫困的家庭环境。利兹纺织厂工人的女儿。母亲是个酒鬼。童年过的是种种饥寒交迫的生活。一朵插在牛粪上的花。富有横溢的艺术才华。非常轻浮。随心所欲地跟头儿埋怨没有热水，睡觉的床褥不平，但对仆役却总是非常友善。有时候后悔当了演员。虚假而做作。不够温柔。笔者则乐意奉承。似乎干错事什么的也没多大关系。

九月末大旅店的生意清淡，犹如糖蜜一般地进展缓慢。吹北风。天倒是晴好。阳光灿烂。温暖的微风。在桅杆间吹拂。连主帆上的蝴蝶都吹不走。在上班之前，常常陪着演员在沙滩上漫步。令人兴趣盎然的伴侣。在各种不同的洞穴等隐蔽地方流连忘情，还登上了一艘帆船。那是大旅店的船。三桅纵帆船。十五英尺长。马可尼帆装。腰身很宽。行驶起来就像是一只黄油盆。船舱很狭小，没有厕所。日子就这么过着。

在这个季节快结束时，客人大多是年轻姑娘。也有些令人感觉亲热的年老妇女，还有些叫人失望的人。前厅委员会由海伦·阿基鲍德博士指挥。闻名遐迩的节食者。也是一位卫生学家。每天在“只允许女士进入”的音乐客厅率领大家做健身操。从来没有福分瞧一下，但可以想象定然包括随老式的八音盒音乐做屈腿动作。大八音盒。勒吉娜牌。那音乐是由金属平板唱片播放的，直径足有两英尺。音乐曲目广泛。有歌剧。进行曲。爱情歌曲。

前厅委员会看海上波峰的白浪看厌烦了。闻到了浪漫的气息。著名的节食者对海贝壳突然感兴趣。在特拉弗廷海滩上都是些平常的贝壳。饼海胆。海星。北部冷水域一般都有的贝壳。有些石头一沾湿便像宝石一般熠熠发光。干燥的时候什么颜色也没有。著名的节食者海滩之行的目的是去偷窥。躲在阴影里的洛蒂和我就像两个偷偷摸摸不道德的人。假装找海贝壳。我体验到升腾上天的快乐。在海滩上流连忘返了好几个小时。鞋子里进了沙子。弄脏了好几件衣服。保持戒备还是有好处的。在隐蔽的洞穴里，当笔者从躺着的姿势爬起来时，看见著名的节食者鬼鬼祟祟跑回大旅店去，她已经掌握了所有要人命的事实。所有对于海贝壳的兴趣烟消云散了。光着身子，不可能再去找海贝壳了。洛蒂却很镇静。筹划对付的办法。她将独自回大旅店去。太勇敢了。敢于挑战前厅委员会。而笔者将越过田野，从相反的方向走向旅店。就这么干。穿过小干松灌木林，来到特拉弗廷村落，然后走土路通过所谓的大西方这个地方，抵达海岸。换了衣服，纽扣洞上插上一朵鲜花，六点整来到服务台。弦乐三重奏演奏者在大餐室调试乐器。干杂务的工役在点亮煤气枝形吊灯。（夏令时间已结束。九月的薄暮来得很早。）啊——我逃出来了。

前厅委员会在自己任命的最高指挥官和洗瓶总管海伦·阿基鲍德博士的率领下来到大旅店经理面前，发出了最后通牒。从服务台听不清说了些什么，但猜测与洛蒂有关。委员会然后便气宇轩昂地走进餐厅，坐下，戴上夹鼻眼镜什么的，假装在看菜单。（每餐饭都印制一份菜单。）其他客人进入餐厅，并就座。弦乐三重奏并不能缓解紧张的气氛。当餐厅正在送汤时，洛蒂穿着浅橙色或者说珊瑚红的衣服下楼了。漂亮极了！旅店老板半路挡住了她，悄悄请她回房间用膳，费用由旅店出。没有汤。洛蒂猛然冲进了这老虎窝。汤勺丁零当啷掉落下来。还有那些夹鼻眼镜。然后一片寂静。最高指挥官作为对立面开始使出她唯一的一招。“我不想和那妓女一起喝同样的汤。”她说。穿着燕尾服的服务生从他的服务台那儿开口道。“向比尚小姐道歉，阿基鲍德博士。”“你被开除了。”经理说。“从什么时候开始？”我说。“从前天开始。”他说，于此，爱情的力量陷于混乱之中了。洛蒂前往特拉弗廷，从那儿坐装运越橘的火车到波士顿去。我手提我的草箱子，步行到圣博托尔夫斯时，看见霍诺拉姑妈的家已经熄了灯了，便在维亚达克客栈过夜。心中只是充满了对被开除的义愤。在之前和以后五十五年工作的生涯中从没有被开除过。

搭乘中午的火车去波士顿。找到洛蒂，以各自付账的方式住进布朗酒店。一个糟透了的场所。洛蒂准备与法夸逊和自由演出公司合作，开始一个为期两星期的演出季。鼓动笔者在演出团里饰演小角色，跑跑龙套，招募群众演员，当驱逐捣乱混混小子的壮汉。那时的剧团比现在要自由散漫得多。最引人注目的是约翰斯伯爵。观众来看戏，手中拿着熟透了的农产品。在第一幕闭幕前便横空飞来那些熟透了的农产品。在随后的演出中，演员就成了移动的活靶子。有时候拿出圆篮子和绳网来兜飞来的蔬菜。无意批评戏剧大师。茱莉亚·马洛[1]饰演《野蛮人英戈马》里的帕塞尼亚。棒极了！ E. H. 萨森[2]出演《罗密欧与朱丽叶》。巴西特·达西饰演李尔王。哈维德剧院开幕。还有波士顿博物馆、老波士顿剧院和霍利斯大街剧院。

接受了法夸逊和自由演出公司的职务。在首场演出的剧目《哈姆雷特》中饰演马西勒斯，法夸逊饰演哈姆雷特，洛蒂饰演奥菲莉娅。在这两星期的演出季中，饰演了各种各样的士兵、水手、绅士、卫兵和杂七杂八的巡夜人。在罗得岛普罗维登斯国会歌剧院拉开了全美巡演的帷幕。

1　茱莉亚·马洛（Julia Marlowe，1865—1950）：英裔美国女演员。

2　E. H. 萨森（E. H. Sothern，1859—1933）：美国男演员。

巡演包括伍斯特、斯普林菲尔德、奥尔巴尼、罗切斯特、布法罗、锡拉丘兹、詹姆斯敦、阿什特比拉、克利夫兰、哥伦布和曾斯维尔。在詹姆斯敦怀疑洛蒂沉迷男色。在阿什特比拉的衣柜里发现赤身裸体的陌生人。在克利夫兰抓了个正着。卖掉衬衫袖口金链扣，三月十八日搭乘蒸汽火车回波士顿。并不太伤心。你笑，所有的人都陪着你笑。你哭，一个人独自哭。

[9]

当摩西收到霍诺拉的信时，他比他的弟弟惊讶得多。他已经以霍诺拉行将就木的年龄抵押贷款了他的那一份信托金，便直接给波士顿写了信。阿普尔顿银行和信托公司没有回信。当他给波士顿打电话，他们告诉他管他那份信托金的人正在秘鲁滑雪。星期天晚上，摩西搭乘飞机飞到底特律，开始一场覆盖全美的徒劳之举，看看是否可以在很大程度上按他的魅力筹集到五万美元。五万美元刚够偿清他那一份贷款债务。

星期一晚上，梅利莎和厨子以及儿子单独待在房子里，做了一个伤感的梦。那场景是充满了浪漫气息的。那是夜晚，既然在任何地方都找不到机械化的痕迹——汽车道，飞机的噪声——在她看来，那似乎是另一个世纪的夜晚。太阳落山了，美丽的晚霞照亮天空。一条蜿蜒曲折的小溪，长着桤木，在遥远的岸边有一座倾颓的古堡。她在草地上铺展开一块白布，在白布上放上长颈的酒瓶和一片新鲜的面包，面包的芬芳和暖意构成了她梦幻的一部分。在小溪的上游，有一个男子在一个水塘里裸泳。他跟她用法语说话，这构成了她梦幻中轻佻的部分，似乎发生在另一个国家、另一个时代。她看见那男子爬上河岸，用一块布擦干身子，而这时她则将晚餐的食品摆放好。

狗的吠声把她从梦中唤醒。那时是后半夜三点。她听到了风的呼号。风改变了方向，开始吹西北风了。当她正要再次睡着时，她听见了前门倏然间打开。虽然她知道那是狂风吹开了前门，但她胳肢窝里还是冒出了冷汗，年轻的心脏一下子收紧起来。不久前，有一个小偷闯入了一个邻居家里。人们在花园的丁香丛后面发现一堆烟蒂，小偷一定耐心地躲在那儿，等待主人将灯熄灭。他用玻璃刀将一扇窗户划开，将挂墙式保险箱里的现金和珠宝洗劫一空，从前门堂而皇之地走了出去。在关于这次偷窃事件的报告中，警方描述了小偷行动的具体细节：他在花园等待时机。他从后窗户爬入。他经过厨房和食品储藏室进入餐厅。但那是谁呢？他是一个高大还是矮小的人，一个胖子还是瘦子呢？他待在漆黑一片的房间里，心脏会因恐惧而疯狂跳动吗？或者说，他体验到一个小偷所可能体验到的对一群虚伪的、极易上当的人最高的征服感吗？他留下了他的踪迹——烟蒂，脚印，破碎的玻璃，一只被洗劫的保险箱——然而，他一直没有被找到，所以，这小偷一直是一个无形的、面目不清的人。

她对自己说，那是风，没有哪个小偷会将门这么敞开在那儿的。现在，她可以感觉到吹进房子里来的寒冷空气。风沿楼梯往上爬去，吹拂厅里的窗帘。她下了床，披上一条披肩。她按亮客厅里的电灯，走下楼去，心中纳闷她到底是在惧怕楼下漆黑房间里的什么。她害怕黑暗，就像一个原始人，或者像一个小孩，为什么呢？黑暗中会有什么东西威胁她呢？她惧怕黑暗，就像惧怕未知的东西一样。除了邪恶力量，什么是未知的东西呢？她为什么要惧怕这个呢？她打开一个又一个灯。房间空荡荡的，风自由自在地吹刮着，将客厅桌上的信纸吹得到处都是，隐藏在地毯的边下。风是冷冽的，她关上并锁上前门时，不禁打了一个寒战，但现在，她不再惧怕了，恢复了自我。早晨，她感冒了。

在这个星期，医生来访了好几次。病不见好转，他命令她住院。在上午的中间时分，她上楼去整理要随身携带的衣物。在最近几年，她只去过医院一次，那时她怀上了她的儿子，怀孕的压力难以置信地使她顺利做了上医院去之前的准备。而这次，她身上并没有怀着另一个生命，她怀着的是感染。一个人独自待在卧房里，挑选一条睡衣和一把梳子，她感觉自己仿佛是被专门挑选出来去进行一次神秘旅行的。她并不是一个多愁善感的女人，她也没有因为要告别她与丈夫共享的那令人愉悦的房间而感伤。她疲惫困顿，但并不感觉生了病，虽然胸口像刀割一样疼痛。一个陌生人看到她，会以为她疯了。她为什么要将康乃馨扔进垃圾桶里，清洗花瓶呢？她为什么要清数她的长筒袜，锁上她的珠宝盒，并将钥匙藏起来，瞧一眼她的银行账户，将壁炉架上的灰尘掸掉，站在房间的中央，看上去仿佛在倾听遥远处的音乐呢？那傻乎乎的要掸掉壁炉架上灰尘的冲动是不可抗拒的，她并不知道她为什么要这样做。然而，早该是她离家出发的时候了。

这是一座崭新的医院，医院费尽了心思要让它成为一个让人感觉快乐的场所，然而，她的可爱——你也可以说她的优雅——由于医院无法伪装的严格的管理气氛而处于十分不利的地位，她看上去异乎寻常地不合群。有人给她送来一把轮椅，她拒绝使用它。她将她的大衣围在腰间，膝盖上放着钱包，她知道她这样子看上去既沮丧又可笑。一位护士送她上楼，到一间让人感觉愉悦的房间里，她被要求脱去衣服上床。当她在脱衣服时，有人托着盘子给她送来了午餐。这是小事，但她觉得当她处于半裸体的情况下，当中午的钟声还没有敲响时，给她送来一块排骨和罐头水果太叫人尴尬了。她还是乖乖地吃了她的午餐，医生在两点钟的时候来了，告诉她，她可能得在医院待上十天或者两个星期。她会给摩西打电话的。她睡着了，五点钟醒来时发烧了。

她发烧时所见的影像非常类似爱情。她的幻觉非常宽广，似乎有人答应向她揭示她正在漫游的迷宫般、宫殿式建筑中央有什么秘密。发烧的热度越来越高，胸口的疼痛却减缓了，这使她对激烈的心跳木然了。发烧时的梦幻似乎是她运用心智健全的想象力将心胸中的痛苦分散出去的结果。她正站在一座宽阔的红墙楼梯间面前。许多人在爬楼梯。他们怀着朝拜者的虔敬。爬楼梯艰难而漫长。当她爬到顶部，她发现一丛柠檬树丛，她躺在草地上歇了一会儿。当她从梦中醒来时，她的睡衣和被单沾满了汗渍。她打铃呼唤护士，护士将睡衣和被单换了。

当这一切做完，她感觉好多了。这场发热是一次危机，她安全地度过了这场危机，她战胜了她的疾病。九点时，护士给了她一些药品，道了晚安。过了一会儿，她觉得发热带来的困乏又回来了。她打铃，没有任何人回应她。随着热度越来越高，她已经无法抵御心中的困惑了。心脏重重的跳动声听上去就像是鼓声。她误以为她心中有一面鼓，她看见一群野人围着鼓在跳舞。舞蹈很长，最后达到高潮。正当舞蹈处于高潮，她觉得心脏要爆裂时，她醒来了，一阵新的冷战让她发抖，浑身大汗淋漓。一个护士终于来了，又给她换了睡衣和被单。躺在干燥而又温暖的被窝里，她感到释然。两次发热的袭击让她大大地衰弱了，但还是给予她一种孩童般的满足感。她睡不着，爬起来，扶着家具蹒跚着走到窗前看夜色。

当她看天空时，云翳遮盖了月亮。夜一定很深了，因为大部分的窗户都已经熄灯了。在她左手的墙上有一扇窗户仍然亮着灯，她看见一个护士正引领一个年轻女人和她的丈夫到一间房间里去，这房间和她在黑暗中坐过的房间极为相似。那年轻女人怀孕了，但还没有到分娩阵痛的时刻。她在浴室脱去衣服，上了床，她丈夫则在把包打开。这窗户像所有其他窗户一样装有百叶窗，但谁也没有劳神去关上它。他把包打开后，去将她的睡衣解开，在床边跪了下去，把他的头枕在她的乳房上。他处于这样的姿势有好几分钟，一动也不动。然后，他站起来——他一定听见护士在走来——将她的睡衣盖上。护士走了进来，砰然将百叶窗关上。

梅利莎听见一只夜鸟在鸣叫。这是什么鸟，它是什么样子，它为什么要鸣叫，它捕捉什么为生呢？遥远处有一阵深沉的雷鸣，宏伟而又让人感觉亲切，就仿佛有人在天际打开了一个抽屉似的。然后是闪电，遥远而又苍白。过了一会儿，一阵阵雨洒落在了大地之上。对于梅利莎来说，雨声，加上胸口刀割一样的疼痛，仿佛是一个情人不断的爱抚。雨掉落在医院平直的屋顶上，草坪上，树林的树叶上。胸口的疼痛似乎随着她对夜色执拗的爱的扩展与加深而扩展、加深，她一生中第一次感到她不愿离开这些东西中的任何一样。当她下楼去关上门时，像惧怕黑暗一样，她感到一种毫无意义却强烈的恐惧。那是对死亡的恐惧。

[10]

这年头松鼠成了祸害，人们都在为癌症和同性恋担忧。松鼠打翻垃圾桶，啃咬送货的人，窜进人们的家里。癌症是一种常见的病了，然而，人们告知罹患癌症的男男女女，他们的疼痛只是一种无关紧要的并发症，他们的弟妹、丈夫或者妻子却在背后窃窃私语："我们所能希望的只是他们快点儿走吧。"这种残酷的、绝对的虚伪会遭到报应的，最终，没有人能说清楚或者被指望说清楚病中的痛苦是死亡来袭，还是仅仅是无关紧要的胀气而已。大部分的病症都有它们的神话，有固有的罹患它们的人群，有它们的场景，有关于它们的冷峻笑话。鼠疫有假面、街歌和舞蹈。肺病在流行高峰期间曾像一种教养的象征，在这种教养的文化中，英俊、聪明然而注定要死亡的男男女女陷入爱河，跳起华尔兹，为他们的病制造出种种特权。然而，在这儿，死亡的魔爪是不会因为现实生活中社会上的人的计谋而有所松弛的。"啊，你很快就可以起床走动，"护士对快要死的人说，"你想在你女儿的婚礼上跳舞，是不是？嗯，如果你不更快乐一点儿，你就不可能更好一点儿，是不是？"她用酒精擦洗他的手臂，准备好针管。"你妻子告诉我，你曾经是一位伟大的登山运动员，如果你想好一点儿，还想去登山，那你就得快乐起来。你很想再去登山，是不是？"针管里的药水流进了他的血管。“我从来没有爬过山，”护士说，“但是，我琢磨你登上山顶，一定很兴奋吧。虽然我并不喜欢爬山这一过程，但是登上山顶看风景，那一定是非常美的。有人告诉我，在阿尔卑斯山的雪坡上长着玫瑰，如果你还想看这些，你必须得照顾好自己。”他现在昏昏欲睡了，她抬高了她的嗓门。“哦，你很快就可以起床到处走动了。”她大声说道，然后轻轻地、轻轻地关上了门，对聚集在走廊里的亲属说：“我又让他睡着了，我们所能希望的是他再也不会醒来。”梅利莎就是这些不幸的、遭受这种对待的人中的一个。

摩西一听说梅利莎生病了，便风尘仆仆地从他的漫游中赶回来，借够了钱，至少给了人一种能够偿清他贷款债务的印象。当他回来之后，梅利莎的病康复了，这似乎说明她的病是由于他对她隐瞒他财务上的窘迫而造成的，然而实际情况并不是如此。在任何情况下，他都是不愿意向梅利莎透露他的财务状况的，就像科弗利不可能对人说他看见了他父亲的鬼魂一样。要是摩西住在帕塞尼亚，他就会毫不顾忌地在客厅的窗户上贴上出售的字样，在折篷汽车的挡风玻璃上也贴上一张同样的字条，然而，在普罗克西米尔庄园这样做无异于一桩颠覆性的行动。他不是以一种十分烦恼的心态，而是以一种十分豁达、爱开玩笑的方式来表达他的担忧的。梅利莎一方面要对付这种勉强为之的玩笑，另一方面又要应付自己挥之不去的罹患癌症的荒唐想法。她无法使自己坚信她的病已经治好了，但她也无法相信医生对她说的话。她给医院打电话，要跟护士说话。她问护士她们能不能聚一次喝上一杯。“为什么不呢？”护士说道。“是呀。为什么不呢？”她四点下班，梅利莎计划四点一刻在医院附近的红绿灯处等候她。

她们走到不远处路边的一间酒吧。护士要了一杯双份马提尼。“我累了，”她说，“累极了。我姐姐，结了婚了，昨晚给我打电话，问我在她和她丈夫去赴一场鸡尾酒会时，能不能给她看孩子。我说当然啦。如果只是一场鸡尾酒会，一两个小时的事，我可以照看一下孩子。我六点钟到他们那儿，你猜，他们什么时候回来？半夜！这小孩子一晚上没有合眼。她一直在哭闹。好慈悲的姐姐，这就是我的生活。”

“我想问问你关于我的X光片的事，”梅利莎说，“你看过它们。”

“你怕什么？”护士问道，“怕得癌症？”

“是的。”

“这是人们最害怕的。”

“我没患癌症？”

“据我所知，没有。”她抬起脸来，看风带着树叶从窗户前吹过去。“树叶呀，”她说，“树叶，树叶，瞧瞧它们。我住在一栋小小的公寓里，公寓有一个后院，只有我耙树叶。我将我的空余时间都用来耙树叶了。刚耙干净一块地，另一块地又落满了树叶。当你刚扫干净树叶，天又开始下雪了。”

“还要再来一杯吗？”梅利莎问道。

“不，谢谢。啊，我一直在纳闷你为什么要见我，我并不认为那是癌症。你知道我认为你需要什么吗？”

“什么？”

“海洛因。”

“我不懂。”

“我以为你也许会希望我给你夹带些海洛因。当你知道这么多人以为我有可能给他们夹带毒品，你一定会惊讶的。他们中一些人地位很高。哦，我可以讲出他们的名字来。我们该走了吗？”

一天下午的向晚时分，她站在窗户前，欣赏那个季节的一天中那个时辰笼罩在东方山峦上的金色光环。金色光环映照在巴伯考克家的草地上，菲尔莫尔家的农场房子上，教堂的石头墙上，汤姆逊家的烟囱上——光摇摇曳曳，就像筛滤过的蜂蜜一般褐黄而透明。光像一个圈，因为在她凝视这风光的时候，她看见山脚下，一缕黄色的光和正在升腾的黑暗之间有一道明显的分界线。她看着那光束移过巴伯考克家的草地，菲尔莫尔家的农场房子，教堂的石头墙壁，汤姆逊家的烟囱，一直上升到天空中去。街道空荡荡的，或者说近乎空荡荡的。在普罗克西米尔庄园，除了老考斯登先生以外，每人都有两辆车，没有人走路。老考斯登先生是属于注重身体锻炼的那一代人。他从大街上走来，碧蓝的眼睛凝视着教堂尖塔上那最后一缕黄色的光，一边自言自语地喊道："多美妙呀，多美妙呀！"他从窗前走过去了，一个更为陌生的人影引起了她的注意——一个高大的男人，手臂特别长。她琢磨，这是一个流浪汉，准是住在帕塞尼亚贫民区的人。他的右手拿着一把伞和一双橡胶套鞋，身子佝偻得非常厉害，要看清前面的路，他不得不像蝰蛇一样伸出脖子，再往上抬起脑袋来。他用磨刀石，在工作台前干活，抬沉甸甸的盛放砖瓦的灰砂斗，或者任何其他种类的活，都无须弯腰。那是一种由软弱、自我克制和惶惑而造成的佝偻。他从来没有机会自信地挺直腰板。作为一个小孩，他害羞地缩着背；作为青年，他因孤独而弓着背；现在在无形的社会鄙视的压力下，他驼着背。他匆匆走着路，长长的双臂差不多快碰到膝盖了。他那宽阔的薄薄的嘴唇上挂着一丝愚蠢的微笑，那微笑没有任何含义，显得有些忧郁，然而，他的脸庞却相当英俊。当他走近房子时，她的心似乎随着他脚步的节拍而快速跳起来，刀割一样的疼痛又回到了她的胸口，她感觉她对于黑暗、罪恶和死亡的恐惧也回来了。虽然天上一丝云彩也没有，他仍然提着伞和橡胶套鞋，迈着外八字的脚步走离了她的视线。

几天之后，梅利莎正从帕塞尼亚村驱车回家。街道被镇边寥寥几家商店的暗淡灯火照亮。那是几家杂货店，散发着发霉的面包和苦涩的橘子味。那些住在附近的太懒惰、太疲乏、行动太不便的人不想到那些宫殿般的购物中心去，而只是在这儿凑合购买他们所需的环形咖啡糕、啤酒和汉堡包。幽暗的街上零零落落、不规则地印上一块块亮点。她看见这个高大的男人横穿过光照间的缝隙，在他身前的沥青路上投射下一条长长的、扭曲的影子。他每一只手臂都提拎着一只装着食品杂货的沉甸甸的包。他也没有比以前更加佝偻——他的驼背仿佛也就那样了——但那两包东西一定非常沉，她怜悯他。她继续开着车，自我解嘲地看到横隔在他们之间的不同的世界，意识到如果她提议给他搭车的话，他可能会误解她的善意。当她做了这一番自我解嘲之后，她觉得她的想法看上去是如此肤浅、无聊和自私。她将车在自家的车道转了一圈，往帕塞尼亚村开回去。她的最善良的本能是帮助他——在他的形体和她对死亡非理性的恐惧之间做一个调和——她为什么不让自己这样做呢？她想，他现在有可能已经走过亮着灯光的商业区，于是，她慢慢地往幽暗的街道开去，寻觅那佝偻的背影。当她看见他，她将车调过头来，停了下来。“我能帮助你吗？”她问道，“你愿意搭个顺风车吗？你手里提了这么重的东西。”他转过身子来，瞧着这漂亮的陌生人，脸上仍然挂着那一丝微笑。她在心中纳闷，这人会不会是一个聋哑人或弱智。一丝不信任的阴影遮盖了那微笑。他当时是怎么想的一目了然。她来自那个欺骗了他、不断打击他、抢走了他饭碗的世界。他母亲告诉他要当心陌生人，而面前是一个漂亮的陌生人，也许这是最危险的了。“不！”他说，“不，不！”她继续开着车，心中一个劲儿地纳闷，到底是什么驱使她产生这样一个冲动的。她最终想到，她何必花那么大的劲儿去琢磨一个如此简单的善意行为呢？

星期四女佣休息，梅利莎照看婴孩。婴孩午饭后睡着了，她在四点钟时弄醒了他，把他从小床里抱出来，毯子随手掉在了地上。只有他们两个人。屋子里安静极了。她抱着他到厨房去，将他放在一把高脚椅子里，打开了一个无花果罐头。孩子睡眼蒙眬，乖乖的，脸色苍白，双眼随着她转动着。当他们的眼光遇到了一起，他甜蜜地笑了起来。他的衬衣弄脏了，湿湿的，而她披着一条披肩。她在桌边坐在他的身旁，脸离他只有一点儿距离。他们拿着勺从罐头里舀无花果吃。他时不时地颤抖起来，看起来很快乐。这寂静的屋子，这静谧的厨房，这穿着弄脏了衬衣的驯顺而苍白的男孩，她搭在桌上的丰腴滚圆的手臂，从罐头里舀东西吃的那种散淡的闲适，构成了一种如此强烈而又如此宁静的亲密感，以至于在她看来，她和婴儿血肉相连，共享一个心脏，一切都浑然结合在一起，如此释然。她想道，自己的骨肉该是一种何等的慰藉……然而，该是给孩子换衣服的时候了，该是她穿衣服的时候了，该是快乐地过她另一面生活的时候了。她抱着孩子走过起居室时，看见窗外那提拎着伞和橡胶套鞋的、佝偻着背的人。

刮着风，然而他全然不顾，在横吹过来的飘飞的落叶之间向前踽踽行走着，伸长脑袋，就像一条蝰蛇，像是在难以忍受的重压之下佝偻着脊背。她愚蠢地、本能地将婴儿的脑袋贴在自己的胸口上，仿佛是要保护他的眼睛不要受到什么邪恶的传染。她从窗前转过身来，不久，有人在乒乒乓乓敲打后门。他怎么会知道她住在哪儿，他想要干什么？也许他认出了她停在车道上的车，也许他询问了她是谁，毕竟这村子太小了。他并不是来感谢她的好意的。这一点她是可以肯定的。他愚蠢至极，竟然要来控告她。他危险吗？对普罗克西米尔庄园会有任何危险吗？她放下小孩，竭力捡起她的自尊心，走到后门去。她一打开门，只见是内罗毕杂货店英俊潇洒的送货伙计。他让这一切显得十分可笑——他一脸笑容地走了进来，那笑容散发出一种光辉，似乎使她摆脱掉了那一连串的忧虑。

“你是新来的吗？”

“是的。”

“我不知道你的名字。”

“埃米尔。这是一个可笑的名字。我父亲是法国人。”

“他是从法国来的吗？”

“哦，不。从魁北克来的。法裔加拿大人。”

“他是干什么的？”

“当人们问我这个问题时，我总是回答：‘他演奏竖琴！’他死了。在我很小的时候，他就死了。我母亲在格林街的巴纳姆花店工作。您也许认识她？”

“我想我不认识她。你要喝杯啤酒吗？”

“当然啦。为什么不呢？这是我要送的最后一家了。”

她问他，他想要吃点儿什么，给他拿来一些饼干和奶酪。“我总是很饿。”他说。

她把孩子抱到厨房里，坐在桌子边，那送货的伙计也坐在桌边，又吃又喝。他在嘴巴里塞满了奶酪，就像是一个小孩。他的目光清澈又迷人。一瞧那眼神，她不可能不在心中一颤。难道这就是淫荡吗？难道她比洛克哈特夫人更加放荡吗？她会被象征性地拖在一辆马车后面赶出普罗克西米尔庄园吗？她全然不在乎。

“以前，从没有人给我喝啤酒，”他说，“有时候，他们给我喝可口可乐。我猜想，他们认为我还太年轻。但我喝酒。马提尼。威士忌。什么都喝。”

“你多大了？”

“十九岁。现在我得走了。”

“请别走。”她说。

他站在桌边，狂野的眼神往她全身扫了一眼。她在心中纳闷，要是她向他伸手过去，会发生什么。他会逃离厨房吗？他会大喊“放开我！”吗？他看上去很成熟了，似乎对于这样的挑逗早有心理准备，然而，在他的眼角有一丝另外的东西——保留，戒备。他心中也许还有更好的幻想，如果他有，她会全身心鼓励他的。去爱那军乐队女指挥吧。去爱那隔壁的姑娘吧。

“哦，我还真想留下来，”他说，“这里多好呀。然而，今天是星期四，我不得不带着我母亲去购物。非常感谢您。”

他一星期到这房子里来三四次。梅利莎在向晚时分一般总是单独一个人，他选准了访问的时间。有时候，她好像是在等候他。从没有人对他如此关切。她似乎对他生活中的一切都有兴趣——他父亲是一个勘测员，他开一辆二手的别克车，他在学校成绩出类拔萃。她一般给他喝一杯啤酒，两人坐在厨房里。她的情意让他激动万分。这使他觉得他也许会由此而过上较好的生活。她的世俗、她的精致会影响他，让他脱离这杂货店送货的活计。一天下午，突然间，她羞赧地说道：“你知道，你太英俊了。”

他心中纳闷她是不是疯了。他听说过女人有时候是会这样做的。他是不是一直都在浪费时间？他不想和一个疯了的女人鬼混。他知道他并不英俊。如果他真的英俊潇洒的话，早有人会这样对他说了。如果他真的英俊洒脱，而且也自信是这样的话，他也会藏而不露的——这倒并不是自谦，而是出自明哲保身的本能。“有时候我想我还是蛮好看的。”他认真地说，试图将她的赞扬降一下温。他喝完了他的啤酒。“我现在得回店里去了。”

[11]

几天之后，梅利莎上纽约购物。她和邻居格特伍德·本德一起站在月台上，等候上午中间的一班火车。当火车在弯道停下来时，站台伙计从一辆车里推出一个搬运棺材的黄色木箱子。生活中这样一个简单的事实让梅利莎原本快乐的情绪变得沮丧起来。“一定是格特伍德·洛克哈特，”她的朋友轻声地说，“他们要把她送回印第安纳去。”

“我不知道她死了。”梅利莎说。

“她在车库里上吊死了。”她的朋友仍然轻声轻气地说。然后她们上了车。

说在普罗克西米尔庄园什么事也没有发生是并不真实的，事实是在这社区中，变故总是沿着一条如此奇怪的曲线发生，真是不可思议。梅利莎之所以不知道格特伍德·洛克哈特的死亡事件并不是因为她小心谨慎，而是因为这种事在还没有细细琢磨之前就被淡忘了。她一直在揣度她那广为人知的放荡名声，一个绝无仅有的迷人女人，羸弱，敏捷，有一点儿神经质。她的皮肤异常白皙。但这并不是一种美、一种撩拨人心的苍白。她只是碰巧拥有了雪白的肌肤而已。她的头发是淡褐色的，但已失去了光泽。一对眼睛明亮，细小，黑色，长得特别靠近。耳朵太大了，这使她看起来显得非常轻佻。在她上的第

四、第五个寄宿学校，她以“放荡格特”的绰号而闻名。她嫁给了彼特·洛克哈特，婚姻很幸福，养育着三个小孩。她并不是因为那种绵亘的欲望而毁灭的，而是在一个异乎寻常的寒冷冬天，从她家引向化粪池的地下通道冻结了。厕所的秽物倒流进浴盆和水槽里。脏水无法冲走。她丈夫出去干活了。孩子们上校车走了。八点半钟，她发现自己一个人待在家里，而这个家从某种意义上来说已经停止运作。她的家并不奢华，看上去却相当优雅，它所提供的舒适似乎远比让她在木桶里解手要好得多。在九点钟，她喝了一杯威士忌，开始给帕塞尼亚村管道工打电话。一共有七名管道工，都很忙。她不断地申述她这儿的活儿太紧迫了。一个公司出于一种特别的善意动用了一位业已退休的管道工。不久，一个老人开着一辆老掉牙的车来到她的家门。他阴郁地瞧了一眼灌满秽物的浴盆和水槽，告诉她他是一名管道工，不是挖泄水沟的，她必须找一个人来挖条泄水沟，然后，他才能来修下水管道。她又喝了一杯酒，涂上口红，开车前往帕塞尼亚村。

她先来到州雇用办公室，十八到二十个男子正在那儿找工作，但他们中没有一个人愿意去开挖一条沟。作为她生活和时间中的一个事实，她看出自尊的标准已经发展到这样一个地步，居然没有一个人能去挖一个洞了。她前往卖烈酒的店买了些威士忌，对店员讲了她的问题。他说，他能找到个人帮忙。

他打了电话。“我给你找到人了，”他说，“他并不像他说话时那么坏。给他一小时两美元，再让他喝这些威士忌就足够了。他的老丈人几星期之前将他赶出了屋，他正在流浪呢，但他是一个挺好的人。”她回到家，又喝了一杯酒。过了不久，门铃响了。她指望见到一个颤巍巍的老头儿，却见到一个三十多岁的男人。他穿着紧身牛仔裤，一件深色的套头衫，站在门阶上，双手塞在屁股兜里，胸口怪异地向前挺着，仿佛那是一种骄傲、友情和调笑的姿势。他的肤色很黑，嘴角处深深的皱纹，就像靴子上的接缝，眼睛是深褐色的。他挂着的那一丝笑容纯粹是在勾引人。他只会这种笑容，但她不知道这一点。他会调情般地向铲子微笑，调情般地向威士忌酒杯微笑，调情般地向他挖的洞微笑。该回家的时候，他会向他车里的点火开关微笑。她请他喝一些威士忌，但是他说等一会儿。她带他去看工具放在哪儿，他便挖了起来。

他干了两个小时，打开并清理了冻结的下水道。她自己可以清理浴盆和水槽。当他将工具放了回去，她请他进屋喝杯威士忌。那时，她自己已经醉醺醺的了。他给自己倒了一水杯的威士忌，一仰脖就喝完了。“我真正需要的，”他说，“是洗个澡。我住在一个备有家具的出租房里。你必须轮着洗澡。”她说他可以在这儿洗个澡，心中很明白将可能发生什么。他又喝了一杯威士忌。她带引他上楼，打开浴室的门。“我要把这些玩意儿全脱光。”他说道，一下子就卸掉套头衫和牛仔裤。

孩子们回家的时候，他们还在床上。她打开门，甜蜜地对着楼下说：“妈妈在休息。冰箱顶上有饼干。出去玩之前，别忘了吃维生素片。”当孩子们出外去玩的时候，她给了他十美元，跟他吻别，从后门将他送了出去。她从此再也没有见过他。

老管道工修好了下水管道，周末，彼特将地沟填满了土。天气仍然凛冽非凡。一星期或者十天之后的一个清晨，她被她丈夫激情的喘息声弄醒了。“没时间了，亲爱的。”她说。她披上一条披肩，下楼，试图打开一包火腿肉。这包装是为了保持火腿肉的烟熏风味而设计的，但她怎么也打不开。她的一个手指甲为此而折断了。那火腿肉的包装犹如她生活中永恒的透明状态一样，在她自己和她所应该得到的东西之间横亘着一层隐形的屏障。当她在使劲打开火腿包装时，彼特继续来进行他的攻击。他把她逼退到煤气炉前。当他快要成功得手时，他们听见孩子们在大厅轰隆隆从楼梯上下楼的脚步声。彼特带着混杂的、激情未酬的心情去搭乘通勤火车了。她给孩子们准备了早餐，在这样一个阴暗的冬日早晨，她看着一家人如此不同寻常地密集地聚在厨房餐桌旁吃早餐。当孩子们离去搭乘校车时，她打开温度自动调节器的开关。从锅炉房传来一声闷闷的声响。从地窖门飘起一缕恶臭的烟雾。她给自己倒了一杯威士忌，让神经镇静下来，去打开门。房间里充满了烟雾，但没有火苗。她给他们雇用的汽油燃烧器修理工打电话。“哦，查理不在，”他妻子快乐地说道，“他跟他的保龄球队到尤蒂卡去了。他们打进半决赛了。十天之内他不会回来。”她给电话簿中每一个汽油燃烧器修理工打电话，但是没有一个是有空的。“但是必须来一个人帮我一下忙，”她对一个回应她电话的女人说，“外面的气温是零度，家里没有一点儿热气。什么东西都要冻结起来的。”“哦，对不起，但是在星期四之前没有一个男工会有空，”这陌生人说，“你为什么不买一台电热器呢？你能用这玩意儿使你室内的气温升高。”她又喝了点威士忌，涂上口红，开车到帕塞尼亚村五金店买了一台大电热器。她将它跟厨房的电源接口接上，打开开关。屋子里所有的灯一下子都灭了。她又给自己倒了些威士忌，开始哭泣起来。

她为她的不适而哭，她更加凄楚地为它们的短命而哭，为一份透明的火腿包装竟然会有这样一种神秘的作用、使她最美好的情绪化为乌有而哭，她为这个似乎没有法律和先知的世界而哭。她不断地哭泣，不断地喝酒。修理工来了，将汽油燃烧器修理好了。当孩子们从学校里回家，她已经失去知觉，躺在沙发上了。孩子们吃了维生素片，到外面去玩了。第二个星期，洗衣机坏了，将厨房灌满了水。她打电话的第一个修理工去迈阿密度假了。第二个在一星期之内不可能来。第三个去参加葬礼了。她自己动手在厨房拖地，足足等待了两个星期才来了一个修理工。同时，煤气炉也坏了，她不得不在电炉上做饭。她对家用电器的维修一窍不通，她在自己身上感受到一种悲剧性的废退现象，当初看见帕塞尼亚村那些需要工作和钱的失业者不会挖一个洞时，她就有这样的感受。正是这种废退的感觉，驱使她酗酒和乱交，她两者兼而有之。

一天下午，酩酊大醉时，她张开双臂抱住送牛奶的。送牛奶的粗暴地将她推开了。“天哪，夫人，”他说，“你以为我是什么人哪？”作为一种讹诈性的幽默游戏，他将冰箱塞满了鸡蛋、牛奶、橘子汁、农家鲜干酪、蔬菜沙拉和蛋奶酒。她拿了一瓶威士忌上楼到卧房里去。四点钟，汽油燃烧器坏了。她又去打电话。三四天之内没有人能够来。外面寒冷极了，她以土著人一般的惊恐看着冬夜渐渐逼近她的房子。她可以感觉到一股股冷气弥漫在她的房间里。天黑下来之后，她前往车库，自缢了。

人们在帕塞尼亚村的殡仪礼堂为她举行了一个小小的葬礼。摆放她那纪念碑式棺材的房间亮着柔和的灯光，摆设就像是一间举行鸡尾酒会的客厅，而电子乐器演奏的音乐就像你在克利夫兰旅店酒吧里可能会听到的那种。原来，她在普罗克西米尔庄园没有任何朋友。她丈夫绞尽脑汁所能找到的友人只是一小撮他们在各种不同游轮上认识的几乎完全陌生的人。每年冬天，他们去搭乘即将航行两星期的加勒比海游轮。参加葬礼的有来自荷马号的罗宾逊一家，来自美国号的哈威德一家，来自格利帕肖特号的格拉夫里一家，来自卑尔根峡湾号的利昂纳德一家。一个牧师说了一些言辞犀利的话。（对她的死感到内疚的汽油燃烧器修理工、电工、机修工和管道工没有出席。）在牧师布道时，罗宾逊夫人（荷马号）号啕大哭起来，她呼号之激烈，之伤心，极其不合时宜。她大声地呻吟着，在椅子里摇动，歇斯底里地抽搐着。哈威德夫人和利昂纳德夫人，以及后来的男人们也抽泣和哭喊起来。他们并不是为了失去这个人而哭，他们几乎不认识这个人。他们哀叹她的一生是如此令人失望、悲哀。当然，那天上午当梅利莎搭乘着运送洛克哈特夫人棺木的回印第安纳的火车——他们回家的第一段路程——时，她不可能知道这些。

梅利莎和格特伍德·本德坐在一起。格特伍德·本德的头发染了银色，往后如此精确、如此熟练地挽成一个发髻，以致梅利莎心中一个劲儿纳闷这到底是怎么做到的。她穿着与头发颜色相配的银色皮衣，手上丁零当啷戴着六个手镯。她是一个漂亮却浅薄的女人，脸上的神色让人毫不犹豫地知道她是一个拥有巨大财富的人。她的嗓门尖尖的，她谈论到她的女儿贝蒂。“她总担心她的家庭作业。我跟她说：‘贝蒂。’我对她说：‘别担心你的家庭作业。你知道我在学校学了什么让我走到今天的吗？修炼一个好的身段，学会使用刀叉。这才是最重要的。’”

在梅利莎对面的座位上坐着一位年迈的太太，脑袋在缀满布玫瑰的帽子的重压下低垂着。一家人——母亲和三个孩子——占据着过道那边面对梅利莎的座位。他们是贫穷的。他们穿的衣服都是便宜货，而且很破旧了。那女人的脸疲惫而困顿。一个孩子病了，躺在她的膝盖上，吮吸着他的大拇指。他两三岁的样子，但要猜想他的年龄是困难的，因为他是那么苍白、那么瘦削，额头上长着疮，瘦腿上也长着疮，嘴角的纹路就像一个成年男子脸上的皱纹一样深陷下去。他看上去病态又痛苦，却顽固而执着，仿佛在他拳头中掌握着获得一些令人困惑而又喜庆的东西的希望。尽管他病了，尽管火车上的环境异常陌生，他也不愿放弃这一希望。他咂巴咂巴地吮吸着他的大拇指，而且不愿改变他在生活中的位置。他母亲弓身俯在他身上。她在给他喂奶时，必须得这样做。当火车途经帕塞尼亚、盖茨布里奇、图克逊河谷和托金斯韦尔时，她给他唱催眠曲。

格特伍德说：“我真弄不懂这种女人，为什么她们让自己失去美貌，其实她们未必必须这样做。我是说，一个人度过一生，看上去总是像一只陈旧的洗衣袋，有什么意思？比方说莫利·辛格尔顿。星期六晚上，她戴着厚厚的深度近视的眼镜，穿着丑陋的衣服去俱乐部，心中还一个劲纳闷她为什么没有快乐的时光。如果你去参加聚会让所有的人都不痛快，就没意思了。我已经不是一个小姑娘了，我明白，但我仍然有许多我想要的伴侣，我喜欢给男孩们一个震撼。我喜欢看见他们兴奋起来。看到你所能做到的，太神奇了。啊，有一个杂货店的伙计给我写了一封情书。我不会告诉查理——我不会告诉任何人，因为这可怜的家伙有可能为此失去他的工作——但是，如果你不时不时地制造一点儿刺激，活着还有什么意思呢？”

这让梅利莎妒忌起来。她明白她所经受的那突发的、奔涌而至的妒忌纯粹是可笑的，然而，这并没有减少她的妒火。她甚至都不知道她让自己深信埃米尔崇拜她，而实际上他可能崇拜那儿所有的女人，她还可能在埃米尔崇拜者的名单上列在末尾。一想到这种可能性，她感到一阵震撼。这太荒唐了，但也太真实了。她似乎在他的形象周围重新建立了她的价值观，不由自主地听命于他的钦慕。她真正在意的是他的调情。一想到这儿，她感到痛苦，感到屈辱。这种痛苦一直延续了下去。

她在下午过了一半的时候离开纽约，回到家便去了内罗毕杂货店。她要了一片面包、大蒜盐和苣荬菜——这些东西她其实一样也不需要。十五分钟到二十分钟光景，他来了。

“你是埃米尔吗？”

“是的。”

“你给本德夫人写过信吗？”

“什么夫人？”

“本德夫人。”

“去年圣诞节之后，我就没有写过一封信。我叔叔给我寄了十美元，我写了一封信去感谢他。”

“埃米尔，你一定知道本德夫人是谁。”

“不，我不知道。她也许在其他地方买杂货吧。”

“你是在说实话吗，埃米尔？”

“当然啦。”

“哦，我让自己成了个多么该死的傻瓜呀。”她说道，开始哭泣起来。

“别难受，”他说，“千万别难受！我非常喜欢你，我认为你可爱极了，我不想让你难受。”

“埃米尔，星期六我要到楠塔基特去，把那儿的房子关掉。你愿意跟我一块儿去吗？”

“哦，哎呀，沃普萧夫人，”他说，“我不能那么做。我是说，我不知道。”走出来时，他踢翻了一把椅子。

梅利莎从来没有看见过克兰莫夫人。她无法想象这位女士会是什么样子。她走进了自己的汽车，驱车前往格林街的花店。门上有一个门铃，屋子里弥漫着鲜花的馨香。克兰莫夫人从屋后走出来，从她染成浅褐色的头发上拿下一支铅笔来，像一个孩子似的微笑着。

埃米尔的母亲就是那种寡妇，她们总是让自己处于时刻准备奉承的状态，去接个电话，接受邀请和会面之类的，事实上，这种电话、邀请、会面永远不可能发生，因为她们的情人死了。你会发现她们在小城镇偏僻小街的出租汽车停车场上回电话。她们的头发刚刚染成浅褐色，手指涂上了指甲油，穿着高跟鞋，仿佛准备和一个不能来到的人一起跳舞似的。她们销售睡衣、鲜花、文具和糖果，她们中最底层的人出售电影票。她们总是处于一种随时准备好的状态，她们都体验过一个好男人的爱情，在这男人的记忆里，她们仿佛就是那种穿着高跟鞋在雪地和泥泞中艰难跋涉的人。克兰莫夫人的脸涂抹成非常鲜亮的颜色，穿着丝织衣服，高跟的无带浅口轻便鞋上缀着蝴蝶结。她是一个矮小丰腴的女人，腰身上严肃地围着一根腰带。那腰带就像在一个垫子上套上一个圈。她看上去就像是从滑稽漫画书里走出来的一个人，虽然她身上并没有任何滑稽的地方。

梅利莎订购了几朵玫瑰，克兰莫夫人将这笔订购生意告诉了后面的人，同时说：“一会儿就好。”门铃响了起来，又一个顾客走了进来——这是一个魁梧的男人，耳朵上挂着一个白色的塑料纽扣，纽扣由一根电线与马甲相连。他说话时一脸沮丧。“我想要一些献给死者的花。”他说。克兰莫夫人很有外交手腕，通过旁敲侧击委婉地了解他与死者的关系。他是要四十美元一大捧的呢，还是稍微便宜一些的？他十分直率，但只对直接的问题有问必答。死者是他的姐姐。她的孩子们分散在各地。“我想我是她最亲近的人了。”他惶惑地说，而正在等待她的玫瑰花的梅利莎却预感到了死亡。她定然会死去的——她一定会成为在一家花店里这样被谈论的对象的，她会对这个如此吸引她的美丽世界永远闭上眼睛的。此时浮现在她心头的形象是一种生活平常而又生动的形象，这种生活是一种消遣，一种节日。当舞蹈和音乐正酣，她却被秘密的灭亡之神召唤，将要离开这种生活。她心想，我不想离开这种生活，我从来就不想离开。克兰莫夫人将玫瑰给了她。她回了家。

[12]

月光汽车电影院分成三个部分。高尔夫球场、溜冰场和宽广的圆形露天剧场本身。在圆形露天剧场，几千辆变得幽暗的轿车排列成类似古代剧场的阵式，在夜幕下向外伸展开去。在从溜冰场传来的隆隆声和从电影屏幕传来的嘈杂声之上，你可以听见高空中回响着北边高速公路上从蒙特利尔向南驶向谢南多厄的交通噪声。这交通噪声在一个瞎子听来好像大海波涛的澎湃声。高速公路的苜蓿叶形立交路和象征叹为观止的工程技术成就的缓缓的斜坡路吞噬了过去黄金时代遗留下来的绿色操场、玫瑰花园、谷仓、农庄、草场、鳟鱼小溪、森林、家宅和教堂。在高速公路上行驶的人们在一系列同样的餐馆里用餐。在这些餐馆里，墙壁上的壁画、小便池、菜单和销售神圣奖章的机器是从一个模子里出来的。也许正是动人的秋夜和道路上的危险催使这些旅行者中的这么多人发起呼吁，要特别保护典雅的圣博托尔夫斯并祝福圣洁的处女。

一条出口的道路（307 出口）从高速公路上蜿蜒而出，通向月光汽车电影院，而在这儿，人们可以得到他们需要得到的一切：快速旅行的手段、食物、健身、技巧（高尔夫球）。圆形露天剧场中的轿车是人们行春事——或者在眼下的情况下——行秋事的场所。那是一个秋夜，空气中弥漫着花粉和腐烂的气息。埃米尔和露易丝·梅克尔坐在车后座上，他最好的朋友查理·帕特南和多丽丝·皮尔斯则坐在车前座上。他们都在用纸杯痛饮威士忌，都处于不同的裸露阶段。在银幕上，有一个女人大声喊道："我想重新捡回纯真，就想穿上一件俏丽的新衣服。我想重新感觉我是圣洁的！"她随手关上了门。

埃米尔为自己的皮肤而骄傲，听朋友提到圣洁却激起了他对自己的怀疑和不满。他脸红了。这些聚会是他这一代人的平常举动。如果他不参加这些聚会，他反而会背上假正经和同性恋的名声。他高中的那一个班上已经有四个同学因为兜售黄色光碟和海洛因被捕。他们曾经找过他，但毒品和那些淫秽的照片让他感到恶心。他之所以赤身裸体地坐在汽车后座上，也许是因为他随之起舞的音乐，以及他正在观看的电影越来越少地触及心灵，却越来越多地刺激明目张胆的性欲，就好像那被埋葬在高速公路下的玫瑰花园和操场正在报复他似的。那个看守道口的人站在秋日的阳光下在想什么呢？为什么那邮差看上去就像是在梦游呢？为什么主持全会的法官似乎那么躁动不安呢？为什么那出租车司机不断地皱眉叹息呢？那擦皮鞋的小鬼呆望着雨丝在想什么呢？是什么使高速公路上的货车司机心情不悦，是什么在折磨他们的肉体呢？正在擦掉玫瑰花上落尘的老花匠，那躺在雪佛莱车下面的汽车维修师，那无所事事的律师，那等待浓雾消散的水手，那醉汉，那士兵都在想什么呢？

这是一个催发性欲的时代，而埃米尔是这个时代的孩子。

露易丝·梅克尔是一个漂亮女孩，但她的放荡只是她快乐阳光性格的一部分。她做人们希望她做的事，以此来混日子，而放荡就是这种生活方式的一部分。然而，在她准备恣情放肆的时候，她有时候似乎会贬低、奚落那萌发欲念的根源，而对于那根源，他仍然保留着一份朦胧的、温柔的感情。当他卧室窗户下的丁香树在春天鲜花盛开，他躺在床上可以闻到丁香的芬芳时，一种犹如勃勃雄心的强烈却难以名状的感觉会让他深深感动。哦，我多么想——他赤裸裸地坐在月光汽车电影院思忖道，我多么想干一番大事呀。但是，他想干什么呢？当喷气式飞机驾驶员吗？去非洲发现一座瀑布吗？管理一家超市吗？不管是干什么，那必须和他关于生活是庄严的想法相吻合，那必须和他关于生活是神圣的想法相一致。当他站在内罗毕杂货店的橱窗前望着人行道上缓缓行走的男女和天空中飞驰的云彩时，他便会油然生发这种想法。

他想到了梅利莎，她给他喝了一杯啤酒，便深入了他的意识之中。在过去的六个或者八个月中，男男女女都突然对与他待在一起产生了兴趣，他为此感到惶惑。他们似乎对从他那儿得到什么感兴趣，并十分热切地希望得到。虽然他没有那么纯真也并不傻，但他真的无法肯定他们到底希望得到什么。他自己的欲念是强烈的。早晨，当他在剃须时，一阵对性的需求让他痛苦地弓下腰来，呻吟不已。“割破皮了，亲爱的？”他的母亲问道。现在，他思念起梅利莎来。奇怪得很，他是将她作为一个悲剧性人物来怀念的。她孱弱，孤独，每每被人误解。她丈夫——不管他是谁——迟钝、愚蠢而粗心。所有的男人不都曾和他一样大吗？她是一个象牙塔里的美丽囚犯。

故事片演到一半，他们便穿上衣服，敞开车顶篷，放起喧闹的音乐《放松点，小妞》，轰隆隆飙车冲出了月光汽车电影院，飞车驶上了高速公路，给他们自己的生命以及他们驶过的汽车里的人（男人，女人，襁褓中的孩子）的生命带来危险，但是，典雅的圣博托尔夫斯或者说圣洁的处女宽恕了他们，把埃米尔安全地送回了家。他爬上楼梯，母亲正在那儿读《读者文摘》中一篇关于胰腺的文章。他亲吻了母亲，道了晚安，便上了床。躺在床上，他非常天真地想到他已经对那些漂亮女孩、电影和纸杯感到厌烦了，他决定前往楠塔基特去。

[13]

梅利莎购买了飞机票，并做了所有的准备工作。她叫埃米尔在飞机上不要跟她说话。他穿上了崭新的皮鞋和全新的裤子，走起路来一蹦一蹦的，他想这样来试一下那新鞋底的厚度，体验一番肌肉从他的大腿、后背一直运动到他肩头的快乐。他以前从来没有乘坐过飞机。当他发现飞机并不像广告中所展现的那样光滑，机身有凹痕，还沾满了烟迹时，他有点儿失望。他坐上一个临窗的位置，瞧着机场上人们忙碌的活动，心中在想，一旦飞机升空，他就要开始一段处于不断行进中的舒适自由的新生活了。难道他不总是在梦想到处游历，在不同的地方交朋友，让人们因他的力量和智慧而乐意接受他，而不是仅把他当成一个没有前途或前景的杂货店送货伙计吗？难道他曾经怀疑过他梦想实现的可能性吗？梅利莎是登上飞机的最后一位客人。她穿着一件毛皮大衣，那深色的毛皮，在他看来，让她像是从另一个一切都美丽、井然有序和奢华的大陆来的旅行者。一个醉醺醺的水手坐到了埃米尔的身边，顿时便睡着了。埃米尔有点失望。以前当他望着飞机飞越帕塞尼亚和普罗克西米尔庄园上空时，他总是以为乘飞机的都是高级人士。一会儿，飞机便腾空拉升起来了。

太美了。在几百英尺以下，人类所有迷乱的、错误的劳作都显得有条不紊了。他咧嘴冲着大地和大地上的人类微笑。乘坐飞机所带来的激动并不像他曾经预想的那样，对于他来说，飞机的发动机在竭力摆脱地心吸力，让他们在薄云中能有一席之地。他们正在飞越的大海黑幽幽的，没有任何色彩。当他们不再见到大陆时，他也感到一种同样的失落感，仿佛在这一刻，他与他的青春时代维系的纽带被割断了。他看见大海中的一座岛屿，在岛屿的东北边沿上浮动着一圈白色的浪涛。岛屿是那么渺小和平坦，他心中不禁纳闷，为什么人们还想到那儿去旅行。下飞机时，她在舷梯边等着他。他们穿过机场，叫了一辆出租车。她对司机说："我们想先到村子去，买一些食品，然后送我们到马达姆基德去。"

"你们到马达姆基德去干什么？"司机问道，"那儿什么人也没有。"

"我在那儿有一座乡间小屋。"她说。

他们乘车驶过一处荒凉的地方，然而，因为荒凉如此紧密地和她的青春时期和幸福联系在一起，她对荒凉已熟视无睹了。在村子里，他们在她经常光顾的那家杂货店门前停了车，她要埃米尔在外面等候。当她买好食品和其他杂物，一个围着白色围兜的伙计完全像她首次见到的埃米尔一样，弓着身子提着她的东西往出租车走去。她给了他小费，往大街上到处张望寻找埃米尔。他正和其他几个与他年纪相仿的年轻男子一起站在杂货店门前。

她的勇气顿时消失了。这是一群对生活厌烦、失望的人，她总是想躲避这类人。这些人似乎总躲在围墙后面，对一切怀着深深的嫉恨，然而他们也是一群光彩夺目的人——这类人对于音乐厅、医院、桥梁、法院都是极有用处的，但她是不宜进入这类人中的。她曾经想通过旅行给她的生活带来活力，然而如今除了痛苦地感觉道德上的卑劣感之外，她什么也没有得到。“你想要我去把你的男朋友找来吗？”出租车司机问道。

“他不是我的男朋友，”梅利莎说，“他只是来帮我搬运东西的。”

这时，埃米尔看见了她，从街对面走了过来，于是，他们开始前往马达姆基德。她感觉如此绝望，不禁伸手去抓住他的手。其实她倒并不指望他会搀扶她，他却那么神奇地慷慨赏赐给她一丝微笑。这丝微笑是如此洋溢着激情、如此温柔，她感觉热血直往心脏里面冲。他们前往的地方除了乳白色的沙丘，上面几丛如剃光了的脑袋上那几绺发丝的莎草，以及黑沉沉的秋天的大海之外，什么也没有。他为此迷惑不解。在他的世界中，有那么一批人夏天会外出度假——他们在六月关上房子，到九月才去购买食品和杂货。他从来没有享受过这种迁移漫游的特权，只好独自想象他们去度假的地方的情景。那儿定然拥有金色的沙丘，紫色的海洋，而房子定然是宫殿式的，拥有粉红色的墙壁，拥有天井和游泳池，就像他在电影中看见的那些房子。而在这儿，这些东西一样也没有，他简直无法相信在漫长的炎热夏日，这儿看上去不过是一片荒原而已。那儿有一队队的帆影吗？有甲板椅吗？有沙滩伞吗？没有一丝这种夏季家什的影子。她把房子指给他看，他看见一座坐落在峭壁上覆盖着木瓦板的偌大的房子。他看得出来那是一栋相当大的房子——是的，相当的大——然而，如果你要建一栋夏日闲居的屋子，为什么不建一栋更为简洁紧凑、看上去更为漂亮一点的呢？但也许他是错的，也许他可以从这儿学到一些东西。她一见到这栋老房子便那么兴奋，他决定暂且不对房子做任何评说了。她付清了出租车的钱，想把前门的锁打开，然而锁已经被海风腐蚀了，她不得不求助于他了。他最终打开了锁，她走进房子，他把行李搬了进去，然后当然是食品和杂货了。

她真切地知道这屋子有一种家的气氛——或者说就应该有一种家的气氛——但那镶嵌在墙上的企口板散发出一阵阵柠檬般的芬芳，那芬芳在她看来犹如在阳光灿烂的日子里在这里度过的岁月的馨香。她姐姐的古老音乐，她哥哥的德语课本，她姑姑画的蓟的水彩画似乎是他们生活中最本质的东西。虽然她和她姐姐以及哥哥吵了架，互相已不再来往了，但她所有的回忆仍然是充满善意和温情的。“我在这儿总是很快乐，”她说，

“我在这儿总是非常、非常快乐。这就是为什么我想回到这儿来。当然啦，屋子里很冷，我们可以点上火呀。”她这时发现在她左手的墙上有铅笔的笔痕，每年七月四日她叔叔都要让他们站在企口板前，记录他们的身高。她担心他有可能把这视作从年龄上来说对她不利的证据，于是便说：“让我们将食物放进冰盒里去吧。”

“冰盒，这真是一个有趣的词，”他说，“我从来没听人们这样叫它。这样称呼一台冰箱是有趣的。但是你说话与人不同，是的，像你这样的人。你说的许多事与人不同。比如，你说神极了，许多事你都说神极了，但是你知道吗，我母亲，她不会轻易用那个词，除非当她提到上帝的时候。”

她被大厅里那量身材的标高吓呆了，心中在琢磨屋子里是否还有其他东西会揭示对她不利的实际年龄。她想起了楼上客厅里挂着的家庭照片。那儿有她穿着校服和坐在客轮里的照片，还有许多她与儿子在沙滩玩耍的照片。当他在往冰盒里放食品时，她上了楼，将照片藏到衣柜里去。他们走下悬崖来到沙滩。

在一年中的这个季节，天气竟然如此温暖。吹拂着南风，在夜晚也许会吹西南风，带来雨云。从葡萄牙汹涌而来的波涛拍打着这一排沙滩。波浪轰隆隆像点燃炸药一样冲上沙滩，然后又咆哮着卷回到大海中去，粼粼发光的海水在沙地上铺展开来，渐渐消失，沉到了沙粒里面去。在她面前的水位标尺旁，她看见有一只瓶子，瓶子里封放着一张小纸条，她奔跑着去将它捡起来。她想看到什么呢？是关于斯帕达宝藏[1]，还是一位法国水手的求婚信？她将瓶子递给了埃米尔，埃米尔将瓶子砸碎在石头上。小字条是用铅笔写的。“在这广大的世界上有可能读到这张纸条的任何人，我是一个十八岁的大学生，九月八日坐在马达姆基德的沙滩上……”这人让自己的姓名和地址随波逐流的做法绝对是一种狂想，这瓶子一定是回到了他曾经站过的地方，在他离开之前在这儿待了一会儿。埃米尔询问他是否可以游泳，然后弓下身子去解他的新鞋鞋带。有一根鞋带打成死结了，他的脸涨得通红。她跪下去帮着解鞋带。他急匆匆地脱去了衣服，以显示他青春和发达的肌肉。他热切地问她，他是否可以脱去他的内裤。当他脱内裤时，他把背对着她，然后走进了大海。海水比他预想的要寒冷些。他的肩膀和屁股一下子紧绷起来，脑袋在发抖。他赤裸着全身，浑身颤抖着。他虚荣，英俊，看上去很可怜——这是一个普通的年轻人，在追寻着生活中的快乐和冒险。他钻进了一阵巨浪之中，从巨浪中浮现出来，向她所站的地方猛扑过来。他的牙齿在打战。她将她的大衣扔给了他，他们回到了屋子。

1　法国作家大仲马的小说《基督山伯爵》中所描述的宝藏。

关于风向，她是对的。半夜之后，或者更晚一些时候，风从西南方向吹来。天下雨了。正如她从孩提时代起就做的那样，她下了床，穿过房间去将窗户关上。他醒来了，听见她的光脚丫在木地板上走动的声音。在一片漆黑之中，他看不清她。当她走回床时，她的脚步听上去既沉重又衰老。

清晨，下起雨来了。他们在沙滩上散步，梅利莎烧了一只鸡。她在找寻酒瓶时，看到了一只长颈的绿色摩泽尔白葡萄酒瓶，这正像她在梦中在野餐和在城堡里喝的那种酒。埃米尔将大部分鸡吃掉了。四点钟，他们打了一辆出租车到机场去，飞回了纽约。在前往普罗克西米尔庄园的火车上，他坐在她前面几排的座位上，读着报纸。

摩西在车站迎接她，她回家他很高兴。婴儿醒着。梅利莎坐在他们卧室里的椅子上吟唱着：“睡吧，小宝贝，睡吧。父亲守护着羔羊……”她吟唱着，一直到婴儿和摩西都睡着。

[14]

在这段时间里，在塔利弗基地的沃普萧一家，日子却过得十分凄惨。波士顿再也没有寄支票来了，没有任何解释，贝特西一直埋怨不休。在星期日下午，在科弗利做了午餐，洗了盘子后，贝特西又回到她的电视机前。从午餐之前起，他们的小儿子就一直在哭闹。他想要出去散步吗？他想要吃棒棒糖吗？科弗利能给他搭一栋积木房子吗？“哦，让他去吧，”贝特西说，调高了电视的音量，“他可以和我一起看电视。”还在抽抽搭搭的男孩走到他母亲那儿去，科弗利穿上了外套到外面去了。他搭乘公共汽车到计算机中心，穿过田野来到庄稼地里。这是晚秋了，一路紫菀花盛开，空气中弥漫着花粉的芬芳，给他的鼻孔一种十分惬意的刺激，整个世界闻上去就像一块色彩鲜艳的陈旧地毯。枫叶和山毛榉的树叶都变红了，树林间移动的午后天光，使横躺在他面前的小路像一连串的走廊和房间，像黄色和金色的议会会场和梵蒂冈宫。然而，尽管有着天光的灿烂，他似乎仍然能听见从电视机传来的音乐，似乎仍然能看见贝特西嘴角不屑的线条，似乎仍然能听见他小儿子的哭闹声。他失败了。他在所有的方面都失败了。可怜的科弗利永远无法成就任何事情。他太多次听见他的姑姑和阿姨们在客厅门背后这么说。他将娶一个骨瘦如柴的妻子，生一个病歪歪的孩子。他将永远不可能做成任何事情。他将永远无法付清他的债务。他蹲下身子去系鞋带，就在这时，一支狩猎的箭倏地从他的头顶上飞驰而过，扎进他右手边的一根树干里。

“嗨,”科弗利大声喊道,“嗨。你几乎要杀了我。”没有人回应。射箭手躲藏在浓密的鹅黄色树叶后面，他为什么要承认他几乎要误杀别人的不慎呢？“你在哪里？”科弗利大声喊道,“你到底在哪里？”他冲进了路边的矮树丛中，瞧见远处的射箭手穿着红色衣服，在爬一垛石头墙。他看上去就像是一个魔鬼。“你，你。”科弗利在他身后喊道，但离他的距离太远了，他不可能抓住这鲁莽的家伙。他没有答应，连回应也没有。他惊动了一对乌鸦，乌鸦升腾到空中，向发射塔架飞去。要不是他蹲下去系紧鞋带，那箭就会杀了他，这想法在他的意识中爆炸开来，使他的心剧烈跳动，舌头肿胀起来。但是，他活着，在这千钧一发之际躲过了死亡，就像他躲过了一千次其他的死亡威胁一样。陡然间，这一天的色彩、芬芳和境遇似乎兀自舞动起来，用巨大的力量将他清晰地包裹着。

他没有看见任何超乎尘世的东西，也没有听见任何声音，他达到这样一个境界完全是靠着一个简单的事实：这要命的一箭，这要命的一箭是最为性命攸关的，在他生命中具有转折性的力量。他感觉到自我了，感觉到自己与众不同的地方了，他感觉到的欣喜若狂是他以前从来没有体验过的。他的名字的音节，他的头发和眼睛的颜色，他的大腿所迸发出来的力量似乎都增长成类似狂喜的东西了。躲在客厅门背后诋毁他的人们的声音——在他一生中的所有时日他都在认真地倾听这种诋毁的声音——现在听起来显然是生性妒忌而有害的，发出这些诋毁声音的人是充满爱的，如果他没有发现自我的话，他们幸灾乐祸的诋毁会有幸得到最好的应验。他在这秋日下午和世界的位置是不容置疑的了，他有了如此一种富有活力的心情，还有什么能伤害他呢？他这时的感觉倒不是说他不可摧毁，而是说他桀骜不驯。如果那支箭射中了他，那么，那满目的辉煌灿烂也就随着身体的死亡而消逝了。他并不是一场感情或遗传悲剧的受害者，他拥有养育一个怪孩子的至高无上的特权，他将会使他的人生变得辉煌灿烂。他仔细观看了那支箭，当他想把它从树干上拔下来时，箭杆却折了。翎毛是酱红色的，他想，如果他将这折断的箭给他儿子，他也许会停止哭闹。孩子见到这酱红色的翎毛，果然不哭了。

科弗利决心做一番辉煌灿烂的事业最终落实在研究约翰·济慈的词汇上，而这研究项目却要依靠一位名叫格里查的朋友。大部分雇员都在地下自助餐厅吃午饭，而科弗利一般都要乘电梯走上地面，在阳光下吃三明治。这一古怪的选择成了他们友谊的基础。计算机房中有一位技术员也喜欢在阳光下吃三明治，这一嗜好以及他们都来自马萨诸塞州这一点很快就使他们成了朋友。在春天，他们玩棒球；在秋天，他们将足球在足尖上传来传去，很显然他们感觉足球的抛物线比地平线上发射塔架的线条简单多了。格里查是波兰移民的儿子，在洛厄尔长大，他妻子是北方美国佬农夫的孙女。他是一个为一架大型计算机服务的技术员，或者说有可能被认为是为一架大型计算机服务的技术员。计算中心没有对服装做硬性的规定，也没有固有的论资排辈的序列，然而，不到几个月，一个社会阶层的雏形和一长串克制个人消费欲望的法律便开始出现，仿佛表述了人们内心深处对等级制度的热爱。物理学家穿羊绒套头衫。资深程序员穿花呢外套和彩色的衬衫。科弗利这一阶层穿西装。技术员则似乎不得不穿工作服，那就是白衬衣和深色领带。他们以控制操纵板的特权，以及更高的技术知识和有限的责任特权，和中心的其他人员隔绝开来。如果一个程序不断地出错，他们能断然肯定这不是他们的过失。这赋予他们一种易变、轻浮的品性，犹如你有可能在渡轮的舱面水手身上看到的那种轻浮。格里查从来没有到过大海，但他走起路来就像是行走在行驶的甲板上，看上去有点儿像一个睡船舱床铺、值班、自己洗涤脏衣服的水手。他是一个瘦小的人，没有肚子——那整个地方看上去仿佛柔软而下凹。他在头发上涂定型剂，在头颈后面小心翼翼地梳出一个交叉排线，这是十年前街头混混中流行的发式。这就使他看上去仿佛仍然有一只脚踩在刚刚消逝的过去的时光中。科弗利指望他早晚会对他和盘说出他怪异的勃勃雄心。他正在地窖里造一只到密西西比河上游览的木筏吗？他在精益求精地改善一台压缩空啤酒罐的机器吗？在发明一种更为简单的避孕药吗？或者一种溶化秋天落叶的溶化剂？一个类似的计划似乎在解释他的性格特点方面是必不可少的，然而，科弗利错了。格里查希望在基地干到退休的年龄，到那时，他会将他的积蓄投资到佛罗里达或者加利福尼亚的一家停车场上。

格里查从他在计算机中心的位置似乎能知道许多基地的政治情况。他并不具有那种喜好在背后饶舌谗言的习惯，但即使这样，科弗利每天从午餐的时间仍可以获得大量的信息。安全接待中心的接待员怀孕了。基地主任卡梅伦的宝座在六星期之内就要完蛋。高层的思想出现严重分歧。他们就从鲸鱼座 τ 星和波江座 ε 星传来的无线电信号是否连贯争吵不休，为太阳系是否存在文明而辩论，为海豚是否具有智力而相互挑战。格里查在述说他的新闻时完全是无意的，但透露的消息还是非常多的。科弗利对格里查怀有期望，希望格里查会帮助他。他想要格里查将济慈的词汇放进计算机里。格里查似乎有点犹豫，举棋不定，但有一天晚上他还是邀请科弗利到他家去吃晚饭。

他们下班后，乘上了一辆公共汽车到终点站，然后两人开始走路。基地的那一地区科弗利从来没有见过。“我们现在所在的地区属于紧急住房。”格里查解释道。那是一个拖车式活动房屋的营地，虽然大部分拖车式活动房屋都停栖在一片片水泥地上。有些拖车式活动房屋硕大无比，有两层楼。在那儿，有街灯、花园、尖桩篱栅，自然还有一对油漆的大篷马车轮，那是业已消逝的乡间神秘驱邪物。科弗利心中纳闷这些驱邪物是否来自计算中心附近的农场。格里查在一辆更为简朴的拖车式活动房屋门前停了下来，打开门，让科弗利走了进去。

里面有一间长长的、充满欢乐气氛的房间，这房间似乎有多种用途。格里查的母亲站在炉子前面。他的妻子在给他们的女儿换尿布。老格里查夫人是一个一头灰白头发的肥胖女人，在她身上别着一件圣诞树饰品。圣诞节早过去了，但这种饰品具有那种农庄家园的魅力。当你从北方滑雪道上滑雪下山时，你路过这些农庄家园，在那里，那些彩色的圣诞灯过了主显节还在熠熠亮着，有时候，一直到白雪融化时才会拆卸下来，仿佛圣诞节无形之中被延长到涵盖整个冬季了。她的脸庞宽阔而仁慈。年轻的格里查夫人穿着一件旧的男式衬衫和一条格子呢便裤，衣裤紧绷绷地裹在身上。她的脸很大，一头长发很漂亮，只是有点儿蓬乱。她的眼睛张得大大的时候，很是美丽，只是在那天夜晚，她的眼睛很少睁得大大的。她的眼皮和嘴巴的线条下垂，显得像是在赌气的样子，然而，这很快就和她凌驾一切的灿烂微笑成了鲜明对照，这使她的脸具有一种吸引人的魅力。当她在哄孩子和给孩子穿衣服时，她看上去几乎是专横的。格里查打开两罐啤酒，他和科弗利坐到房间的一端，那儿离炉子最远。

“我们在这儿有一点儿挤，”老妇人说，“哦，我真希望你能见到我们在洛厄尔的房子！有十二间房间。哦，那是一栋多么可爱的房子，只是有老鼠。哦，那些老鼠。有一次，我走下地窖去拿一根火炉用的木棍，这么大的一只老鼠向我扑来，直向我蹿来！不过，它没扑到我，感谢上帝，从我的肩头嗖地跳了过去。从那以后，我一直怕老鼠怕得要命。我是说，当我见到它们是如此肆无忌惮，我真怕。我们在餐厅的餐桌上一直摆放很漂亮的装饰物。水果，你知道的，或者蜡花什么的。一天早晨，下楼后，我发现这些漂亮的装饰物全部完蛋了。是老鼠干的。这让我的心都碎了。我是说，这让我感觉我再也没有可以称之为属于我的东西了。还有小老鼠。我们有小老鼠。它们每每窜进食品储藏室。有一年，我做了一大缸果酱，小老鼠咬破了石蜡的封口，把一缸果酱弄得乱七八糟。和白蚁相比较，小老鼠又不算什么了。我老是发现客厅的地板咯吱咯吱响。一天上午，当我在推吸尘器时，一大块地板裂了开来，一直凹陷到地窖。白蚁。白蚁和蚍蜉。它们合在一块儿干。白蚁吃房子的柱子，而蚍蜉吃门廊。最糟糕的是臭虫。当我的堂哥哈里逝世时，他给我留下一张大床。我也没有多去想它。你知道，我在晚上，觉得这非常搞笑。我一生中从来没有见过臭虫，我压根想象不出它们到底是什么样子。好了，一天夜里，我猛然打开灯，臭虫就在那里。它们就在那儿！好了，它们已经躲进整个屋子。到处是臭虫。我们不得不喷洒些药剂，哦，天哪，那味道糟糕极了。还有跳蚤。我们有跳蚤。我们叫这条老狗斯珀迪。它招了跳蚤，跳蚤从它身上跳到地毯里。这房子很潮湿，跳蚤便在地毯里繁殖。你知道吗？有一块地毯，你一踩上它，便会跳出成片的跳蚤来，就跟烟雾一样浓密，你满身都是跳蚤。啊，晚饭好了。”

他们吃冻肉、冰冻的煎土豆和冻豌豆。要是你蒙上眼睛，你还真不知道那是豌豆呢。吃进嘴里的土豆，味道就跟肥皂一样。这是围城里的人吃的食品，在那天晚上，基地所有的地方都在吃这种食品。然而，城墙在哪里，攻城槌在哪里，敌人在哪里？这些能让人们忍受吃那淡而无味的粥的东西在哪里呢？科弗利在那儿很快乐，在饭间他们谈论新英格兰。当女士们洗餐盘时，科弗利和格里查便在讨论将济慈的词汇输入进计算机的问题。格里查邀请科弗利来家就餐似乎是一种信任或者赞同的表示。如果科弗利把一切准备就绪的话，他同意负责将词汇输入进计算机。他们喝了一杯威士忌和干姜水，科弗利便回家了。

第二天晚上，科弗利就按计划来安排他的生活了。他在五点钟离开计算中心，做了晚饭，洗了澡，将儿子放回床上。然后，他携带着他软皮封面的济慈，回到计算中心，开始在一台电动打字机上将济慈的词汇翻译成二进制数字。“我在小山岗上站着，踮起脚尖，”他开始写道，“空气清凉，如此谧静……”[1]他花了三星期翻译完济慈所有的著作，包括《国王斯蒂芬》。一天夜晚，已经十一点半了，他打下一段：“永远感受她那胸脯温和柔软的起伏，/ 永远在甜蜜的不安之中醒着，/ 静静地，静静地倾听着她那无比柔和的呼吸，/ 就这样，要么永生，要么心醉神迷迈向死亡。”[2]

---

1 《我在一座小山岗上站着，踮起脚尖》为济慈 1817 年出版的第一部诗集中的一首。

2　此处为济慈《他最后的十四行诗》的最后四句。

[15]

格里查说，如果一切按计划进行的话，他在星期六下午便可以将一切录在磁带上了。在星期五晚上，他给科弗利打电话，告诉他四点钟来。磁带放在科弗利的办公室里，四点钟他将磁带拿到操纵台所在的房间里。他非常激动。在中心似乎只有他和格里查两人。不知什么地方有一个电话铃在响着，没有人去应答。他的演化为二进制数字的指令要求机器计算诗歌的字数，计算单词数，然后将词按使用频率排出一张顺序表来。格里查将指令和磁带放进一对塔形装置里，并打开操纵台上的几个开关。在那样的环境中，他的自我感觉是最好的，便大摇大摆地走来走去，俨然一个甲板水手。科弗利因为激动而满头大汗。纯粹是为了聊聊天，他问了格里查几个关于他母亲和妻子的问题，而格里查因为站在操纵台前俨然感觉身价百倍，就没有回答他的问题。打字机滴滴答答大声响了起来，科弗利转过身去。当机器停了下来，格里查从架子上将纸条撕下来，递给科弗利。诗歌的字数为 15 357。词汇数为 8 503。单词按出现频率的顺序为："沉默糅合着痛苦的被唤醒的坠落 / 死亡的金色的世界将一切攫住 / 爱情的苦恼超过它的甘芬 / 那天使脸上堕落的创痕 / 表明天堂也有怨恨。"

"天啊，"科弗利说，"还押韵呢。这是诗。"

格里查在房间里转一圈把电灯关上。他没有答话。

“这是诗，格里查，”科弗利说，“难道这不奇妙吗？我是说诗中有诗。”

格里查的淡漠是无情的。“是啊，是啊，”他说，“我们最好赶快离开这儿。我不想被抓住。”

“但是，难道你没看出来，”科弗利说，“在济慈的诗中有诗？”想象一下在宇宙的构成中潜伏着数字和谐的可能性，然而，这一和谐却包括诗歌倒令人困惑了。科弗利俨然感觉自己是一个正在崛起的世界公民，是这世界的一部分。生活里充满了新鲜的活力，新鲜的活力无处不在！“我想，我最好告诉谁，”科弗利说，“这是一个发现，你知道的。”

“镇静点，”格里查说，“你告诉别人，人们就会知道我在下班之后使用了操纵台，我会倒霉的。”他把所有的电灯都灭了，他们来到走廊里。在走廊的尽头一扇门打开了，基地主任莱姆尔·卡梅伦博士向他们走来。

卡梅伦是一个矮小的人。他走起路来有点儿驼背。他的冷酷和聪明是富有传奇性的，格里查和科弗利都很怕。卡梅伦的头发是黑色的，没有光泽。他将头发理得那么长，额前挂着一圈卷发。他的皮肤是深灰黄色的，脸颊上却泛着细腻的红晕。眼睛散发忧郁的神色，而他的眉毛，突出来像遮篷一样，毛茸茸的，使他看上去与众不同，令人生畏。他的眉毛足有一英寸厚，是带深色斑纹的那种灰色，一簇一簇的，就像是野兽的皮毛。两缕眉毛就像是建筑结构上的横梁，被提升到一定的位置才好支撑他的知识和权威似的。其实我们都知道浓重的眉毛并不能支撑任何东西，即使空气也不能。它们也与智力或思想无关。然而，正是他的眉毛把这两个男人吓得够呛。

“你叫什么名字？”他问道。他问的是科弗利。

“沃普萧。”他说。

即使卡梅伦曾经接受过洛伦佐的恩惠，他也没有任何的表现。

“你们在这儿干什么？”他问道。

“我们刚对约翰·济慈的词汇做了一个统计。”科弗利以非常认真的态度说。

“啊，是的，”卡梅伦说，“我自己对诗歌也非常感兴趣，虽然大伙儿都不知道。”他抬起脸来，冲着他们微微一笑。那微笑不是虚伪就是逢场作戏。他用训练有素的抑扬顿挫的声调背诵道：

有如许的世界，围绕它们的太阳
编织着日夜，
有多少像人一样思索的东西，
如今深埋在石头或泥土之下！

他们被光捕捉的故事

来到我们中间，然而无法知晓

那是喜剧抑或是悲剧，是朋友抑或是敌人的一瞥。

那朦胧而晦涩的言辞，

来自远方，来自很久很久之前。

科弗利没有说什么，卡梅伦眯细眼睛望着他。

“我以前见过你？”他问道。

“是的，先生。”

“在什么地方？”

“在山里。”

“星期一到我办公室来，”他说，“现在什么时候了？”

“七点一刻。”科弗利说。

“我吃饭了吗？”他问道。

“我不知道，先生。”科弗利说。

“我感到纳闷，”他说，“我真感到纳闷。”他独自向电梯走去。

[16]

科弗利星期一上午前往卡梅伦的办公室。他清晰地记得他和这位年迈的天才第一次相遇的情景。那次相遇是在塔利弗基地以北三百英里的山上。那次科弗利是和办公室的几个朋友在周末去滑雪的。他们在向晚时分才到达那里，天黑之前只够滑一次雪道了。他们正在等待缆车，这时有人叫他们走到一边去。那人是卡梅伦。

他正和两位将军与一位上校在一起。他们都比他魁梧、比他年轻。他到达时，人群中响起了一阵啧啧的称羡声，而他毕竟只是一位传说中的滑雪者而已。他对热力理论的贡献是基于他对滑雪分子运动的观测做出的。他穿着一套讲究的滑雪装，在他闻名遐迩的眉毛上绑着一根紫红色的头带。那天下午，他的眼睛炯炯有神。他以一种享有绝对权威的人才有的精确而优雅的风度（科弗利是这么想的）走到上山的缆车前。他到了山上，身后跟随着他的侍从们，然后是科弗利和他的朋友们。山顶上有一栋小屋，或者说避风的场所，他们在那儿停下来抽烟。小屋里没有火。天气很冷。科弗利调整好滑雪板上的皮靴固定装置时，发现小屋里只有他和卡梅伦两人。其他人都向山下滑下去了。在卡梅伦的面前，科弗利显得非常不安。卡梅伦没有说话，没有发出一点儿声响，却似乎在他周围散发出一种可感的磁场。天很晚了，很快就要黑下来，然而，所有的山巅深埋在白雪之下，仍然屹立在斜射下来的天光之中，就像古代海底的深渊和沟壑一样。使科弗利感动的是这景致中所饱含的活力。这里显示着这个星球不可估量的力量。这里，在这最后的一缕天光中隐藏着它的宏伟历史。科弗利再清楚不过，不要跟博士提及这些。说话的是卡梅伦。他的声音严厉，听上去却很年轻。“请想想，仅仅在两年之前，人们还普遍认为异质层是分为两个区域的，”他说，“难道这不奇妙吗？”

“是的。”科弗利说。

“首先，当然，我们有均质层，”博士解释道，他讲话那种装腔作势的谦虚语气和有些教授一样，“在均质层里，空气中的主要成分，除了水蒸气外，是百分之七十六的氮气、百分之二十三的氧气和百分之一的氩气。”科弗利转过身子去看他。他的脸因为刺骨的严寒拉长了。他喷吐着水汽。他凡事都要解释的习惯似乎不受他们所处的壮美环境影响。科弗利感觉他压根没有看到这天光和山峦。“在均质层，”他继续说道，“我们有对流层、平流层和中间层，在中间层以外，有氧气和硝酸，它们被莱曼 β 成分离子化，而在这之上，氧气和有些硝酸则被短紫外线离子化。在中间层以外的电子密度是每立方厘米十万个。在这之上，电子密度上升到二十万个，然后再上升至一百万个。然后，原子的总密度太低了，电子的密度也就减少了……”

“我想，我们还是滑雪下去吧，”科弗利说，“天快黑了。您愿意先滑吗？”

卡梅伦拒绝先滑。当科弗利撑着雪杖滑走时，他在后面大声高喊道：“祝你幸运。”他滑了第一个回转，然后第二个回转，在滑第三个回转时天已经黑了。他摔了一跤。他没有受伤，但是，在爬起来时，他凑巧往上看了一下，看见卡梅伦博士正坐在缆车的吊椅上往山下去。

科弗利在缆车站跟他的朋友们会合，前往一家乡村客栈，在酒吧喝酒。几分钟之后，卡梅伦和他的随从们也来了，在角落找了个桌子坐下。卡梅伦说话，他可以听得十分清晰。他似乎无法控制他嗓音的穿透能力。他正在大讲特讲关于滑雪道的事，讲得很具体：那千钧一发的弯道，那搓板一般漫长极了的雪道，那结了冰直线下去的滑雪道和雪堆。在这儿的这位男子从某种意义上说来也是对整个国家安全负责的人，然而，你不能指望他在滑雪的事上讲真话。他一直对真理必须得到证实这件事是非常执着的，这种执着是众所周知的。然而，滑雪这件事表明他是一个彻头彻尾的骗子。科弗利感到迷惑了。他也许对山峦的坡面有着另一种更为细腻的真实感受吧？他从吊车上判断了雪道对于他的体力来说过于陡峭、过于快速了吧？他大约想到，如果他承认他那明智的胆怯，他也许会影响到他整个团队的声誉吧？他无视简单的事实，也许这牵涉了更为复杂的事实吧？科弗利自己也不能肯定他看到的吊车里的人是不是卡梅伦了。

那天上午，一位秘书引领科弗利来到卡梅伦的办公室。“你对诗歌的兴趣，”老人立即说道，“是我把你找来的主要理由，还有什么会比那几千亿恒星组成的我们闪闪发光、珠宝般的银河系更富有诗意呢？这种力量之宏伟是我们所不可能理解的。似乎可以肯定的是，我们从几万亿的恒星那儿获取光明。保守的估计是，在一千颗恒星中，有一颗恒星拥有一颗适宜某种生命形式生存的行星。即使这种估计被证明夸大了一百万倍，在已知的宇宙中仍然会有一千亿颗这样的行星。你愿意为我工作吗？”博士问道。

“我并不认为您了解情况，卡梅伦博士，”科弗利说，“您瞧，我唯一的训练是在磁带转码和计算机预编程方面。当我从雷姆森调来时，机器发生了差错，结果我被调到了公共关系部门，但我认为您并不明白——”

“别告诉我明白什么，不明白什么，”卡梅伦吼了起来，“如果你想告诉我的就是这个的话，那么，你的无知尽管率真，但是糟透了，你正在告诉我我已经知道的事情。你是个笨蛋。我知道。那正是我为什么想要你。当今这时候，傻瓜是很难找到的了。你出去时，告诉诺兰小姐将你调到我的部门。给我写一份二十分钟的毕业典礼演说稿，大意就按我刚才讲的，准备下星期跟我一起到大西洋城去。现在几点了？”

“九点三刻。”科弗利说。

“听见那鸟儿了吗？”博士问道。

“听见了。”科弗利说。

“它说什么来着？”博士问道。

“我不知道。”科弗利说。

“它在叫我的名字，”卡梅伦说，有一点儿恼怒了，“难道你没听见吗？它在叫我的名字。卡梅伦，卡梅伦，卡梅伦。”

“好像不是那个音。”科弗利说。

“你知道帕纳西亚星座吗？”

“知道。”科弗利说。

“你注意到星座包含我名字的首字母缩写吗？”

“我从来没有那么去想，”科弗利说，“我现在知道了，我现在知道这缩写的意义了。”

“你能屏气多长时间？”卡梅伦问道。

“我不知道。”科弗利说。

“好，试一下。”科弗利深吸一口气，卡梅伦看着他的手表。他能屏气一分零八秒。“不错，”卡梅伦说，“现在走吧。”

[17]

我们诞生于两种意识状态之间；我们在黑暗和光明之间度过我们的人生，为了爬上另一个国家的山峦，用另一个国家的语言组织我们的思想，或者欣赏另一个天空的色彩，我们被越来越深地拖曳进我们生存状态的神秘之中。旅行已经失去了特权和时髦的象征意义。我们不再和拥有三个烟突、花十二天横渡大西洋的游轮的夜半航行打交道了，我们也不再与路易威登箱包和五星级酒店灯火辉煌的门厅打交道了。拿着纸袋装的食品、抱着熟睡的婴儿登上奥利机场喷气客机的旅行者有可能是在工厂做了一天工回家的人。我们可以在巴黎吃晚饭，如果上帝允许的话，在家里吃早餐。在这里是一整套对人类自我认知的新的创造，爱情和死亡的新的形象，我们的事务既脆弱而又重要的特性。我们中大多数人旅行是为了改善我们对自己的认知，但这一切对于老霍诺拉姑妈就不是这么回事了。她是作为逃亡者前往欧洲的。

多年来，她已经形成了一种坚定的信念：圣博托尔夫斯是地球上最精美的创造。啊，她十分明白，它并不壮丽，它根本没有当她还是一个孩子时，她的伯父洛伦佐给她寄的明信片上的卡纳克和雅典的景色。但是，她对壮丽的景色没有兴趣。在世界上，哪儿还有这丁香树丛，这摇曳的和风，这灿烂的天空，这新鲜的鱼儿呢？她在这儿度过了她的一生，每一个行为都是另一个行为的变异，她经验里的每一个感觉都和一个相似的感觉相连，通过一条回忆链穿过她的漫长岁月，回到当她还是一个漂亮而难以驾驭的孩童的时光。在天黑之后很久，她在帕森池塘边解开她的溜冰鞋鞋带。那时，所有的溜冰者都回家了。彼特·豪兰的牧羊犬的狂吠清晰可闻，叫人心惊胆战，仿佛那是凛冽的寒冷往沉沉的夜空中击发炮弹般的爆炸声响。从她的火中散发出来的馨香的烟和她人生的火粿合在一起。她修剪的有些玫瑰还是在她出生之前栽种的。她亲爱的伯父将她的世界和文艺复兴的欧洲连接在一起，但她总是不相信他。有哪个在新罕布什尔大山里看见过大瀑布的人会关心国王们的人工喷泉呢？有哪个尝过北大西洋浓郁佳酿的人会理会肮脏的那不勒斯湾呢？她不想离开她的家乡，不想到一个使她感觉被连根拔起的地方去。那地方的玫瑰和氤氲的味道只可能使她想到，她离她自己花园的距离是多么可怕的遥远。

她独自乘火车到纽约，焦躁不安地睡在一家旅馆的床上。一天早晨，她走上了一艘驶往欧洲的轮船。在她的船舱中，她发现老法官给她送了一束兰花。她讨厌兰花，她讨厌铺张浪费，而这绚丽的鲜花则兼而有之了。她最初的冲动便是将兰花扔到窗外去，但火车的窗户打不开。她继而一想，也许一朵花是一个旅行者的装束里所必需的，是一种离别的记号，一种象征，表明这人和朋友们告别了。那儿有大声的喧笑聊天声，有喝酒的嘈杂声。似乎只有她是孤单的。

从她熟悉的人的众目睽睽之中解脱出来，她显得有一点儿傻乎乎的——她花了一些时间试图寻找到一个地方藏匿她那帆布钱袋。她在钱袋里放着现金和文件。放在沙发下？放在画框后面？放在那空的花瓶里，或者药箱里？地毯的一角松动了，她把钱袋藏在了那儿。然后，她走到走廊上。她穿着一身黑衣服，戴着一顶三面的边往上翻的帽子，看上去有一点儿像乔治·华盛顿，如果他活到这么老的话。

高级包房里的庆祝活动延伸到了走廊里，男男女女站在走廊里喝酒、聊天。她不否认，如果是一些朋友在她离别的时候来相聚祝福她，那倒也可能会令人更加愉悦些。没有别在肩膀上的兰花，这些陌生人怎么可能知道，在她的家乡，她是一位闻名遐迩的女士，人人都认识她，都知道她所做的令人肃然起敬的工作呢？当她与他们擦肩而过，他们瞧她一眼时，他们不会把她错当作一个怪僻的老女人吗？这些怪僻的老女人在世界上到处游荡，只是想掩盖或者减轻她们痛苦的孤独感，而她们的孤独感正是由于她们乖戾、自私的行为所造成的。她痛苦地感觉到自己被完全地剥夺了一切，似乎几乎没有任何东西可以证明她的身份了。她现在希冀的是一间普通的房间。在那房间里，她可以坐下来，瞧瞧这世界。

她找到了一间普通的房间，但那房间里充斥了人，所有的座位都被人占了。人们在喝酒，聊天，叫喊着。在一个角落，一个成年男子站着和一位娇小的姑娘道别。他的脸上挂满了眼泪。霍诺拉从来没有看见也没有梦见过这种极度的感情流露的表现。请送客上岸的信号响了起来，虽然大部分的送别是轻松而快乐的，但也有许多并不是这样。看见一位男子和他的小女儿——那准是他的小女儿，两人因为什么糟糕的事情被分开了——霍诺拉十分难受。这男子突然跪了下去，把小女孩抱在怀里。他将脸深埋在她瘦削的肩膀里，霍诺拉可以看见他的背脊因为哭泣而抽搐，而这时广播里在不断地说离别的时刻到了。她感觉她自己的眼眶里业已蓄满泪水。她可以想到的唯一能安慰小女孩的方法是将她的兰花送给她。这时，走廊里已经站满了人，挤得满满当当的，使霍诺拉已经不可能回到她的房舱里去了。她只好走上高高的铜窗台，来到甲板上。

舷梯上全是正在离船的送客。到处是喧嚣。在她下面，她可以看见一汪肮脏的码头海水，头顶上飞翔着海鸥。人们在如此短的距离，在这还没有完全隔绝的情况下，互相叫喊着。一会儿，所有的舷梯，除了一个外，全部吊起来了，乐队奏起了在她听来仿佛是马戏团的音乐。巨大的麻绳开始松动了，然后是一阵震耳欲聋的汽笛声。汽笛声是如此令人震撼，它准将天上的天使都打扰了。所有的人都在叫喊，所有的人都在招手——所有的人，除了她。在所有站在甲板上的人中，只有她没有任何人可以与之告别，只有她的旅行是孤独的，是毫无意义的。仅仅是出于自尊，她从手提包中拿出一条手绢，也向那些迅速消逝轮廓和吸引力的脸挥舞起来。“再见了，再见了，我亲爱的，亲爱的朋友，”她自言自语地说，“感谢你……为你做的一切感谢你……再见，谢谢你……谢谢你，再见了。”

七点钟，她穿上最漂亮的衣服去吃晚饭。她和谢菲尔德先生和夫人共用一个餐桌。他们来自罗切斯特，是第二次到国外旅游了。他们穿着奥纶衣服旅行。用餐时，他们和霍诺拉谈起他们上次去欧洲的旅行。他们首先去了巴黎，天气好极了——那种令人爽快的干燥天气。每晚，他们轮流在澡盆里洗衣服，然后将衣服晾挂起来。在卢瓦尔河上航行时，他们遇到了雨季，几乎有一个星期没能洗衣服，但一到大海，就变得阳光灿烂而天气干燥，他们把一切都洗了。在一个晴朗的日子，他们飞到了慕尼黑，在拉齐纳宫酒店洗衣服，然而，半夜下起了雷暴雨，所有晾挂在阳台上的衣服都被淋得湿透了。他们不得不把淋湿的衣服打包前往因斯布鲁克。他们在一个晴朗、满天星星的夜晚到了因斯布鲁克，把一切衣服都再次晾起来。在因斯布鲁克，他们又遭遇了一次雷暴雨，他们不得不在旅馆房间里待上一整天，等他们的衣服晾干。威尼斯是一个洗衣服的绝妙好地。在意大利，他们没有遇到什么麻烦。在他们觐见教皇时，谢菲尔德夫人认准了罗马主教的礼服是用奥纶做的。他们记得日内瓦是雨天，而伦敦的天气糟透了。他们买了戏院的戏票，但什么都是湿漉漉的，他们不得不在房间里待上两天。爱丁堡更加糟糕，但是在斯凯岛云层被吹散了，太阳露出来了。他们从普雷斯蒂克机场起飞，一切衣物都干干净净的了。按他们的经验，总的来说，他们给予霍诺拉的警告是，别指望在巴伐利亚、奥地利、瑞士和不列颠群岛做过多的衣物洗涤工作。

当他们快讲完时，霍诺拉涨红了脸，倏然将身子前倾在餐桌上，说道："你们干吗不待在家里洗衣服？为什么你们周游大半个世界，在奥地利和法国的侍者和女佣面前出丑？我从来就没有穿过任何奥纶的衣服，或者任何你们说的那种衣料，但是，我相信我可以在欧洲就像在美国一样找到洗衣房和干洗店，我可以肯定我永远不会为了晾晒衣物的快乐而去旅游。"

谢菲尔德先生和夫人大为震惊，陷入了十分尴尬的境地。霍诺拉的嗓音传得很远，附近餐桌上的游客转过头来望着她。她试图让自己摆脱这种情景，便大声喊侍者过来。"支票，"她说，"支票。是否可以请你将我的支票簿拿来？"

"压根没有支票簿，夫人。"侍者说。

"哦，是的，"她说道，"我忘了。"她踉踉跄跄地走出了房间。

她对谢菲尔德先生和夫人太愤怒了，心中毫无悔意，然而，她也不得不面对这样一个事实，她的暴躁脾气是她最糟糕的缺陷之一。她在甲板上盘桓，让自己镇静下来，欣赏着有点儿黄的桅杆上那侧支索上的灯光，心想它们多么像星星呀。她站在船尾的甲板上，望着尾流的水波。这时，一个穿着细条子织物西装的年轻人来到她的身边。他们进行了一场关于星星的非常有趣的谈话。然后，她上床，很快就睡熟了。

早晨，在吃了一份非常可口的早餐后，霍诺拉在船的背风面要了一把椅子，拿了一本小说《米德尔马契》，准备好好放松一下，充分体味一番海上的健康空气。九天宁静的日子会积蓄她的体力，也许还会延长她的生命。这是她一生第一次计划让自己休息一下。有时，在午饭后，她会花上五分钟的时间闭上眼睛，永远没有超过这个时间。在她前往换一下空气的山间旅馆里，她总是一个早起者，一个摇椅马拉松的参加者，一个不知疲倦的桥牌手。直到现在，她总是有干不完的事，总是有需要她付出时间的事，然而现在，她年迈的心脏疲惫了，她需要休息了。她将头靠在椅子靠背的垫子上，将毯子拉到大腿上。她看到过几千份旅游广告，在这些广告中，和她年龄相仿的人伸直腿坐在甲板椅子里，望着大海。她总是纳闷，在他们的心中会有怎样愉快的幻想呢？现在，她期待着这令人羡慕的宁静来沐浴她的周身。她闭上眼，她是用力才闭上的。她的手指击打着椅子的木头扶手，不安地扭动着她的大腿。她劝慰自己要耐心等待，等待，等待那休息爬上她的身子。她等待了大约十分钟，便不耐烦地、愤懑地站了起来。她从来就没有学会安安静静地坐着不动。就像她生活中许多其他的事情一样，她再要学会这个已经太迟了。

她对于生活的感受是一种充满内在冲突的动态感受，即使活动使她的心脏激烈地疼痛，她仍然会无奈地选择活动。在一天的早晨这么伸胳膊伸腿地躺在甲板椅子里，让她感到太闲散了，太不道德了，太没有意义了。让人受不了的是，她像行尸走肉，像一个极不情愿的旁观者。在甲板上晃来晃去会使她疲惫不堪，但这样躺在毛毯下面，就像一具尸首，会让她痛苦百倍。生活就像河面上一连串的明亮影像，也许与河水的流动没有关系，却完全吸收了水的色彩和光明。她有可能让她所爱的东西弑杀她自己吗？生命的力量和死亡的力量是一样的吗？在一个晴朗的早晨，早起的快乐有可能是击碎她心脏之船的暴力吗？活动、聊天、交朋友、与人结仇以及让自己整天忙活着的需要是无法抗拒的。她挣扎着想让自己站起来，但是，她无力的双腿，她沉甸甸的体重，她年迈的身子，以及甲板椅子的形状都使这成为不可能。她陷在椅子里了。她抓住椅子的扶手，挣扎着想让自己抬起身来，但她还是毫无办法地倒了回去。她再次挣扎着想站起来。她又颓然跌回椅子。她突然感觉心脏有一阵刺心的疼痛，脸上一片潮红。她想她有可能在几分钟之内死去，在她第一天出海就死去，被缝进一面美国国旗里，扔到大海里去。她的灵魂沉到了地狱。

她为什么应该到地狱去呢？她很清楚。因为在她一生中，她都是一个偷食品的贼。在孩提的时候，她等待着，窥视着，厨房一空，便去打开偌大的冰箱门，从冻鸡身上扯下一只鸡腿，将她的手指蘸进黄油甜酱中。要是她一个人在家，她便会将椅子、凳子垒起来，爬到食品储藏室架子的最高处，将放在银碗里的糖块全吃掉。她从高脚五斗橱里偷糖果吃，这糖果储放在那儿是准备星期天吃的。在感恩祷告之前，只要厨师一转身，她就会从感恩节的火鸡身上扯下一块皮来。她偷过冷的烤土豆，凉在那儿的炸面圈，牛肉骨头，龙虾的爪子，还有楔形馅饼。当她长大了之后，这种弱点仍然没有得到改正。当她作为一位年轻女士邀请教堂教友来家喝茶时，在客人还没有到之前，她已经将一半的三明治吃光了。即使到了老年，拄着拐棍的时候，她还会在半夜走到食品储藏室吃奶酪和苹果。现在是清算她贪嘴的时候了。她绝望地转身，面对着左手边甲板椅子里的男子。“对不起，”她说，“我琢磨你能否……”他似乎在睡觉。她右手边的甲板椅子是空的。她闭上眼睛，呼唤天使。一秒钟之后，她的祈祷刚说出来，一位年轻的高级船员便止步前来向她问候早上好，向她转达船长邀请她到船桥上会面的消息。他把她从椅子里拽了出来。

在船桥上，她用袖珍六分仪测量太阳的高度，然后回忆起来。“当我九岁时，我的伯父洛伦佐给我买了一个十二英尺的单桅帆船，”她说，“在以后的三年中，特拉弗廷没有一个渔夫驾帆船能赛得过我。”船长邀请她赏光参加他举办的鸡尾酒会。在午餐时，侍者让一个十二岁不会说英语的意大利男孩坐在她旁边。他们只能互相微笑，做手势交流。下午，她打牌，直到该是下甲板的时间，她便准备参加船长的鸡尾酒会了。她前往她的房舱，从她的手提箱里拿出一只业已生锈的卷发钳，这卷发钳已经为她服务了三十五年还要多了。她将卷发钳插上浴室的电源。房舱里所有的灯都灭了，她赶紧把插头拔出来。

过了一会儿，走廊里传来杂乱的脚步声，人们在用意大利语和英语互相莫名其妙地叫喊着。她将她的卷发钳藏在手提箱底，喝了一杯波尔多红葡萄酒。她是一个正直的女人，但是，在这时她太害怕了，不敢向船长去明说，是她将一根保险丝烧断了。

她似乎还做了更糟糕的事。她打开房舱通向走廊的门，发现走廊一片漆黑。一个服务生提着一盏灯，从门前匆匆走过去。她又关上门，从舷窗望出去。这船渐渐地、渐渐地减速了。冲向船首的滔天的白色浪头也减弱了。

从走廊和甲板传来更多的叫喊声和慌乱的脚步声。霍诺拉凄然地坐在床铺边沿，由于她的笨拙、她的愚蠢，这艘巨大的轮船中止了航海的行程。下一步他们将做什么呢？乘上救生艇，驶向被人遗弃的小岛，大伙儿按定量分发饼干和淡水。这都是她的错。小孩要受苦了。她要将她的那一份淡水和饼干分给他们，但她并不认为她有坦白的勇气。他们有可能将她关进禁闭室，或者干脆将她扔到大海里去。

大海是平静的。轮船随着海浪漂流着，开始有一点儿摇晃。男人们、女人们、孩子们的嗓音在走廊和水面上回响着。“是发电机，”她听见有人说，“两个发电机都烧坏了。”她开始哭泣。

她擦干了眼泪，站在舷窗旁边，看着日落。她能听见从舞厅传来的乐队演奏的音乐声，她在心中琢磨，人们是不是正在黑暗之中跳舞。在她下面，在船员的舱位，有人伸出来一根钓线。他们一定是在钓鳕鱼。她真希望她也能有一根钓线，但是她不敢问人要，因为这有可能让人发现是她造成轮船停驶的。

在天黑下来的前几分钟，所有的灯火都亮了，甲板上有人欢呼起来，船又开始航行了。当轮船又开始驶往欧洲的航程时，霍诺拉望着白色的海浪在船艏凝聚，然后升腾起来。她不敢去餐厅，就着咸饼干和波尔多红葡萄酒凑合吃了一顿晚餐。后来，她在甲板上转悠了一圈，穿细条纹西服的年轻人询问她，他是否能够和她一起散步。她乐于有这样一个伴侣搀扶她的手臂。他说，他在旅行，想摆脱世俗的尘嚣，她猜想他是一个成功的年轻商人，非常自然地想在娶一个老婆和有孩子之前游览一番世界。一刹那间，她真想自己能有一个女儿嫁给他。然后，她可以给他在圣博托尔夫斯找一份待遇优厚的工作，他们可以住在村子东端的新房子里。星期天，他们可以带着孩子们来探望她。当她累了，她走路迈步子就非常艰难了。他帮着她来到她的舱位，道了晚安。他的举止太得体了。

第二天，她在餐厅里寻找他。她纳闷，他是不是住在另一等级的舱位，或者他属于那种不来吃午餐、只在酒吧吃三明治的节食者。那天傍晚，当她在等待晚餐铃声时，他来到甲板上，来到她的身边。

“我没有在餐厅看见你。”霍诺拉说。

“我大部分时间都待在我的房舱里。”他说。

“但是，你不应该这样不与人交往，”她说，“你应该交朋友，特别像你这样英俊的年轻男子。”

“我想，如果你知道我的真实情况，”他说，“你就不会喜欢我了。”

“啊，我不知道你在指什么，”她说，“如果说你是工人阶级之类的话，那对于我来说没有任何不同。去年夏天，我前往贾弗里想休息一下，你知道，我碰上了一个非常和蔼的夫人，和她交了朋友，她跟我说了同样的话。‘如果你知道我是谁，’她说，‘你就不会喜欢我了。’我于是问她你到底是什么人，她说她是一位厨娘。啊，她是一个非常可爱的女人。我继续跟她打牌。她是一位厨娘，对我没有任何分别。我不是那种自命不凡的人。哈维斯先生是一位除灰工，是我最好的朋友之一，常常到我家来喝上一杯茶。”

“我是一个逃票的人。”年轻人说。

她深深地倒吸了一口海风。这信息对她显然是一个打击。啊，为什么生活似乎总是由一连串神秘的东西构成的呢？她曾经想象他是一个发达的成功人士，而实际上他只是一个无法无天的流浪者。“你睡哪儿？”她问道，“你吃什么？”

“我睡在船艏厕所里，”他说，“我已经两天没有吃饭了。”

“但你必须吃饭。”

“我知道，”他愁眉苦脸地说，“我知道。你瞧，我想到我所能做的是向什么人——比如说乘客——坦白，如果他们友好的话，他们会叫上饭送到房舱里，我就可以和他们一块儿吃。”

有那么一刹那，她还是非常小心谨慎的。他似乎太急切了。他进行得也太快了。这时，他的胃发出了咕噜咕噜的声响，而一想到他可能遭受的饥饿的痛苦排除了所有疑问。“你叫什么名字？”她问道。

“加斯。”

“我住在B甲板第十二房舱，”她说，“过一会儿，你到我这里来，我要让你吃顿晚餐。”

当她回到房舱时，她打铃叫来侍者，要了一份六道菜的晚餐。那年轻人来了，藏在浴室里。当桌上摆放好盖着盖子的菜肴时，他从藏身之处走了出来。看着他用餐让她感觉特别舒心。

他用完餐，掏出一包香烟，给她递上一支，仿佛她不是一个年迈的女士，而只是一个亲爱的朋友和伴侣。感受着海风吹拂的好处的她在纳闷，她的相貌是否变得更加年轻了。她接过烟卷，划了四根火柴点烟卷。当烟卷最终点着了，那烟味就像生锈的刀片割着她的喉咙。她一阵咳嗽发作，将烟灰撒在衣服的前襟上。他似乎并没有注意到这种有失尊严的情景，他正在讲述着他的人生故事，而她则双指优雅地夹着烟卷，直到烟卷的火熄灭。抽上一支烟肯定让她感觉年轻了。他告诉她，他已经结婚了。他有两个小孩，海蒂和彼特，而他的妻子跟随一个水手私奔，将两个小孩也带到加拿大去了。他不知道他们在哪儿。他在一家保险公司做资料员，过着孤独而空虚的生活。所以，一天中午午餐的时候，他上了船，船起航时他留下来了。他会损失什么呢？他至少可以看看世界了，即使他有可能被关在禁闭室里被送回去。“我想念孩子，”他说，“那是最要命的事。你知道我在圣诞节干什么了吗？我买了一棵小树，就是人们在小杂货店买的那种小树。我把它装饰起来，就在我住的房间里。我买了给孩子们的礼物。在圣诞节那天，我就假想他们来看望我。当然，那只是我自己欺骗自己。我打开所有的礼物，仿佛他们就在那儿似的。”

饭后，霍诺拉教他玩十五子游戏。她心想，他很快便学会了这游戏，是一个非常聪明的年轻人。在她看来，他在孤独、悲伤和无聊之中浪费他的青春是一种巨大的耻辱。他并不漂亮，他的脸太善变了，他的微笑有点儿傻。她想，他还只是一个男孩而已，经验和慈爱是可以改变他的脸容的。他们玩十五子游戏一直玩到十一点钟，说实话，自从她开始旅行，她还没有感觉如此快乐，或者至少如此闲适。当他们互相道了晚安，他仍然在门口踯躅不走，似乎用他那内心愚蠢的——是否也是狡猾的——微笑表明，她也许可以让他睡在房舱那空着的舱铺上。这已经过分了。她当着他的面砰然关上了门。

第二天，他没有出现，她只是纳闷在这么一座偌大的轮船里，饥饿、孤独的他能躲在哪里。在上层甲板传递的牛肉清汤和三明治使她想起了生活中残酷的不平等，她吃的午餐让她感觉淡而无味。她在下午大部分的时间里都待在房舱里，就怕他会需要她帮助。在打晚餐铃之前一会儿，有人在轻轻地敲门，他走了进来。晚餐后，她拿出十五子游戏的棋盘，然而，他看上去心不在焉，她赢了每一盘棋。她指出他需要理发。当他说他没有钱，她给了他五美元。他在十点钟时道晚安，她邀请他第二天晚上一块儿用晚餐。

他没有来。当晚餐铃声在七点钟打响时，她叫来侍者，要了晚餐。这样，他一来，一切便准备就绪了。但是，他没来。她可以肯定他一定被抓到禁闭室里去了，她想作为一个年轻人的辩护人去见船长，给他解释这年轻人的生活是何等地孤独和空虚。不过，她决定到第二天早晨再说，便上了床。早晨，当她在欣赏大海的风景时，她看见他在主甲板上，和谢菲尔德夫人谈呀，笑呀，不亦乐乎。

她心中充满了愤懑。她有点儿妒忌，同时，她也有常理上的忧惧，生怕他一旦对谢菲尔德夫人坦白一切，谢菲尔德夫人会把他出卖的。不过，她还是试图对显示她人性弱点的这一忧惧立场做一个合理的解释。他看见霍诺拉了，很明显——他在向她挥手——然而，他还是继续和谢菲尔德夫人谈笑风生。霍诺拉生气了。她甚至似乎非常痛苦，因为她被剥夺了他们在她的房舱里玩十五子游戏时所感觉到的那种闲适和惬意，被剥夺了那种独一无二的对人有所帮助的感觉，那种责无旁贷的感觉。她在船头绕了一圈，来到轮船背风的一边，从那儿欣赏滚滚浪涛。她注意到，由于她的情绪还处于不安之中，这辽阔的、玛瑙色的、镶嵌着白色纹理的大海似乎更加宏伟了。她听见了甲板上的脚步声，在想会不会是他。他最终还是为了与谢菲尔德夫人聊天而来道歉，并来感谢她的慷慨大方了？她对一件事情是肯定的：谢菲尔德夫人是不会将一个逃票者领进她的房舱，并给他吃晚餐的。那脚步声走过去了，随后又走过去几个人，但她紧张的期望并没有过去。难道他永远不会再来了？有人在她的背后停住了脚步，说："早晨好，亲爱的。"

"别对我说'亲爱的'。"她说，转过身去。

"但你是我的亲爱的。"

"你还没有理发。"

"我在赛马上输掉了我的钱。"

"你昨晚在哪儿？"

"一个好人在酒吧请我吃了三明治、喝了酒。"

"你对谢菲尔德夫人说了什么？"

"我没有告诉她任何事情。她告诉我她的奥纶衣服，她邀请我在午饭前和他们一起喝酒。"

"那好极了，他们会给你吃午餐。"

"但是，他们不知道我是一个逃票者，亲爱的。你是唯一知道这个的人。我不会相信任何其他人。"

"那好，如果你需要吃午餐的话，"她说，"我中午的时候有可能在房舱里。"

"你最好定在一点半或者两点钟。我不知道我什么时候能摆脱掉谢菲尔德先生和他夫人。"他说完，走开了。

十二点半，她就去她的房舱等候他，因为像她那样年迈的人，好多人都将钟表拨快一刻或者二十分钟，一般都要比约定的时间早半个小时，空手坐在等候室、大厅或者走廊里，非常清晰地感受到她所剩的时间不多了。两点过了一会儿，他突然出现了。他起先拒绝躲进浴室里去。“如果你希望我到船长那儿去，告诉他船上有一个逃票者，那么，我这就去。没有必要让这样的信息从厨房传到船长的耳朵里去，而如果侍者在这儿看见你，这就非常可能了。”最终，他藏进了浴室，她要了午餐。午餐后，他躺在沙发上，睡着了。她坐在一把椅子里看着他，用脚拍打着地毯，手指击拍椅子的扶手。他鼾声如雷。他在睡梦中咕咕哝哝说梦话。

她看出来了，他业已不再年轻。他的脸庞憔悴，布满皱纹，头发花白了。她看出来，他的青春只是一种诡计，一种骗局，用来欺骗、糊弄就像她那样的老傻瓜，她可以肯定她并不是唯一一个被愚弄的人。睡着之后，他看上去衰老、有罪而且狡黠，她感觉他说的关于两个孩子和孤独圣诞节的故事全是谎话。在他身上压根就没有纯真，除了几分天真，以为他可以在孤独的人身上轻易得手。他似乎是一个骗子，一个糟透了的骗子，但是，她不能去告发他，她甚至都不能去摇醒他。他一直睡到四点钟才醒来，用他那充满青春活力、讨人喜欢的微笑打破了她的所有怀疑，说他晚了，走了出去。她下一次见到他是在后半夜三点钟，他正在将她的钱袋从地毯下拿出来。

他碰了什么东西，引起一阵声响惊醒了她。她惊恐万状，倒不是被他吓到，而是被世界上存在邪恶的可能性吓到了。她曾经担忧她的现实感和她的理智不会比庇护她的门和窗户更不可摧毁，而现在她真的被这种担忧吓到了。她太愤怒了，以致她一点儿也不怕他。

她打开离床最近的灯开关。那是一盏独个的小灯泡，发散着微弱可怜的光，这光使最黑暗的时光中在广阔的海洋上发生的抢劫和出卖的情景看起来像是晕船时的幻觉。他露出了最狡黠的微笑，他的模样就像是多年失踪的亲爱的儿子。“对不起，我把你吵醒了，亲爱的。”他说。

“把钱放回去。”

“啊，啊，亲爱的。”他说。

“现在就把钱放回去。”

“啊，啊，亲爱的，别激动。”

“那是我的钱，”她说，“把它放回你找到它的地方。”她往肩膀上披一条披肩，双脚一扫便站到地板上。

“啊，听着，亲爱的，”他说，“站着别动。我并不想伤害你。”

“哦，你不会伤害我，是不是？”她说，抄起一盏铜灯，径直往他的脑袋上砸去。

他的眼珠往上翻起，微笑消失了。他踉踉跄跄左右摇摆，最后一股脑摔了下去，脑袋撞在了椅子扶手上。她一把抓回她的钱袋，然后再跟他说话。她摇曳他的肩膀。她把了一下他的脉搏。他似乎已没有脉搏了。“他死了。”她自言自语地说。她不知道他姓什么，既然她不相信他告诉她的一切，她便对她杀死的这个人一无所知。他的名字没有登记在旅客名单上，他是不合法的。甚至他在她生活中所扮演的角色也不过是一个招摇撞骗的人罢了。如果她把他的尸体从舷窗扔到大海里去，谁又会知道呢？但这样做是错误的。正确的做法是，不管发生什么，去找一位医生来，于是，她走进浴室，匆匆忙忙地打扮了一番。然后，她走进空无一人的走廊。轮船事务长和医生办公室的门紧闭着，里面黑乎乎的一片。她爬了一段舷梯来到主甲板上，但舞厅、酒吧和会客厅都空空如也。一位年迈的老人穿着睡衣，从黑暗中走出来，向她那儿走去。“我也睡不着，妹妹，”他说，“那编织一堆乱丝似的愁绪的松子酒[1]。你知道我有多老？我比赫伯特·胡佛年轻七天，比温斯顿·丘吉尔年长一百零五天。我不喜欢年轻人。他们太闹了。我有三个孙子，我只能容忍他们十分钟。多一秒也不行。我女儿嫁了个王子。去年，我给了他们一万五千美元。今年，他要两万五千美元。他就是这样问我要钱的，真气死我了。‘对于我来说，问你要两万五千美元是很痛苦的，’他说，‘非常痛苦，非常丢脸。’

1　原文出自莎士比亚《麦克白》第二幕第二场麦克白的话：那编织一堆乱丝似的愁绪的睡眠。老人把睡眠改成了松子酒。

我的小孙子们不会说英语。他们叫我大大……别傻站着啦，妹妹。坐下，跟我聊聊，让我们一块儿打发时间吧。”

“我在找医生。”霍诺拉说。

“我有一个喜欢引述莎士比亚的坏习惯，”这老人说，“但我不会让你为难。我也很熟悉弥尔顿。还有格雷的《墓地挽歌》和阿诺德的《吉卜赛学者》。这些小溪和草场显得多么遥远！我良心不安。我杀了一个人。”

“你杀了人？”霍诺拉问道。

“是的。我在奥尔巴尼做燃油生意。那是我的故乡。我一年的营业额有两百多万美元。燃料，石油，维修。一天晚上，一个人来，说他家的燃油炉发出怪怪的声音。我跟他说，明天上午再说。我可以给他派一个维修工去，我也可以自己去，但我正在和朋友们一起喝酒，在这寒风呼号的夜晚我干吗要去呢？半小时之后，这家着火了，原因不详……有一个男子，他的妻子，三个小孩。一共五口棺材。我常常想到他们。”

霍诺拉这时想起来她的房舱门开着，路过的人有可能会看见那具尸体。“坐下。坐下，妹妹。”这老人说，但她挥手婉谢了，晃晃悠悠走下楼梯去。房舱门开着，但那具尸体不见了。发生什么了？是有人进来，把尸体处理了？他们正在全船寻找她吗？她侧耳倾听一下，没有任何脚步声——除了大海轰隆的涛声之外，什么声响也没有。当轮船尾部有一点儿翘起时，在某个地方，有一扇门在乒乓作响。她关上并锁上她的门，给自己倒了一杯波尔多红葡萄酒。如果他们来逮她，她想她得穿着衣服睡觉，但她怎么也睡不着。

她在她的房舱里一直待到中午，这时电话铃响了起来，事务长请她到办公室去一下。他只是询问她是否愿意将她的行李从那不勒斯运到罗马去。由于她原来准备的问话和答话与此迥然不同，她有点儿心不在焉。到底发生了什么？是不是她有个同伙将逃票者的尸体从舷窗扔到海里去了？几乎每个人都对她微笑，他们到底知道多少呢？是不是他自己从房舱的地板上爬起来了，现在正在什么地方养伤呢？要在如此巨大、拥有数千扇门的轮船里去寻找他让她望而却步。她在舞厅和酒吧里找他，在走廊尽头的扫帚间里搜索了一遍。当她走过一扇开着门的房舱时，她想她听见他在大笑，然而，当她停止脚步，笑声也戛然而止了，有人关上了门。她检查了一遍救生船——她知道那是逃票者惯于藏匿的地方——但所有救生船的篷盖都完好无损。如果她有些她熟悉的事干，例如耙落叶和焚烧树叶，她也许会觉得好受些。她甚至想询问侍者她是否能打扫一下走廊，但是她明白这样不妥。

她直到船在那不勒斯靠岸的时候，才又见到那逃票者。天空和大海灰蒙蒙的。空气湿漉漉的，这浓重的湿度让人心灰意懒。她想，这是不合时宜的一天，多么不像那春天和秋天最美丽的日子呀，不过这是许多阴郁日子中的一天，这些日子终究构成了一年的光景。在薄暮时分，他从甲板上和一个女人挽着手臂摇摇晃晃地走来。这女人不再年轻了，容貌非常丑陋，他们就像一对情人互相对视着，谈笑着。当他走过霍诺拉前时，他跟她说话了。他说："对不起。"

这种终极的藐视让她生气了。她走回自己的房舱。一切都打包好了——她的书，她需要缝补的东西——她已经没有任何东西再可以转移她的注意力了。她曾经做过的事是很难解释的。她并不是一个心不在焉或者没有心眼的女人，但是，她是在煤气灯和烛光中被带大的，她从来没有和电器或者其他家用机械相处融洽过。在她看来，它们似乎非常神秘，有时候还非常任性。由于她马马虎虎地对待它们，而对机械又一窍不通，因此，它们每每当着她的面不是损坏了，还击她一下，就是爆炸。她从来没有想到她自己有错，而是感觉在她和机械之间有一层模糊的隔阂。这种对于引擎的冷漠，再加上她的急躁和她对于逃票者的气愤，可以解释她的所作所为。她看着镜子里的自己，发现她的容貌还有不尽如人意的地方，于是，她从手提箱最底下拿出陈旧的卷发器，将它插上电源插座。

他们漂流进了那不勒斯湾，船上没有一丝灯光。轮船没有动力，舵轮不起作用，只是顺着落潮，船尾向前漂流着。从港口驶来两艘驳船将轮船拖进了港口，同时，在码头上有一座发电机与轮船上的线路连接，这样，轮船上就有了足够的光源可以照亮旅客下船。霍诺拉是第一批上岸的乘客之一。那不勒斯人的说话声在她听来仿佛来自荒野。一踏上老世界的土地，她感到这旅途带给她一种彻骨的激动。她的先祖们数百年前踏上另一个大陆组成的新国家时，也感觉到了旅途带来的这同样彻骨的激动。

第二部

[18]

在核革命中，人的角色变化如此迅速，以至于卡梅伦博士已经被人遗忘很久了，人们只记得他做出来的一些不正常的事。在他办公桌后面的墙上挂着十字架。基督的身子是银的，或者铅的。这种东西就是旅行者会在罗马街头随意买上，带到梵蒂冈去接受教皇祝福的。它没有任何价值或者美感可言，唯一的用处就是表明博士，一个定然有罪的人，皈依了基督教。以前人们都知道他既不信仰上帝，也不相信自然科学的生态学。然而，给予他指示的牧师向他强调了我们的主的慈悲。虽然他总是不断犯令人惊呆的道德上的错误，老人还是执意相信了在事物的本质中存在天恩。他相信并公开声称，婚姻并不是基因选择的一个合适手段。他为空军做了一个实验，通过控制染色体的结构来获得我们称之为勇气的东西。他信仰精子库，还相信在最近的将来可以控制性格的化学成分。他还是多少有点儿信仰他的天恩、他的科学和他独一无二的本性，把自己看成一个开拓者去接近未来，在这未来中，他将成为一个过时而落伍的人。他是一个美食家，知道吃大量的蜗牛、牛柳、酱料和酒是愚蠢的，但是，他将他的美食兴趣看成一种被淘汰、被废弃的标志。他把他的性欲——就是身体中段那纠缠不休的骚动——也归于被淘汰、被废弃之列。他的妻子已经死了二十年了，他和一系列情人与管家发生关系。但是，随着他越来越老，权力越来越大，他需要更加小心谨慎。在美国，他没有能安全地和任何女人发生关系。

他是那种无懈可击的老人，已经发现淫荡是抓住人生的最好办法。在做爱时，他的心脏怦然作响，就像大街上绞刑架的鼓声，然而，猥亵下流给予他遗忘的最好感觉，是他应付岁月中不愉快事情的最好办法。随着年岁增长，由于害怕死亡和腐烂的恐惧加深，他的性欲变得不可抵御了。有一次，和他的情人路西安娜躺在床上，一只苍蝇从窗户里飞了进来，在她白皙的肩膀周围嗡嗡直叫。在这位老人的心中，苍蝇似乎罕见地使他想起腐败。他爬下床，全身赤条条的，手中拿着一份卷起来的《晚间邮报》在房间里蹦来跑去，想打死这苍蝇，但怎么也打不着，回到床上，那苍蝇又在她的乳房周围嗡嗡地飞来飞去。

他只有在他情人的怀抱中，才不会感到那种对死亡的彻骨的恐惧；他只有在他情人的怀抱中，才会觉得他是不可战胜的。她住在罗马，在那儿他跟她一个月见一次面。他的旅行有其合法的一面——梵蒂冈想要导弹——也有比他的性欲游戏更为秘密的一面。他在罗马会见酋长、王公，他们想要他们自己的火箭。他身体的一部分在一两天之内——这取决于他的欲念有多么旺盛——会向另一部分发出让人浑身酥软的、痒痒的指令。这种指令是不容抗拒的。他会搭上一架超音速飞机直飞意大利，几天之后带着最为放松且宽宏大量的心情回来。有一天下午，他就这样从塔利弗基地飞到纽约，晚上下榻广场大酒店。他对于路西安娜的欲念随着每一个小时变得更为炽热，就好像饥饿时简单的冲动一样。躺在酒店的床上，他赋予自己将她在心中描画出来的特权——嘴唇，乳房，手臂，大腿。哦，风风雨雨，在怀中拥着那百依百顺的爱！正如他说的，他受着一种普通的狂热的煎熬。

上午，大雾弥漫。他离开酒店，侧耳细听飞机的轰鸣，想知道机场是否关闭，但是，在交通噪声之上是不可能听见任何声音的。他打了一辆出租车到爱德怀德机场，排队等着拿他的机票。发生了一些失误，他拿到的是游客航班的票。“我要改成头等舱。”他说。

“对不起，先生，”姑娘说，“头等舱已没有座位了。”她连看他一眼都没有，只顾自整理材料。

“我去年在这条航线上飞行了三十三次，”博士说，“我想我应该得到一点儿额外照顾吧。”

“我们不给予任何额外照顾，”姑娘说，“这是违法的。”她显然从来没有在电视上见过他，对他浓重的眉毛也毫无印象。

“请听我说，年轻的女士……”他的嗓音像锯木头的声音，他抬高了嗓音，使他成为在他的嗓音所到达的范围内人们讨厌的对象，“我是莱姆尔·卡梅伦博士。我是在出政府公差。我如果把你的态度向你的上司反映的话——”

“对不起，先生，”她说，“由于大雾，一切都延迟了。如果你能等的话，下星期四的晚班飞机有一个头等舱空位。这是我们现在所有的唯一的头等舱空位。”

她对他的显赫地位无动于衷，她的冷漠或者说极端的厌恶让他感到手足无措，他记起了其他所有对他投以怀疑甚至敌对眼光的人，仿佛他整个一生的光辉生涯只是一个虚妄的自我幻觉而已。特别是像她那样的姑娘。这些姑娘穿着制服，戴着船形帽，染了发，穿着紧身裙，似乎像隔了一代树叶一样遥远。当航班结束，从办公室下班，她们到哪儿去？她们似乎在他和她们之间竖起了一堵墙，似乎是由与他同时代男女不同材料做成的人，似乎对他智慧和权威的外表完全熟视无睹。

“我必须解释，”他轻轻地说，“我是拥有超级优先权的。如果必要的话，我可以要求得到一个座位的。”

“你的航班正在八号门登机，”她说，“如果你想等到下星期四晚上的话，我可以给你一个头等舱座位。”

他穿过了一条长长的走廊，来到一群穿戴得邋邋遢遢、正等着登机的人中间。他们大部分是意大利人，大多是工人阶级，侍者、女佣，回家去探视妈妈一个月，显摆他们的衣服。当他迅疾地飞往罗马时，他喜欢在头等舱里伸长他的腿，呷饮头等美酒，从头等舷窗欣赏天空的云彩洞穴，而游客舱跟他习惯的一切大相径庭，这只能使他回忆起航空最初岁月的情景。当他找到他的座位，他招手叫航空小姐过来。那是另一个无法沟通的年轻姑娘，一脸灿烂的笑容，穿着紧身裙，头发染成浅黄色和金色。“如果头等舱有退票的话，请把那座位给我，有人答应了我的。”他说，这一部分是让她知晓目前的状况，一部分是让他周围那些杂七杂八的人知道他并不是他们中的一员。“非常抱歉，先生，”她微笑着说，那一丝微笑闪现着太明显的虚伪了，“这次航班并没有头等舱空位。”然后，她友善地将一个看上去病了的意大利男孩和他的母亲引进了他旁边的座位，那母亲手中还抱着一个婴儿。他敷衍地向他们微微一笑，问他们是不是去罗马。“Sí[1]，”那女人疲惫地说，“我说不了英语。”他们一坐好，她就从一只褐色的纸袋里拿出一瓶药，给了她的儿子。这孩子不想喝。他将手放在嘴巴上，转身对着卡梅伦。“Si deve, si deve[2]。”母亲说。“不，妈妈，不，妈妈。”男孩请求道，但是她强迫他喝药水。有一点药水溅到了他的衣服上，散发出一种难闻的硫黄味。航空小姐关上了舱门，飞机驾驶员用意大利语和英语宣布目前垂直能见度为零，他们还没

1　意大利文，意为“是的”。

2　意大利文，意为“必须喝的，必须喝的”。

有收到起飞的指令，不过这雾，nebbia[1]，迟早会消散的。

卡梅伦的双腿挤在一个狭小的空间，为了让自己忘却这种不愉快的环境，他便开始思念起路西安娜来。他细数她身体上各个突出的部位，回想起她的容貌，仿佛他在给一个认识的人描述它们。他解释说，虽然她是托斯卡纳人，但她不算肥胖，甚至她的屁股也不能算肥大。要不是她走路的样子，那种令人惊叹的罗马式走路的样子，人们会以为她是巴黎人。他对他认识的人说，她太美了。她具有的那种美感，你很少能在意大利美女身上发现：柔韧的手腕，精巧的纤手，细长圆润的手臂。哦，风风雨雨，在怀中拥着那百依百顺的爱！血液从他的腹股沟一直涌向脑袋，他又陷于痛苦的狂热之中了。他回忆起上次访问时一场做爱闹剧的细节。他的骚热越来越强烈，随着他的骚热上升，他却厌恶起自己来了。在感到一种无法控制的肉欲冲动的同时，他却又死命地想做一个正派的人。他深知他的肉体是一个傻瓜，它竟然要求在公共飞机客舱里从他最近的旅伴——一个病了的男孩和他的母亲——那儿得到即时的补偿，这就充分表现了它的愚蠢。然而，他想做一个正派人的良知似乎显得更加愚蠢。这时，左手的小男孩转过身去，将他母亲给他吃的药水全吐出来了。呕吐物散发出一股酸味，就像花瓶里

1 “雾”的意大利文。

养花的水一样酸。

生活中这一丑恶的事实使卡梅伦从他的性欲幻想中醒了过来。男孩的病痛立即消解了他的淫荡思想。他帮助航空小姐用纸巾擦去呕吐的秽物，并客气地接受了母亲的道歉。他又成了他自己了。明智，有威权，开明。飞行员用两种语言宣布，他们正将飞机驶进机库去，等待起飞许可。垂直能见度仍然为零，但他们认为风向会变，一小时之后浓雾就会散去。

飞机进入了机库，在那儿什么也看不见。有一些旅客将大腿伸在过道里。没有人埋怨，只是有人大声开开玩笑，他们大部分人说意大利语。卡梅伦闭上眼睛，想歇息一会儿，然而，路西安娜脚步轻盈地走进了他的幻觉之中。他要她走开，让他清静一点儿，但她只是大笑，将衣服全部脱光。他张开他的眼睛，看一看周围的世界，让自己的脑袋清醒一点儿。婴儿在号哭。航空小姐给婴儿拿来一个瓶子，机长宣布到处浓雾弥漫。几分钟之后，将有大巴将他们送到纽约旅店中，在那儿等待飞机起飞。航空公司将提供一顿免费餐，飞机预定下午四点起飞。

博士嘀咕起来了。为什么航空公司不把他们安置在国际饭店呢？他问航空小姐。她解释道，所有的飞机都无法起飞，机场的旅店都住满人了。一辆大巴士驶进机库，他们只能无奈地登上巴士，回城里去，住在那肯定是三等的旅馆里。那时已近中午时分了。卡梅伦走进酒吧，要了一杯酒和一份午餐。“您是第七航班的吗？”女招待问道。他说他是的。“那么，抱歉了，”她说，“第七航班的乘客在餐厅用本日特餐。”

“这午餐我付钱，”卡梅伦说，“请把我的酒拿来。”

“游客舱乘客不能享用免费鸡尾酒。”女侍者说。

“酒我付钱，午餐我付钱。”卡梅伦说。

“其实没有必要，”女侍者说，“你只要走进另一个餐厅便可以了。”

“难道你以为我付不起我的午餐吗？”卡梅伦问道。

“我只是试图跟你解释，”女侍者说，“航空公司对你们的用餐是负责的。”

“我知道，”卡梅伦说，“请把我要的东西拿来。”

午餐后，他在旅馆房间里看了一个电视剧，在四点时打铃要一杯威士忌。在六点的时候，航空公司打来电话，说飞机定于半夜起飞，他们应在八点在旅馆门口登上大巴士。他在街角一家饭馆里胡乱吃了晚餐，和他如今痛恨的乘客们相聚在一起。他们在十一点半按时登上了飞机，但这架飞机是如此陈旧，飞得很低。当飞机飞越楠塔基特岛时，下面的灯火都看得清清楚楚。他身上带着威士忌酒瓶，一直在呷饮，直到熟睡过去，去忍受梦到路西安娜的痛苦。当他醒来时，已经是黎明时分了，飞机正在降落，但那不是罗马，而是香农，飞机要做一个紧急停留修理发动机。他从香农给路西安娜发了一份电报。飞机再次起飞时，已经是五点钟了，他们在第二天清晨才到达罗马。

机场酒吧和餐厅还关着门。他给路西安娜打电话。她当然正在睡觉，非常气愤被电话叫醒。她没有收到他的电报。她要到晚上才能见他。她将在八点钟在奎恩特莱拉饭店见他。他哀求她让他早一点儿见到她——比方说让他马上就去见她。“求你啦，亲爱的，求你啦。”他哼哼唧唧地说。她一下子把电话挂了。他打了一辆出租车进了罗马城，在伊甸园酒店要了一间房间。那是清晨时分，大街上的人穿着工装，匆匆忙忙地赶着路，和世界上任何角落的人在一个炎热早晨赶着去上班是完全一样的。他洗了一个澡，躺在床上休息，心中思恋着她，诅咒着她，但他的愤懑压根没能缓解他对她的需要，而他的思绪中那种粗野、那种鲁莽仿佛是地狱中的一幕。哦，风风雨雨，在怀中拥着那百依百顺的爱！

还有一整天的时间要打发。他从来没有见过罗马城的西斯廷教堂和其他景点，他想他可以去看看。那可以让他的脑袋清醒一点。他穿上衣服，走上大街，去寻觅他听说了那么多次的闻名遐迩的博物馆和教堂。眼下，他来到一座广场，广场上有三座看上去很古老的教堂。第一座和第二座教堂的门锁着，第三座教堂的门开着。他走进了一个黑暗的地方，那儿充斥着一股强烈的香料味。在第一排座位上有四个女人，在和一个穿着肮脏网眼织物的牧师做弥撒。他往周围瞧了一眼，急于欣赏珍贵的艺术，但只见右手教堂屋顶上漏雨的痕迹。他正在想那儿的绘画一定非常珍贵而美丽时，却只见屋顶开裂，布满水渍，就像任何配备有家具的出租房间一样。下一个教堂画着吹喇叭的裸体男子。再下一个则一片漆黑，他什么也看不见。有一个用英语写的告示牌，说如果你在缝里扔进十里拉，灯光就会亮起来。教堂一亮，便显现出一幅偌大的血腥画，画中一个男子被倒着钉在十字架上，正处于死亡的痛苦之中。他不愿想起他的肉体也有陷于痛苦煎熬的可能，便急速离开教堂，来到光明和阳光灿烂的广场。那儿有一家搭有凉篷的咖啡馆，他坐在那儿喝堪培利开胃酒。一个正在过街的年轻女人让他想起路西安娜。即使她是一个娼妇，他想要的也不是她，而是路西安娜。路西安娜是一个娼妇，但她是他的娼妇，何况在他对她粗俗的性欲冲动中，还有一丝浪漫的韵味。他想，路西安娜是那类女人，她们将自己进入高潮的简单行为演绎成似乎是在恰当的时候砰然打开一扇门一样。

哦，风风雨雨，在怀中拥着那百依百顺的爱！为什么生活要如此无情地让他烦恼呢？为什么这唯一的现实似乎是如此淫荡呢？他想到量子理论，米特尔斯多夫常数，想到在四分之一个地球发现氦气，但是它们与他的苦恼无关。是不是我们都无情地深陷于时间之中，了无生气，愚钝，虚荣，对爱和理性冷漠，被剥夺了思考与自我评价的能力了呢？难道时运不是来到了他的身边，难道那呕吐秽物的味道不是唤醒他的理性、提醒他曾经是一个强者的唯一的东西吗？他曾经看到过聪明过人的同事陷进极端的愚蠢和虚荣之中，声称他们发现了他们并没有发现的东西，将有用之材诬蔑为谄媚者，竞选国会议员，传递请愿书，挖出国际的或者想象出来的敌人网络。他像以前一样对整洁和正派有兴趣，但是，他似乎在智力上的准备已不够去实行他的这种兴趣了。他的思绪充斥着令人厌恶的、粗俗的淫秽部分。他似乎看见了自己的形象，就像是电影里的人物，跟他是分离的，非常遥远，孤苦伶仃而不可救药，在一个陌生城市下着蒙蒙细雨的陋街小巷里干着自暴自弃的事情。他的美德，他的出类拔萃，他的理智在哪里呢？他自艾自怜地想，我一直是一个好人。他痛苦地闭上眼睛，在那部在他的高清眼帘上没完没了演绎的电影中，他看见自己在老式街灯下潮湿的石板路上踯躅，从有用坠落、坠落、坠落到愚蠢，从奋发有为坠落到粗俗。他被脑子里或者心灵里那愚蠢而污秽的圆柱唱片折磨着。那圆柱唱片上镌刻着古老的小调和舞曲，那是音乐的垃圾场，在那儿，露营歌曲、商业广告歌曲、进行曲和狐步舞曲聚集在一起，在它们愚蠢的不断回放中溃烂，而且总是任意地冒出来，幼稚的歌词和庸俗的调子他仍然记忆犹新。“得了那赛马场忧郁。”他的心中在这么吟唱着。这调子他是四十年前在一架曲柄留声机上听到的，但他仍然无法遏制地唱了下去：

得了那赛马场忧郁，
我整天都在哀叹。
得了那赛马场忧郁，
我所有的钱全泡汤。

他离开咖啡馆，回到了伊甸园酒店，但心中仍然在继续吟唱着：

但赛马道泥泞不堪，我也许不想这样，
我将永远无钱为我的宝贝买鞋。

他爬上了西斯蒂纳街，歌声仍然继续着：

我得了那赛马场忧郁，
我整天都在哀叹……

在旅馆大厅有一个年轻人在等待着他，他是游荡在平丘山一带修剪成优雅发式的年轻人之一。他自我介绍说是路西安娜的弟弟，说她必须支付那晚她要穿的礼服的费用给裁缝。他从口袋里拿出一封信递给卡梅伦，并附上一张路西安娜的亲笔字条和一张十万里拉的账单。“如果你不付钱，她不会来。”年轻人说。“让她给我打电话。”卡梅伦说。他走进电梯上楼。当他走进房间时，电话铃响了起来。那是她自己。他可以想象她正将电话线绕在手指上玩。“你支付那账单上的钱，要不我不会来。把钱给他。”有一阵子，他想把电话挂断，结束这场情事，但是罗马大街上交通的喧嚣使他想起他现在离家是多么遥远，使他想起他没有家，没有朋友，在他和他工作的地方之间横隔着大海。他走得太远了，他走得太远了。行为和时间是直线的，连续的。人就是带着痛彻心扉的懊悔活过他的一生的。没有任何理性、正义或者美德的力量能使他神志清醒。

门上有一阵轻轻的敲打声，她眼神温柔的代理人走进了房间。卡梅伦让他等一会儿，但窗外的嘈杂声像魔咒一样征服了他，给他带来世界末日的感觉。和她鬼混一小时，他将又会成为原来那个思想高尚、心胸开阔的人。然而，要达到这样的境界，他必须首先被欺诈、被侮辱、被哄骗。她已经将他逼到无助的地步。“好吧。”他说。他们在炎热之中来到圣斯皮利托银行。在那儿，他将一张三十万里拉的票据兑现了，将钱给了那男孩。他以他唯一可做的表述自己内心的事，一脸轻蔑地当着那个青年的面愤然走出了银行。

这一天过得痛苦极了。他在七点钟洗了个淋浴，到威内托大街喝了一杯堪培利开胃酒。她总是要迟到的，他认识的女人没有一个不姗姗来迟的。她抵达奎恩特莱拉饭店恐怕要九点钟了。也许偶然那么一次，她会图个安全。她也许会想，他的耐心不会是没有尽头的，他也会有他自己的脾气的。他有吗？如果她要他跪下来，像一条狗一样吠叫，他敢拒绝吗？他在咖啡馆一直待到八点钟，然后缓步走下山来。他的心情沉甸甸的——充满性欲的冲动，同时又非常忧郁——一想到路西安娜，他的思想会表现得如此污秽，这使他感觉痛苦。他穿越过人民广场。不知什么地方，一座教堂的钟在叮当鸣叫着。罗马杂乱的铁钟声总是让他突然惊吓一下。这些铁钟跟它们同时代的喷泉一样，在对抗交通噪声方面，打了一场败仗。从山岗那儿传来一阵隆隆雷声。这霹雳声仿佛来自他令人激动的青春年代，他曾经是一个多么强壮、多么优秀的青年。不一会儿，罗马的空气中便充斥了那灰蒙蒙的稠密的雨了。雨仿佛带着一种奸刁的势头瓢泼倾泻下来。

他被困在广场中间的喷泉边。当交通终于停下来时，他已经被雨淋得湿透了，仿佛是从喷泉里爬出来的一样。他奔跑着穿过广场来到一座教堂的门廊里躲雨。门廊里挤满了躲雨的罗马人，他不得不在人群中挤出一个位置来。人们互相推搡着，压根没有任何礼貌或者羞怯可言。然而，他还是尽可能保持他高贵的仪态。当阵雨停了——它的停下与它的到来一样突然——他走回到广场，瞧了一眼他的衣服。衬衣紧贴在身体的肉上，领带已歪扭得不成样子，裤线也已荡然无存。当他从肩膀上取下甩在那儿的夹克衫，他发现口袋里的钱包被人偷了。

这是一个打击。这让他骤然停止了脚步。他感到无限愤懑。那是一种失去视力或者要害器官——比方说，六英寸肠子、膀胱或者后牙——所感到的巨大悲伤，是一种忧郁，一种手术后使人感觉孱弱的震撼。他的钱包是可以重新置换的，他有许多来钱的渠道，但是，在一刹那间，他所感到的失落是如此令人痛心、是如此不可排解，他有一种内疚感。并不是他的心不在焉，不是他的醉态，也不是他的任何其他缺陷帮助小偷得了手，但是，他还是感觉被欺骗了，感觉自己愚蠢到极点了。他是一个老迈的傻瓜，到了连自己的财物都会开始放错地方、会丢失机票和金钱、会成为别人负担的衰老岁月。不知什么地方，钟声在敲打半点，那粗糙的铁钟声使他想起路西安娜，想起她做爱时跃动的动作所显示的粗俗和健康。对她的思恋代替了他的失落感，尽管衣服依然是湿漉漉的，他挺起了胸膛。哦，风风雨雨，在怀中拥着那百依百顺的爱！他踩上了一大堆狗粪。

他花了差不多五分钟才将狗粪从鞋子上擦去。就像飞机上那男孩的呕吐物一样，这对他的感情有一种刺激作用：它激起了他一时的不满。可能他所遇到的挫折的总和——延误的航班，那呕吐的孩子，那雷暴雨——有可能最终抑制他的情欲。但饭店就一步之遥，只要几分钟的时间，他就可以和他的天鹅待在一起，他的天鹅将带领他到镶有绿色和金色饰带的天堂去。他快步走到饭店门前，门锁着。为什么酒店的窗户是黑暗的呢？为什么这地方看上去似乎被遗弃了呢？在门上，他看到恩里克·奎恩特莱拉的照片用黄杨花圈围了起来。这个人那天下午在罗马的某个地方，在妻子和孩子们的护卫下，接受敷擦圣油礼，离开了人世。

死亡让饭店关了门，灭了灯。奎恩特莱拉先生死了。他感觉到一种极度的解脱，又恢复了原来的自我，他的心里似乎充斥了自我控制的正派思想。路西安娜是一个婊子，她的床是一个深渊，他现在可以自由理智地生活，不用再为是非而时时困扰了。他现在所拥有的是一种无须强行压抑的纯洁感，他对于解脱了他的种种偶发事件充满了感激之情。他走回到伊甸园酒店时像一个新人，睡得很酣然，感觉在深深的睡眠之中受到了奖励。他在早晨搭乘一架飞往纽约的飞机，下午就抵达了塔利弗基地，心中坚信在事物的本质中是存在天恩的。

[19]

一天晚上，科弗利打好包，在没有被告知干什么的情况下和卡梅伦以及他的小组前往大西洋城。他模棱两可的地位让他感觉非常尴尬。小组里有一个人告诉科弗利，说卡梅伦要在一个科学家会议上作报告，讨论一种比地球上的闪电所产生的力还要强大一百万倍的引爆力，而且人类可以非常经济地获得这样的引爆力。这是科弗利所能理解的全部了。卡梅伦不和大伙儿坐在一起，离得远远的，兀自在读一本平装本的书。科弗利伸长脖子看到书名叫《西马隆：西南的玫瑰》。这是科弗利第一次和这样等级的人交往，他自然会非常好奇，但是，他无法听懂他们的观点，甚至无法听懂他们的语言。他们讨论热核之类莫名其妙的玩意儿。那完全是另一种语言，那在他看来似乎是最枯燥乏味的语言。你无法在这种语言中寻索山脉、大河和与大海类似的水域所造成的省音和变化。科弗利琢磨，他们中最次的人也能摧毁一座山，但是他们不大可能是那种把自己想象成可以叫世界走向末日的具有霹雳伟力的人。他们在自己的人造语言中谈论闪电，但是他们的嗓音有时会因为紧张和神经质而变得沙哑，因为咳嗽和大笑而失声，同时因为地区的不同而带有一点口音。他们中的一个人是鸡奸者，科弗利在想，他这种对待性事的玩世不恭是否和他的科学家身份有关。其中另一个人穿着一套西装，那西装臃肿地耸立在他的肩头。另一个人，伯伦纳，系着一条画着马蹄的领带。还有一个人有神经质地拽拉眉毛的习惯。他们全是一支接一支抽烟的烟鬼。他们是女人生下来的，全受制于喜怒无常的贪婪肉欲。他们可以毫不费代价地摧毁一座城市，然而，他们在解决日夜之间以及脑袋与腹股沟之间的冲突时有什么进展吗？在他们这群人中间，淫欲、愤怒和痛苦会少一些吗？难道他们能免于牙痛、恼人的性无能和疲惫吗？

他们住进哈顿楼，科弗利被分配到一间单独的房间。友善的伯伦纳跟他建议，他可以去参加一些公开的讲演，他去了。第一个演讲的是一个中国人，讨论星际空间的法律问题。这中国人用法语演讲，通过晶体管半导体收音机进行同声传译。科弗利对法律方面的词汇倒是熟悉的，但是运用到宇宙中他便不甚了了了。他不能轻易地将比方说国家主权这样的短语运用到月球上。下一个演讲者讲的是在一个充斥液体的囊中将一个男子送入太空的实验，实验的困难之处在于沉浸在液体中的人会严重地、有时是无法挽回地失去记忆。科弗利真想认认真真地——不带有任何的感情色彩——去看一下现场，然而，他怎么能将一个生活在液囊中男子的形象和他降生的并在那儿形成他性格的新英格兰村庄相调和呢？在核革命的这一阶段，他周围的世界似乎正以不可理解的速度改变着，然而，如果这种改变真的不可理解的话，那么，他应该采取什么态度呢？对他的儿子他应该劝诫些什么呢？他判断是非的基本标准过时了吗？离开演讲厅后，他撞见了伯伦纳，请他吃午饭。他这是受到了好奇心驱使。和伯伦纳崇高的对科学诚实的心灵相比，他在人性方面却是放浪不羁、多愁善感的。伯伦纳的安详挑战着他的自律和他自己的用处，他在纳闷他对大西洋城海滨木板道不科学的景致所抱有的快乐情趣是否也过时了。在他的右手是吟唱着的波涛，在他的左手，在大海边孕育的神秘文化正在慷慨上演。那种神秘文化以及它与神秘本身——预言家，看手相者，算命先生，赌博游戏，用茶叶占卜的预言家——明显的关联，似乎是大海与大陆之间沧海桑田的变化历程的一个产物。占卜预言家们似乎在那带有咸味的空气中蓬勃着。他纳闷伯伦纳会怎么想这一幅情景。煎猪肉的味道激起了他的回忆，或者说激起了他所谓的回放吗？波涛的吟唱会使他生发一种浪漫的遐想，让他可能去冒险吗？科弗利瞧了一眼他的伴侣，但是，伯伦纳如此淡然而冷漠地望着外面的景致，于是科弗利也不便问他问题了。他猜想伯伦纳确实看见了他所看见的一切——那咸味，那海滨木板道，那商店的门面。他寻思如果他超越当今的时光——这看来是不可能的——他也许就有可能预见商店的门面被拆除，换上公共的游乐场、球场和供野餐的树林了。到底是谁错了呢？科弗利可能是错的，这让他感觉很不舒服。伯伦纳说他从未吃过龙虾，于是，他们来到木板道拐角上一家用假型板搭建的老旧龙虾宫就餐。

科弗利要了波旁威士忌。伯伦纳喝啤酒，对价格不禁大惊失色。他脑袋硕大，蓄着浓密但并不黑的胡须。那天早晨他一定刮了脸了，也许刮得有点儿粗枝大叶，但到中午，那褐色胡须的轮廓便清晰地凸显出来了。他脸色苍白，那苍白似乎在他硕大的殷红耳朵衬托下，显得更加厉害了。那耳朵的殷红色在与脑袋连接的地方突然消失，而其他部位则全然是苍白的。那不是地中海东部沿岸诸国或者说地中海沿岸诸种族的那种白皙——也许那是从祖上继承下来的糟糕饮食习惯的一个特点或者说产物。公正地说，那是一种男性的苍白，由于那像着了火一般的点燃的耳朵而显得更厚重。他自有他的魅力，其实他们都有魅力，科弗利觉得这魅力来源于他们所拥有的视野。在这视野中，一切未来的障碍都是可以逾越、不在话下的，那是一种对未来的信心，一种手段，表述对进步和变化的自然的热情。他呷饮他的啤酒，仿佛指望啤酒会让他沉醉。这正是他们之间不同的地方。除了这一点不同外，他们也都是致力于节欲的男人。其实，科弗利并不是一个想节欲的男人。他疏于自制，正是由于他感觉生活实在太丰富了。

“你住在塔利弗吗？”科弗利问道。他知道伯伦纳住在塔利弗。

“是的。我在西边有一间小房间。我一个人住。我结了婚，但我们过不到一块儿。”

“真遗憾。”科弗利说。

“没什么遗憾的。过不到一块儿。我们不可能将婚姻最优化。”他拌着他的生菜。

“你一个人独住？”科弗利问道。

“是的。”他说话时嘴里塞满了食物。

“那你怎么度过夜晚呢？”科弗利问道，“我是说，你去剧场看戏吗？”

伯伦纳友善地笑了起来。“不，我不去看戏。小组中有些人有一些工作之外的兴趣，但我恐怕没有。”

“如果你没有工作之外的兴趣，那你晚上干什么呢？”

“我学习。我睡觉。有时候，我去二十七号公路上的餐馆吃饭，在那儿你能吃到两美元五十美分的鸡。我喜欢吃鸡。当我胃口来了，我便会去美美地吃一顿。”

“你和朋友们一块儿去吗？”

“不，”他充满自尊地说，“我一个人去。”

“你有孩子吗？”科弗利问道。

“没有。那就是为什么我的妻子和我过不下去。她想要孩子。我不想要。当我是孩子的时候，我过的日子惨极了。我不想让任何人再过那样的日子。”

“你这是什么意思？”

“唉，在我两岁的时候，母亲死了，父亲和祖母把我抚养长大。父亲是一个自由职业的工程师，每一次都做得不长。他是一个酒鬼。你瞧，我比大部分人经受的东西都要多，我想我比大部分人都更想摆脱这一切。没有人懂我。我是说，我的姓名毫无价值，那只是一个老酒鬼的姓而已。我必须赋予我的姓名以一定的意义。所以，当有了研究闪电之类的事儿之后，我感觉好多了。我开始感觉好多了。现在，我的姓名有一定意义了，至少对一些人是这样的。”

在这儿，闪电这一纯粹的能量显出了它的脉络来，就像我们在云翳中看到的那样，整个世界都是有脉络的——比如叶脉和波涛——在这儿，是一个孤独的男人，他对水疱和消化不良熟稔，他发明一种可以摧毁整个世界的爆破力的谦卑动机就像一个女童星、一个怪癖的发明家或小镇的政客一样。“我只想赋予我的姓名以一定的意义。”他一定比大部分人受着更加强烈的动机驱使，要在死亡的神秘之中加上行星的毁灭。当他被一阵滚滚雷声惊醒时，他一定会比大部分人更加纳闷这是不是世界末日。世界末日由于他希冀获得一个名分而加速了。

这时，女侍者拿来了龙虾，科弗利便也停止了询问。

当科弗利回到旅馆，有一张卡梅伦亲笔写的字条在等着他。字条上写着要他在五点在三楼会议室外面等他，开车把他送到机场。从这他判定他在卡梅伦的团队里是干司机的活儿。他在旅馆的游泳池里度过了一下午，五点钟准时去到三楼。会议室的门锁着，并用金属线封着，有两个穿着便服的秘密警察在走廊里守卫。当会议结束，有人用电话通知了他们，他们便除去金属线封口，把门锁打开。房间里的情形乱糟糟的，很古怪。作为一种安全措施，窗户和门都用毯子遮上。物理学家和科学家们站在椅子和桌子上，将毯子除去。空气中弥漫着烟雾。科弗利还没有意识到房间里没有任何人在说话。这就好像是一场刚结束的葬礼。科弗利跟伯伦纳打招呼，但与他共进午餐的朋友没有理他。他脸色发青，嘴巴紧闭着，表现出一种苦涩和厌恶的表情。是不是卡梅伦跟他们描述的悲剧和恐怖造成了这一片沉默？这些男人的脸是表示他们刚被告知了千年的灾难吗？科弗利纳闷，他们是否被告知这行星已经不宜居住了。如果真是这样的话，那么，在这旅馆的走廊里，在这曾经走过应召女郎、度蜜月的夫妇和来消遣长长的周末、呼吸新鲜海风的年老夫妇的地方，他们可以抓住什么呢？科弗利满怀狐疑地瞧着这些显然被吓得半死的苍白脸庞，以及地毯上那盛开的深色洋蔷薇。卡梅伦和其他人一样，走过他面前没有说话，科弗利顺从地跟在他后面来到车前。在前往机场的路上，卡梅伦没有说一句话，也没有道别。他登上了一架小型的比奇飞机——他是前往华盛顿——当飞机起飞后，科弗利发现他忘了拿他的皮包了。

和这样一件简单的玩意儿联系在一起的责任却是吓死人的。皮包里所装的一定包括他在那天下午所讲的核心内容，科弗利从那些听众的脸庞猜测，他所演讲的一定和世界末日有关。他决定立即回旅馆去，在小组一位成员面前把皮包打开。他把皮包放在膝盖上，驱车回城去。他在问询台询问伯伦纳在哪儿，服务生告诉他伯伦纳已经结账离开旅馆了。所有其他人也都离开了。他往大厅周围瞧了一眼那些可疑的或者至少是异族的人的脸庞，心中不禁纳闷在这些人中间会不会藏着外国间谍。摆出一副不引人注目的低调姿态似乎是他这时最好的应对办法。他走进餐厅吃饭，一直将皮包放在膝盖上。在他行将吃晚饭时，旅馆外面响起了一连串噼噼啪啪的爆炸声，他以为世界末日真的来到了，直到女侍者向他解释那是一帮礼品店店主在开年会，放鞭炮和烟花庆祝娱乐而已。

他将皮包夹在腋窝里，走出旅馆去瞧放烟火的热闹。对他来说，在一个有关爆炸力的会议结束时，放一阵便宜的、好玩的、完全无害的烟火似乎是再恰当不过的了。在海滨木板道上已经摆放了让观众坐的折叠椅子。烟火是从沙滩上的一排迫击炮发射出来的。他听见烟花炮弹脱落下弹壳的声响，望着一道灰烬燃烧的明亮的抛物线轨道冉冉升空，滑过星空。白灼的光发出一阵巨大声响——他们要过一会儿才能听到那声响——然后便现出摇曳的金色旗幡。旗幡弯曲像大腿一般，最终演化成彩色斑斓的无声火球。所有这一切美景都映在旅馆窗户的玻璃上了，那些礼品店的店主们抬起脸欣赏这精巧的一幕，那一张张脸庞看上去漂亮又朴实。零零散散地响起阵阵掌声，那是令人感动的礼貌与热情的表现，就像人们在听到舞蹈音乐结束时鼓掌一样。在薄暮中人们可以清晰地看见那袅袅的黑烟，黑烟不断变更形状，最终飘散到大海里去了。科弗利安坐下来，一派闲适，倾听那一排排迫击炮炮弹重新响起，欣赏那灰烬延续的抛物线，火星熠熠闪烁的光弧，盛开的彩色绚丽的花朵，数百人的赞叹、唏嘘，以及那彬彬有礼的掌声。这场烟火礼花表演以一阵排炮结束，那是以一种温和的方式模仿战争，魔鬼般的鼓声响起，旅馆数千扇窗户玻璃都燃烧起白色火焰的光来。最后一声爆炸震动了海滨木板道，却无伤大雅，随之而起的便是犹如在舞蹈学校般的捧场的阵阵掌声。他起身回旅馆去了。当他回到旅馆房间，他不禁纳闷房间是否被抢劫了。所有的抽屉都被打开了，衣服散落在椅子上，但是他估摸他并不是一个整洁的旅行者，也就并不在意了。他双手抱着皮包睡了。

上午，他就像姑娘们抱着她们的书本一样在胸口抱着皮包，从大西洋城搭乘飞机到一座国际机场，在那儿等待飞往西部的飞机。一方面是圣博托尔夫斯火车站抵达与离开的熙熙攘攘的人群，空气中充斥着煤气、地板漆和厕所的味道。候车室黑黝黝的，在那儿，似乎有一种夸张的力量征服了候车旅客的生命。另一方面是这顶楼或者说宫殿般的机场候机室，透过玻璃墙可以看见满布乌云的天空，在那里，宽敞、效率和人造皮革的味道似乎并没有拓宽而是缩小了旅客之间相互的认知。科弗利搭乘的飞机原定于两点钟起飞，但到三点一刻他们仍然等候在登舱门前。有一些旅客开始叽里咕噜抱怨起来了，有两三个旅客带着一份午报，报道说在科罗拉多发生空难，死亡七十三人。难道发生空难的飞机正是他们在等候的吗？他们这些站立在昏暗的落日余晖中的人得到非凡的怜悯了吗？他们的生命得救了吗？科弗利走到问询处，询问有关这次航班的信息。问的问题当然是非常有技巧的，但机场职员回应时脸色阴郁，仿佛购买一张机票就是让你谦卑地在黑暗中闲步似的。“有一点儿误点，”他不情愿地说，“也许发动机发生了毛病，要不就是连接的欧洲航班误点了。三点半之前你不可能登机。”科弗利为他如此赏脸而感谢了他，便信步踏上楼梯去了酒吧。在门右边镀金的架子上挂着一幅一位漂亮歌星穿着晚礼服的照片，她是那些在酒吧门槛边或者旅馆餐厅边向我们微笑的成千小姐的代表，不过，她不到九点是不会来的，眼下可能正在睡觉，或者拿着她要洗的衣物到自助洗衣店去。

酒吧里播放着背景音乐，酒保穿着军队制服。科弗利在一条长凳上坐下，要了一杯啤酒。坐在他旁边的一个男人正闲适地兀自在凳子上摇晃着。“你到哪儿去？”他问道。

"丹佛。"

"我也去丹佛，"陌生人惊呼道，在科弗利背脊上拍了一下，"在前往丹佛的路上，我已经花了三天的时间了。"

"是这样的，"酒保说，"他错过了八班航班。是八班吧？"

"八班，"陌生人说，"因为我爱我的妻子。我妻子在丹佛，我是这么地爱她，以至于我上不了飞机。"

"照顾了我们的买卖。"酒吧老板说。

在酒吧一端阴暗处，两个头发染成黄色、一眼瞧上去就知道是同性恋的人在喝朗姆酒。有一家人坐在一张桌子旁边吃午饭，用广告式的语言在交谈。那似乎是一场家庭笑话。

"哎呀！"母亲惊呼道，"请尝一尝一口一块的爱达荷白火鸡肉，用核黄素调料，美味无比。"

"我喜欢那脆生生的、吃起来嘎嘎响的土豆片，"男孩说，"土豆片在有利健康的红外线炉中烧烤成金黄色，再撒上进口的盐。"

"我喜欢一尘不染的厕所，"姑娘说，"在一位受过训练的护士监督下运行，并为了我们的舒适、方便和安心而贴上卫生封条。"

"温斯顿牌烟味道真棒，"坐在高椅子里的婴儿尖声说，"烟卷就应该是这个味道。温斯顿牌烟卷有味道。"

黝黑的酒吧具有神的创造物的权威，但它是独立于宇宙意象之外的。除了酒瓶上的商标，在这地方没有一件东西他是熟悉的。灯光像洞穴般幽暗，墙壁是一面面黑镜子，甚至也没有让他想起外面世界的一根被截短的漂流木或者形状像一片树叶的酒瓶垫子。星星和贝壳、大海和云朵具有同样的美，这同样的美似乎都是出于同一双手，但那同样的美如今消失了。音乐中止，广播传来科弗利的航班正在登机。他付了他的啤酒钱，一把抓住皮包。他去了男厕所，在那儿，有人在墙上写下了极其富含人性的话，然后，他顺着亮灯指明的号码穿过长长的走廊来到登机口。仍然不见任何飞机的影子，但旅客中没有人因为延误或者空难的消息而改变他们的计划。他们被动地站在那儿，仿佛那阴郁的机场职员实际上已经随机票将谦卑的品性卖给他们了。科弗利穿的大衣对于当时的天气过于暖和了，但是大部分旅客都来自要不比这儿寒冷、要不比这儿暖和的地方。就在头顶上的一个管道不断往他们耳朵里播送着柔和的音乐。“会没事儿的，”科弗利旁边一位年迈的妇人轻声细语地对身边一位年龄更大的伴侣说道，“没什么危险。它不会比火车更危险。飞机每年运送成百万的乘客。没事儿的。”那更加年迈的妇人用关节像漂流木一样长着疙瘩的手指摸一摸脸颊，在她的眼神中流露出对死亡的恐惧。对于她来说，眼前的情景——穿着白工作服的生气勃勃的机械师，标着号码的跑道，正在驶来的波音 707 飞机的噪声——就意味着死亡。一个婴儿哭号起来。一个男人用梳子梳理他的头发。在科弗利周围的物件和声响似乎汇聚起来，做出一种永恒的表白。这些物件和声响包括那音乐，那年迈老妇人对死亡的恐惧，那一望无际的平整机场，以及在遥远处房子的屋顶，等等。

飞机驶进来了，他们登了机，空姐让科弗利坐在那年迈妇人和一个口中喷吐威士忌酒味的男子之间。这位空姐穿着高跟鞋和一件雨衣，戴着一副墨镜。科弗利在她的雨衣下面看到一件红色的丝质连衣裙。她一关上机舱的门，便径直去了厕所，再出来的时候，便穿着她职业所要求的灰裙子和白衬衣了。当她除去墨镜，便露出一对憔悴的眼睛，眼神显得很痛苦的样子。"乔·勃纳。"科弗利右手边的男子说。科弗利跟他握手，并自我介绍了一下。"我很高兴见到你，科弗[1]，"陌生人说，"我有一个小礼物想送给你。"他从口袋里拿出一个小盒子。科弗利打开盒子，看见盒子里装着一只镀金的领带夹。"我经常旅行，"陌生人解释道，"我到哪儿就送这些领带夹。我是在普罗维登斯专门叫人给我定做的。那是美国的首饰之都。我一年送掉两三千只领带夹。那是一个很好的交朋友的方法。谁都可以用上领带夹。"

"非常感谢你。"科弗利说。

1　科弗是科弗利的昵称。

“我为宇航员织袜子，”科弗利左手边的年老妇人说，“唉，我知道我这样做很傻，但我爱那些男孩子们，他们光着脚受冻，我受不了。在过去六个星期中，我给卡纳维拉尔角寄了十双袜子。他们没有感谢我，是真的，但他们也没有将袜子退回来。我权当作他们正穿着我的袜子呢。”

“我度几天假，去看一位老朋友，他得了癌症，快要死了，”乔·勃纳说道，“到目前为止，我有二十七个朋友得了癌症，快要死了。他们中有些人知道。有些人不知道。他们中没有一个人能活过一年。”

他们当时正处于一阵听得见、一阵听不见的振动之中。当飞机在简易跑道上滑行，开始艰难地往上蹿升、爬高时，由于地心引力，他们被粗暴地顶撞在椅子背上。一块偌大的镶板从天花板上掉坠下来，砸在过道上，食品间的瓶瓶罐罐发出丁零当啷的响声。当他们上升到散落的云彩之上时，旅客们解开了安全带，按他们的习惯，过上了他们自己的正常生活。“下午好，”广播响了起来，“我是机长麦克弗生，欢迎诸位搭乘直飞丹佛的七十三号航班。我们收到关于山间有一小股气流的报告，但我们估计在飞机按原定时间降落的时候这股气流会消失。对于延误，我们很是抱歉，希望趁此机会向诸位表示感谢，感谢你们的耐心，感谢你们对此没有采取任何行动。”扬声器关掉了。

科弗利没有看到任何人对此感到迷惑。难道他以为驾机的熟练技巧本身就意味着掌握基本英语这一点想错了吗？乔·勃纳开始告诉科弗利他的人生故事。他叙述的风格相当像一位游吟诗人。他从他父母的性格着手。他描述他的诞生地。然后，他给科弗利讲他的两个哥哥，他对业余棒球的兴趣，他打的零工，他上的学校，他母亲老是做的好吃极了的乳酪饼，他交的和失去的朋友。他告诉科弗利他的年收入，他办公室有多少职员，他干的三项事业的性质，他妻子的美妙之处，他花了多少钱美化他在长岛拥有七间卧房、两间浴室的房子周边的风景。“我有一些十分独特的东西，”他说，“在我家的前草地上耸立着一座灯塔。在四五年以前，桑兹角的一栋房子因为欠税要被拍卖，母亲和我到那儿去看看是否有什么东西是我们可以派上用场的。好，那儿有一片小小的湖，湖边有一座灯塔——当然啦，那是装饰性的——当灯塔被拍卖时，竞拍的人很少。好，我出价三十五美元，只是闹着玩儿的，你知道怎么啦？我得到了那灯塔。好，我有一个朋友干汽车运输的——你得找准人——他去到那儿，将灯塔从湖边搬来了。直到今天，我仍然不知道他是怎么做到的。好，我又有另一个干电气的朋友，他给我装上电线，这样，我便有了这座在我家前草地上的灯塔了。灯塔真的使整个景色生动多了。当然啦，有些邻居埋怨——哪儿都有这些唱反调的人——所以我不是每天晚上都把灯塔的灯打开，只是当有朋友来打牌，或者看电视时，我才打开灯塔的电灯，美极了。”

那时，在高空，天空变成深蓝色的了，机舱里的气氛就像沙龙一样友好亲切。当空姐弓身送上鸡尾酒时，她穿的白衬衫便松垂下来。每一次她挺直身子时，便扯一下衬衫。椅子的靠背就像旧时礼拜堂的厢座一样高，乘客的隐私空间非常有限，也看不见相互的面貌。这时，隔板的门打开，科弗利看见机长从过道走了过来。他的脸色不好，眼睛跟空姐一样疲惫不堪。他也许是几小时之前在科罗拉多坠毁的飞机驾驶员和乘务员的朋友。他，或者任何人，能够有足够的勇气平和地面对这场灾难吗？那七十三具烧焦的尸骨对于他所包含的含义难道会比对于世界上其他人更少吗？他对空姐点一点头，空姐跟在他后面到了食品间。他们互相没有说一句话。她在一只纸杯中放上冰块，随后斟上威士忌。他拿着他的酒向前走去，关上了门。那年迈的妇人正在打盹，乔·勃纳讲完了他的故事，开始讲笑话了。飞机在没有任何预警的情况下，一下子往下掉了两千英尺。

这造成的惊惶可怕极了。大部分的饮料都撞向天花板，男男女女被抛到了过道里，孩子们在哭号着。“请注意，请注意，”广播器里传来一个声音，“大家请听好。”

“啊，我的上帝。”空姐说着走到机尾，系上安全带。“请注意，请注意。”声音大了些，科弗利心中纳闷这会不会是他最后听见的声音。有一次，当他准备接受一次大手术时，他从医院窗户望出去，看见一栋公寓房子的一扇窗户里，有一个肥胖的女人在掸一架偌大的钢琴上的灰尘。当时他已经被注射了硫喷妥钠，很快就会失去知觉，但是，他挺住了药剂的药力，心中一个劲地抱怨他在这可爱的世界所可能见到的最后一瞥竟然是一个肥胖的女人掸一架偌大钢琴上的灰尘。

“请注意，请注意。”这声音说道。飞机已经在一层乌云的中心平稳地在飞了。“我不是你们的机长。你们机长的脑袋已经被绑起来了。请不要动，请不要离开你们的座位，否则我会掐断给你们的氧气供应。现在的飞行速度是每小时五百英里，飞行高度为四万两千英尺。如果你们制造任何骚乱，只会增加你们的危险。我拥有飞行近一百万英里的记录，被剥夺飞机驾驶资格只是因为我的政治观点。我们正在进行一场抢劫。几分钟之后，我的同伙将从前隔板进入机舱，你们将你们的钱袋、钱包、首饰和一切值钱的物件交给他。别制造麻烦。没人会帮你们的忙。我重复一遍：没人会帮你们的忙。”

“跟我说话，跟我说话，”那年迈的妇女说道，“请说些什么，说什么都行。”

科弗利转过头去，向她点点头，但是他的舌头却因为惧怕而僵硬得转不动了，发不出任何声音来。他在嘴中绝望地想舔舌头，滋润一下嘴巴。其他的旅客却凝然不动，足足六十五或者七十个陌生人，生命正系于死亡的边缘，但他们任由自己在黑暗中被甩来甩去。这将是一种怎样的死亡方式呢？一场火灾？他们是否应该像殉道者一样吸入火焰以缩短痛苦的煎熬呢？他们的身子会被截去一段吗？他们会被砍头、碎尸，被撒在三英里长的农田里吗？他们会被弹射出机舱，掉进无边的黑暗之中，在可怕的坠落中却仍然保持意识吗？他们会被淹死吗？在隔间被水淹的过程中，他们会互相踩踏表现出最后非人性的一面吗？正是黑暗给予了他最大的痛苦。那大桥或者一栋大楼的影子就像一个坏消息一样沉重地压在我们的心上，而似乎正是黑暗，损害了他的情绪。他所希望的正是看见一线光明，一方蓝色的天空。一个女人倾身向前坐着，唱着《我的上帝，和您更加贴近了》。那是一个普通的在教堂歌唱的女高音歌手，富有女性的魅力，正派，每星期一次在她的邻居中演唱。“即使把我带大是一场苦难，”她唱道，“我所有的歌仍然和您，我的上帝，更加贴近……”

过道另一边的一个男子接上了这歌曲，然后，更多的人跟了上来。当歌曲唱到为科弗利熟悉的地方时，他也唱道：

> 虽然像一个流浪者，
> 疲惫而孤独，
> 黑暗笼罩了我全身，

我的安息之所是一块墓碑……

乔·勃纳和那年迈的妇人吟唱着，那些不知道歌词的人则跟着哼唱调子。隔断的门打开了，现出了那贼。他戴着一顶皮帽子，脸上绑着一块黑色的围巾，两只眼睛处挖了洞。除了那顶皮帽子，这副打扮是酋长的古老面具。他戴着黑色的橡皮手套，手中拿着一只废纸篓收集贵重物品。科弗利咆哮着唱道：

让我的路显现出来，

步进天堂，

您给予我的所有的一切

都是您赐予的怜悯……

与其说他们是以虔敬，还不如说他们是以反叛的心情在唱这支歌。他们唱歌，是因为这多少是件可干的事。仅仅为了寻求一件事干，他们借此对抗他们完全无助的这种说法。他们寻找到了自我，这就是为什么他们的声音如此洪亮，具有如此强大的力量。科弗利除下他的手表，将他的钱包扔进了废纸篓。这贼用他戴着黑色橡皮手套的手将皮包从科弗利的膝盖上提拎了起来。科弗利发出了一声吼声，要不是勃纳和那年迈的妇人将因恐惧而扭曲的脸对着他，他很可能会伸出手去将皮包夺回来。他不得不无奈地将身子靠在椅背上。当这贼将所有人的财物都抢掠一空，他便走回到隔断那儿。因为飞机颤动，他走路也有点儿摇摇晃晃的。这暴露了他的弱点，使他的身影看起来既熟悉又无害。他们唱道：

在我的醒着的思绪中，
闪亮着您的赞扬，
在我痛彻心扉的悲伤中，
我将建起祭台……

“感谢你们的合作，”从广播里传来这一声音，“我们将在大约十一分钟后在西富兰克林进行事先未安排的降落。请系好安全带，注意严禁吸烟的信号。”

舷窗外的云朵开始发亮了，由暗灰色变成雪白色，飞机驶入薄暮的蔚蓝色天空中。那年迈的妇人擦干眼泪，启齿微笑起来了。为了减轻自己因惶惑而产生的痛苦，科弗利陡然间决意认定那皮包里装着的是电动牙刷和睡衣。乔·勃纳在胸前划了个十字。飞机快速地往下降，已经可以看见城市房屋的屋顶了。那酷似异常谦卑的人的手工活儿，这些人从事着有用的工作，在善良和慈爱中抚育着他们的孩子。当他们不再在空中的那一刻，他们感受到砰的一声和倒流的喷气的怒吼。在舷窗外，他们能看见跑道边上一片纷繁杂陈的荒野。一丛丛的野草和芦苇，贫瘠的植物，在沙土中挣扎着生长起来，成了一条油腻的小溪堤岸。有人大声喊道：“他们走了！”两个旅客打开隔断，传来嘈杂的人声。当有人想问个究竟时，人与人之间关系的复杂性便很快呈现出来了。那些对情况熟稔的人傲慢地拒绝和那些什么也不知道的人沟通。那第一个走进前舱的男子带着不屑的口气跟他们说话。“你们安静点儿，”他说，“我来告诉你们我所了解的情况。我们解救了机组人员，机长正用无线电和警方联系。贼都逃走了。这就是我所能告诉你们的一切。”

他们听见非常微弱、非常微弱的警笛声在跑道上向他们驶来。最早到来的是一名救火队员。他在舱门前架了一把梯子，把舱门打开。后来赶来的是警察。警察告诉他们，他们全部被逮捕了。“你们十个人一组离开，”一个警察说，“你们将受到审问。”他非常粗暴，但他们是高尚的。他们活下来了，任何不礼貌的行为都不可能激怒他们。警察开始十人一组地清点人数。救火车的梯子是唯一能够走下飞机的通道。那些年迈的旅客怨声载道地沿着梯子往下蹭，一脸的痛苦。那些等待着的人像是在一场军事训练中一样，一副被动的样子，就像一队战士为判断力和责任感而感到焦虑。科弗利是最后的十人组的第七个。当他走下梯子时，一股带着尘埃的狂风扑向他的衣服。一个警察一把抓住他的手臂，他顿时非常嫌恶警察这样碰他，但他所能做的不过是扬手将警察的手拨开罢了。他和他的组员们一起被关进了一辆警车中，窗户都用铁条封着。

当他从警车上跳下来时，又有一个警察抓住他的手臂，他又不得不竭力控制自己。他纳闷，他对触摸他的肉体这么反感究竟是为什么。为什么他对陌生人这么碰他会如此嫌恶呢？在他面前耸立着中央警察总部的大楼。那是一栋黄砖楼，楼面饰有一些蹩脚的装潢，墙上用粉笔写着一些关于无辜爱情的话。狂风在他的脚边扬起尘土和纸屑。在楼里，他发现自己完全被包裹在一种令人惊讶的、犯了错误的萧索气氛之中。这条通道通向一个世界，那个世界他过去只能偶尔窥视一下——那是他每每在前门廊给门帘上漆之前，展开报纸得以一瞥的暴力世界。罗斯林男子枪杀妻子和孩子……在火炉中发现被谋杀的孩子……他们都来到了这儿，空气中留下一丝明显的惶惑的、悲哀的、急于表白无辜的气氛。一个警察引领他走进一座电梯，升到六楼。警察什么话也不说。只听见他沉重的呼吸声。他患气喘病？科弗利心中在纳闷。是激动吗？还是因为过于仓促？

“你有气喘病吗？”他问道。

“你回答问题吧。”警察说。

他带着科弗利穿过一条像破旧的校舍走廊一样的走廊，来到一间不比壁橱更大的房间。那儿有一张木头桌子、一把椅子、一杯水和一张问询表。警察关上门。科弗利坐下，看问询表上的问题。

问询表问他：你是家长吗？你离婚了吗？是鳏夫吗？是分居吗？你拥有多少台电视机？几辆车？你有一本有效护照吗？你多长时间洗一次澡？你是大学毕业吗？高中毕业？语法学校毕业？你知道“有袋动物”“煽动性”“深奥的”“辩证唯物主义”这些词的含义吗？你家是用汽油取暖的？煤气？煤？你家有几间房间？如果你被迫要侮辱美国国旗或者《圣经》，你选择哪一个？你赞成联邦所得税吗？你相信国际共产主义阴谋吗？你爱你的母亲吗？你惧怕闪电吗？你赞成继续进行大气层核试验吗？你有银行的储蓄账号吗？有开支票的账号吗？你的总负债是多少？你有抵押借款吗？如果你是一名男子，请将你的生殖器大小归类：1，2，3，还是 4？你属于哪一个宗教信仰？你相信约翰·福斯特·杜勒斯[1]在天堂？在地狱？在地狱的边境？你经常娱乐别人吗？你经常被别人娱乐吗？你认为你被人喜欢吗？非常喜欢？非常大众化？下列人物是活还是死：约翰·梅纳德·凯恩斯，诺曼·文森特·皮尔，卡

1　杜勒斯曾任美国国务卿，任内积极推行“冷战”及“战争边缘”政策。

尔·马克思，奥斯卡·王尔德，杰克·登姆普西。你每天晚上祷告吗？……

科弗利以一个负疚罪人的心情全神贯注地回答所有的问题。他把他的手表给了贼了，所以他并不清楚他到底用了多少时间才将所有这些问题回答完。当他回答完了询问表上的问题，他大喊一声："喂。我回答完了。让我离开这儿吧。"他试了一下门把，发现门是开着的。走廊空空如也。是夜晚了，大厅尽头的窗户映出的是一片漆黑的天空。他拿着他的询问表走到电梯间，按铃。当他走出电梯间来到底层时，他看见一个警察坐在一张桌子面前。"我失掉了非常贵重的东西，非常重要的东西。"科弗利说。

"他们都这么说，"警察说。

"我现在该怎么办呢？"科弗利问道，"我已经回答了所有的问题。我现该怎么办呢？"

"回家，"警察说，"我想你需要一点儿钱吧？"

"是的。"科弗利说。

"你们每人会从保险公司得到一百美元，"警察说，"如果你失掉更多的话，你以后可以要求理赔。"他数了十张十美元的钞票，瞧了一眼他的手表。"芝加哥的火车大约二十分钟以后抵达。在街角有一个出租车车站。我想在短期内你不会再想乘飞机了吧。其他人中没有一个人想这么做。"

“他们都答完了吗？”科弗利问。

“我们扣留了几个。”这人说。

“好吧，谢谢。”科弗利说，走出大楼来到西富兰克林幽暗的大街上，感受着它的尘埃、热浪、遥远处的喧哗以及那默默无闻地闪烁着的彩色灯。这是他孤独的真髓了。在街角有一处报摊，一辆出租车停在那儿。他买了一份报纸。“被除名的驾驶员在空中行使抢劫，”他读道，“今天下午四点十六分在落基山脉上空发生了一起重大的飞机抢劫案……”他钻进出租车，说道：“你知道，我今天下午就在这架被抢劫的飞机里。”

“你是第六个这么跟我说的人了，”司机说道，“到哪儿？”

“火车站。”科弗利说道。

[20]

第二天下午，当科弗利终于从芝加哥回到塔利弗基地时已经是薄暮时分了。他立即前往卡梅伦的办公室，但他不得不等上一个小时。他时不时地能从关着的门背后听到老人提高嗓门愤愤地说话的声音。“你永远找不到一个该死的人到该死的月亮上去。”他吼着。当科弗利被让了进去，卡梅伦一个人在办公室里。“我弄丢了你的皮包。”科弗利说道。

“哦，是的。”博士说道。他不幸地笑了一笑。科弗利思忖，那不过放着牙刷和睡衣而已。毕竟没什么重要的玩意儿！

“在飞机飞来西部时发生了抢劫。”科弗利说。

“我不懂。”卡梅伦说。他脸上的微笑仍然没有减少它的光辉。

“我这儿有一份报纸。”科弗利说。他给卡梅伦看他在西富兰克林买的报纸。“他们把什么都拿走了。手表，钱包，还有你的皮包。”

“谁拿走了？”卡梅伦问道。他的微笑似乎更加灿烂了。

“这些贼，这些强盗。我想你也许会称他们为海盗。”

“他们把皮包拿到哪儿去了？”

“我不知道，先生。”

卡梅伦离开他的书桌，走到窗前，背对着科弗利。他在暗笑吗？科弗利想道。他愚弄了敌人。那皮包是空的！但是，科弗利看出来他压根没在笑。那是惶惑和忧伤在痛苦地抽搐。那他为什么而哭呢？他是为他的名声，他的心不在焉，他的地位而哭吗？他是为他所见的窗户外面的那个世界，那颓败的农场，那导弹发射塔架而哭吗？科弗利无法安慰他，兀自站着体味着自己的痛苦。他看着卡梅伦，眼前的他似乎瘦小而衰老，经受着肌肉不由自主的阵阵抽搐。“很遗憾，先生。”科弗利说。“该死的，你滚吧。”卡梅伦嘟囔着说。科弗利走了出去。

正是下班的时候，他搭乘的公共汽车里挤满了人。他竭力按传统的思想来判断他的行为。如果他拒绝交出皮包，他就有可能让整个飞机毁掉，他们全部会死难。这是不是最好的办法呢？他能预想到什么呢？他现在平心静气回头看又能得出什么结论呢？明天早晨他去上班时，他应该到哪个办公室去报到呢？首先，卡梅伦究竟是想让他干什么呢？他触动了老头儿的哪根神经，让他在窗前哭泣呢？他回到家时，贝特西会在看电视吗？他的小儿子会哭号吗？晚餐会做好了吗？在他的眼前显现出来沉浸在夏日夜晚光影中的圣博托尔夫斯。那时正是主妇们用小铃铛呼唤孩子们回家吃晚饭的时候，那小铃铛以前是用来呼唤仆役到餐桌前来的。不管那铃是不是银质的，它们都有美妙好听的铃声。科弗利回忆起所有这些美妙的铃铛从船舶巷和河巷的后门廊叮当鸣响起来，呼唤在河岸玩耍的孩子们回家。

他的家此时灯火辉煌。当他走进屋子时，贝特西扑向他的怀抱。“亲爱的，我刚刚一直在期望、祷告你会回来吃晚饭，”她说，“而现在我的祷告应验了，我的祷告应验了。有人请我们去吃饭！”科弗利怎么也不能将眼前发生的一切和他在过去二十四小时所经历的一切对上号，于是，他采取了一种在感情上和理智上逢场作戏的办法。他很疲惫了，但是，要让贝特西唯一一次受到的邀请泡汤也太残酷了。他吻了他的儿子，将他往空中抛甩了几下，喝了一杯浓烈的酒。“这可爱的女人，”贝特西说，“她的名字叫薇妮弗莱德·伯林克里，嗯，她来我们家为慈善会收钱。我告诉她，我只是告诉她，我认为这是世界上最孤独的地方。我并不在乎别人知道这点。她告诉我，她也认为这是一个非常孤独的地方。她还问难道今晚在她家晚饭时小聚一下不好吗。我对她说，你在大西洋城，我不知道你什么时候回家，我只是祷告呀，祷告呀，祈盼你及时回家，而现在你回来了！”

科弗利洗了个澡，换了衣服，而贝特西则去接一个中学生，他将跟宾克西待在一起。伯林克里家就住在邻近的地方，他们便手挽手散步去了。科弗利时不时地伸长脖子去吻贝特西。伯林克里夫人是一个瘦削而活泼的女人，浓妆艳抹，身上挂着珠子。她不断地说“胡扯”。伯林克里先生前额不同寻常地秃了，他将他花白的卷发弄成弧形摆放在他前额的秃顶上，就像在客厅挂上帘子一样，这反而更加突出他秃头的缺陷了。在掩饰他的疲惫和卑微方面，他似乎是不遗余力的。他戴着一只金衬衫领扣，一只金领带扣，一只硕大的鸡血石戒指，还有一对蓝搪瓷袖扣。当他在斟雪利酒时，那蓝搪瓷袖扣闪闪发光，就像是在闪动铁路信号似的。他们喝的是雪利酒，但那喝雪利酒的劲头就像在喝水。还有另外两个客人——从沃特福德[1]来的克兰斯顿夫妇。“我不得不请些从其他城镇来的客人，”伯林克里夫人说，“这样我们就没有必要老胡扯塔利弗基地了。”

“有一件事我知道，有一件事我懂得，”克兰斯顿先生说，“那就是你必须得有卵。那是最终极、最重要的东西。卵。”他穿着一件玫瑰红狩猎衬衫，一头金色的卷发，一张脸白胖可爱，却有一种摄人的力量。他那花白头发的妻子看上去比他要老得多，也比他聪明得多。即使他没有这么说，你也很容易想象他在做爱情境中的困惑和绝望。他已经不再生气勃勃。他妻子用手抚弄着他的卷发，说：“亲爱的，你会找到另外的事儿干的。别担心。肯定还会有更好的事儿干的。”伯林克里夫人最小的儿子刚从政府医院做完扁桃体发炎的手术回家。在喝雪

1　沃特福德：爱尔兰共和国东南部港市。

利酒时，他们谈论起扁桃体和淋巴组织来。贝特西在这一方面特别健谈，而科弗利从来没有割除扁桃体或者淋巴组织的经验，感觉自己有点儿不合群。幸亏谈起阑尾炎，他才有些说头。这一话题一直持续到他们走向餐桌。在餐桌上，他们谈论起牙科来。晚餐是一般的食肴，就着起泡勃艮第葡萄酒吃。餐后，克兰斯顿先生讲了一个淫秽的故事，然后他们起坐告别。“我特别讨厌匆匆忙忙的，”他说，“但是你知道，我们回家要花一个半小时，明天早晨我还得工作。”

“啊，你不应该在路上花一个半小时，”伯林克里先生说，“你们是怎么走的？”

“我们走高速公路。”克兰斯顿先生说。

“啊，如果你沿塔利弗外面走，然后再上高速公路，”伯林克里先生说，“那样你可以节省一刻钟。也许二十分钟。然后，你回到购物中心，在第二个红绿灯处右转。”

“哦，我不会走那条路，”伯林克里夫人说，“我会直穿计算机中心，上立交桥，然后到禁区。”

“哦，你会那样走，你会那样走，”伯林克里先生说，“那样走的话，你会碰上许多建筑。就按我说的走。回到购物中心，在第二个红绿灯处右转。”

“如果他们回到购物中心，”伯林克里夫人说，“他们在弗尼广场会堵车。如果他们不想直穿计算机中心，那么他们可以直接开到导弹发射塔架那儿，在路障处右拐。”

“我的上帝，女人，”伯林克里先生说，“你能不能闭一会儿你那该死的嘴？”

“啊，胡扯。”伯林克里夫人说。

“啊，非常感谢。”克兰斯顿夫妇说，往门口走去。

“我想我们还是走我们一直走的高速公路。”他们走了。

“你把他们搞糊涂了，”伯林克里先生说，“我不知道是什么让你觉得你能给人指路。你甚至连在附近都找不到回家的路。”

“如果他们按我最初指示的方向走，”伯林克里夫人狠狠地说，“他们会什么事儿也没有。在禁区，没有任何建筑。你只是臆想而已。”

“我没有，”伯林克里先生说，“我星期四在那儿。那地区的建筑都拆除了。”

“你星期四感冒躺在床上，”伯林克里夫人说，“我还不得不拿盘子给你送吃的。”

“啊，我想我们得走了，”科弗利说，“太好了，非常感谢你们。”

“如果你能劳驾闭上你的嘴，”伯林克里先生冲着妻子吼道，“大家都会对你感激不尽。根本不能允许你开车，更不用说让你给人指路了。”

“谢谢你们。”贝特西在门口羞赧地说。

“是谁去年砸的汽车？”伯林克里夫人大声嚷嚷道，“是谁砸的车子？请告诉我。”

他们走着回家，时不时地停下来互相亲吻，而那旅程像其他的旅程一样结束了。

[21]

科弗利没有再见到卡梅伦。他在办公桌前修改他关于天堂明珠的毕业典礼上的讲话，无聊地度过了几天的时光。一天上午，有人命令他到安全部门报到。他猜想，他可能会因为丢失皮包而受到起诉，心中琢磨他们会不会逮捕他。科弗利是那种以不可思议的沉重负疚感干活的人。他的负疚感就像是一个偌大的疮疤被遮盖在衣服下面，他能心存这种负疚感而毫不痛苦，直到它被触动的那一天。一旦它被触动，它就会使他身心交瘁，使他痛苦不堪。他是保持那种乡间美德——真诚，守时，清洁，勇敢——的典范，但是，一旦他受到社会上强大势力的指责而做错了事，他的自尊便轰然倒塌了。是的，是的，他是一个罪人。是他宰了大使，典当了珠宝首饰，将设计图给了敌人。当他走近安全部门的办公室时，他感到深深的内疚。那儿有一条长长的走廊，走廊髹漆成奶油色，有八名或者十名男女走在他的前面。那像是一间医生或牙医的接待室，一间领事接待室，一条法院的走廊，一间招聘办公室。这个让人等待的地方看上去就像一个令人惊异的宏大世界的一部分。他们一个个地被叫到名字，被带进奶油色走廊尽头的一扇门里。他们中没有一个人回来的，似乎那儿还有出去的路。他们的消失在科弗利看来是一种恶兆。最终，有人叫喊他的名字。一位漂亮的秘书，脸色阴沉，一副挑剔的样子，将他领进一间看上去就像是老式法庭的偌大房间，在抬高的底座上有一个法官席，在法官席后面站着一位上校和两个穿便衣的男子。在法官席下坐着一名录音师。左手是一面美国国旗，插在旗座里。这丝织的旗帜镶着金边，沉甸甸的，永远不会离开它的旗座。即使在一个晴朗的日子里举行一次漂亮的游行，它也不会离开它的旗座。

“科弗利·沃普萧？”上校问道。

“是的，先生。”

“我可以看一下你的安全证吗？”

“可以，先生。”科弗利递上他的安全证。

“你认识圣博托尔夫斯船珀巷的霍诺拉·沃普萧小姐吗？”

“是船舶巷，先生。”

“你认识这位夫人吗？”

“是的，先生。我认识她一辈子了。她是我的姑妈。”

“为什么你没有向安全办公室报告对她罪行的指控呢？”

“她的什么？”她能干什么呢？纵火？在廉价超市偷东西被抓了？买了一辆车，往人群撞去了？“我对她罪行的指控一无所知，”科弗利说，“她给我写信说在她屋后长着一棵冬青树。冬青树患锈病了，她想给它打药。关于她，我就知道这些。你能告诉我她受到什么指控了吗？”

“不能。我能告诉你的就是你的安全证被暂时吊销了。”

“但是，上校，我对此一点儿也不明白。她是一个年老的女人，我不能对她的所作所为负责。我可以上诉吗，有任何上诉的渠道吗？”

“你能通过卡梅伦办公室上诉。”

“但是，没有通过安全审查的证件我哪儿也去不了，先生。我甚至连到男厕所去都不可能。”

那职员填写了一张小纸条，看上去就像一张允许垂钓的证明，交给了科弗利。他一看，那是一张有效期为十天的有限安全证。他感谢了这位职员，从一扇侧门走了出去。此时，另一个被怀疑的对象被带了进来。

科弗利立刻前往卡梅伦办公室，接待员说老人不在城里，至少两星期之内他是不会回来的。科弗利请求见他曾在大西洋城与之共用午餐的科学家伯伦纳。这姑娘让他去了伯伦纳的办公室。伯伦纳穿着他这一阶层经常穿的羊绒套头衫，坐在一张彩色的手写板前，手写板上写着方程等式和一句话：“请购买帆布胶底运动鞋”。在他的写字台上摆放着一只花瓶，花瓶里是一朵蜡制的玫瑰花。科弗利告诉伯伦纳他的问题，伯伦纳同情地听着。“你从来就没有见过任何绝密的材料，是吗？”他问道，“老人就喜欢干这种事儿。去年，他们辞去了计算机中心的门房，似乎就因为他母亲在第二次世界大战中短暂地当过一阵子妓女。”他抱歉地离开了一会儿，回来的时候带进来另一个组员。卡梅伦在华盛顿，他将从那儿前往新德里。这两位科学家建议，科弗利飞往华盛顿，在那儿把他截住。“他好像喜欢你，”伯伦纳说，“如果你找到他，他至少可以将你的临时安全证延长到他回来的时候。明天上午十点，他要参加一个国会听证会。在七六三房间。”伯伦纳把房间号码写了下来，递给科弗利。“如果你到得早的话，你也许可以在他发言之前跟他说上话。我想听证会不会有太多的听众。这是今年他第十七次被拷问，人们已经失去兴趣了。”

[22]

在他们上次的面谈之后，卡梅伦是否愿意跟科弗利交谈还是一个问题，但这似乎是科弗利最后的机会了。他决定抓住这最后的机会，很大程度上是因为他对安全官员的反复无常太气愤了，他们竟然将他老姑妈的怪癖和国家安全混为一谈。那晚他便飞往华盛顿，第二天早晨便来到七六三房间。他的临时安全证还管用，没有遇到很多麻烦他便进去了。只有很少的几个听众。十点一刻，卡梅伦从另一扇门走了进来，径直走向证人席。他手提着像是小提琴盒子一样的东西。主席立刻开始质问他，科弗利欣赏着他的惊人安详和他浓密的眉毛。

“卡梅伦博士？”

“是的，先生。”他的嗓音是这房间里最棒的，最威严，最富有阳刚之气。

“你熟悉勃拉茨阿尼这个名字么？”

“我以前已经回答过这个问题了。我的回答已记录在案。”

“以前听证会的记录今天和我们毫无关系。我曾经要求调阅以前听证会的材料，但我的同事们拒绝了。你熟悉勃拉茨阿尼这个名字么？”

“我不明白我为什么要不断地到华盛顿来回答同样的问题。”博士说。

“你熟悉勃拉茨阿尼这个名字吗？”

“是的。”

“怎么熟悉的？”

“勃拉茨阿尼是我的名字。一九三二年，俄亥俄州克利夫兰的法官赛瑟兰将此名改为卡梅伦。”

“勃拉茨阿尼是你父亲的名字？”

“是的。”

“你父亲是一个移民吗？”

“这些你全知道。”

“我已经告诉过你，卡梅伦博士，我的同事们拒绝让我调阅以前听证会的材料。”

“我父亲是一个移民。”

“他过去做了什么事使你不想使用他的姓名呢？”

“我父亲是一个优秀的人。”

“如果在他过往的历史中，没有任何会使你感到困窘、不忠或者使你联想到颠覆的话，你为什么执意要唾弃他的姓名呢？”

“为了许多原因，”博士说，“我改变了我的姓名。它不好拼写，不好发音，不能有效地说明我的身份。我改变我的姓名还因为在这个国家的一部分地区，一部分人群对外国的东西还持怀疑态度。一个外国名字没有效率。我改变我的姓名就像人们从一个国家旅游到另一个国家要兑换货币一样。”

第二个参议员被准许发言，他是一个年轻人。“卡梅伦博士，”他问道，“你反对太阳系以外的任何研究，你拒绝向任何对你的观点提出挑战的人拨款，拒绝同他们合作，拒绝给予技术上的支持。这是真的吗？”

“我对星际空间的旅行没有兴趣，”他沉静地说，“如果这就是你问我的意思。这种想法是荒唐的，我的观点是基于诸如时间、加速、动力、物质和能源这些基本性质之上的。不过，我想申明的是，我并不认为我们的文明是宇宙里唯一有智慧的文明。”那瞬息即逝的笑容掠过他的脸庞，那是一种勉强的、不真诚的耐心的结晶，他在椅子里的身子稍微向前倾着。“我觉得，如果环境合适，时间又充裕的话，任何地方的生命和智慧会以和地球上的生命和智慧同样的速度进化。目前所有的数据——极端有限——都表明生命有可能在所有星体中百分之六左右的行星上进化着。我个人觉得，从火星的阴暗面反射出来的光谱显示出了植物存在的特征。正如我刚才说过的，我认为星际旅行是荒唐的。但是，星际通讯则又是另外一回事了。

“我们可能与之交往的文明数目取决于下列六个因素。第一，像我们太阳这样的恒星形成的速度。第二，这些恒星拥有行星的比例。第三，这些行星中能维持生命的比例。第四，在这些行星中易于生命进化、生命已经开始出现的比例。第五，在生命已经开始出现的行星中，生命体拥有足够星际交往技术的比例。第六，这种高技术的寿命。在三百万恒星中大约有一颗恒星有可能拥有一颗存在文明的、按轨道绕行的行星。就此而言，这仍然意味着在我们的星系中存在数百万个文明，正如各位都知道的，宇宙中存在数十亿个星系。”那虚伪的笑容又一次掠过他的脸庞。科弗利思忖：他在吹牛吗？“对于我来说，”他继续说道，“在覆盖有水的行星上，技术似乎不太可能发展。我的有些同事对海豚的智力非常有兴趣，但是，在我看来，海豚不太可能对星际空间有兴趣。”他顿了一下，等待人们犹豫的稀稀拉拉的笑声安定下来。“空间互相对撞的氢原子所释放的二十一毫米频带——也就是说，一千四百二十兆周——产生了一些有趣的信号，特别是来自鲸鱼座τ星的信号，但我对这些信号的连贯性是有怀疑的。我相信，在每一个发展的文明里，科学家将发现，每一个单位的能源值或者辐射的量子，不管它们是以光的形式还是无线电电波形式出现，等于它的频率乘以我们已知的一个值。也许你们中的一些人会知道，这个值就是普兰克常数。

“光学微波激射器似乎是星际空间通讯最有前途的手段。”现在，他完全沉浸在课堂教学的气氛之中，什么也阻止不了他。他给他们作了一次冗长、激动而又令人痛苦的讲演。“这些光学微波激射器能制造出一种光束，这种光束是如此强烈又狭窄。它如果是从地球上发出的话，就有可能照亮月球的一小部分。”他的脸庞上又掠过那瞬息即逝的甜蜜笑容。“外部的电波波长全部被消除了，这样，它就不同于大部分的光束。它具有足够的纯洁性，通过调节能传播声音。以我们目前的技术，我们有能力检索到微波激射器系统，如果它是从十个光年之外的太阳系发射出来的话。我们必须在从附近恒星发射出来的光谱中找到那些奇异地尖锐而有力的发射线。这将是不容置疑的证据，证明从一颗围绕恒星旋转的行星上有光学微波激射器的发射现象。这光的信号将被广泛编码。如果这系统在一千光年之外，那将需要两千年来询问一个问题并收到回答。一个超级的文明将在它的信号光线上储存大量的信息。一个已经克服了饥饿、疾病和战争的高度发达的文明将自然而然地转而去探索其他的世界。不过，一个高度发达的文明也可能走另一条路。”这时，他的嗓音因为挑剔和埋怨变得如此刺耳，弄醒了两位打瞌睡的参议员。“一个高度发达的文明有可能因为奢侈、酗酒、做爱许可证、邋遢、贪婪和腐败而毁灭自己。我觉得，我们自己的文明正受到生理和心理退化的威胁。”

“现在回到你最初的问题。”他这次用微笑来表示场景的改变，他们置身在森林的另一部分。“地球-月亮体系的影响延伸到极其遥远的太空。地球的地心引力、磁场和反射的辐射并没有什么可观的影响。太阳在太阳黑子周的高潮中爆发，将饱含气体的云抛向太空。一般在一天左右的时间里，地球上会发生具有巨大破坏力的磁暴。但是，星际空间的性质是一个绝对的未知数。对于从太阳喷发出来的云的形状、组成和磁性特征我们一无所知。我们甚至都不知道它们是沿着一个旋转还是直线的轨迹来运动的。要给太阳系绘图实际上是一件不可能的事，因为行星和太阳之间的距离无法确定。”

“卡梅伦博士。”另一位参议员被准许问话。

“是。”

“在这里就你的同事所描述的无法控制的脾气这一问题，我们掌握了一些发过誓的证词。皮特斯博士作证说，八月十四日在一次关于前往月球旅行可行性的讨论中，你将他办公室的百叶窗全部扒下来，还在百叶窗上乱踩。”卡梅伦放纵地微微一笑。“休·汤姆金斯，一个应募从军的男子和集中调度的军车司机声称，当他不是因为他的过错而迟到了你的办公室，你好几次扇了他耳光，扯掉他军装的纽扣，用肮脏的话辱骂他。泛美航空公司的航空小姐海伦·埃克特小姐说，当你来自欧洲的航班不得不在芝加哥而不是在纽约降落，你制造了一场如此糟糕的骚乱，以至于严重地影响了航班安全。韦恩斯罗·特纳博士说，在一次关于星际旅行的讨论会上，你将一只沉重的玻璃烟灰缸扔向他，严重地割伤了他的脸部。在这里有一份为他伤口缝针的医生的作证书。”

“我对所有这些指控服罪。”博士可爱地说。

“卡梅伦博士？”另一位参议员说。

“是的。”

“在塔利弗基地对你的管理持批评态度的人士说，你到目前为止仍然没有终止、暂停或者减少你的实验，你的实验耗费了政府六亿美元之巨，并且似乎是毫无结果。他们说，你在发射失败的导弹上花费了四亿一千七百万美元，在不起作用的跟踪试验中花费了五千六百万美元。他们说，你在那儿的管理混乱不堪，铺张浪费，而且机构重叠。”

“我压根不明白你们所指的没有结果、发射失败和不起作用是什么意思，参议员，”卡梅伦说，“塔利弗是一个实验性基地，我们的工作不可能降格到只做线性数学。从所有的因素出发来全面地看，我的所有决定对于我来说在所有的时候都是合适的，我对于所有的决定负全责。”

“卡梅伦博士？”下一个被准许发问的参议员是一个壮实的汉子。对于一个政客来说，令人奇怪的是，他似乎显得过于羞怯了。

“是的。”

“我的问题也许不太恰当，它有关我选区的选民，实际上，它有关他们的福祉，他们的健康。正如你知道的，我们现已查明，导弹燃料中所滋生的细菌引起了塔利弗基地附近呼吸系统疾病的爆发。”

“请原谅，参议员，现在没有绝对科学的证据证明这些细菌和不幸的呼吸系统疾病的爆发有关。压根没有科学证据。我们知道在燃料中滋生着细菌——一种叫作罗勒门德鲁姆属的真菌，这种真菌会产生由空气传播的孢子和特殊的突变体。这些真菌并不比在汽油、煤油和喷气式飞机的燃料中所含有的真菌具有更严重的意义。在导弹燃料中集中了如此大量的污染物，它们很快便会变成大量令人烦扰的沉淀物。”

“卡梅伦博士？”这次是一个年迈的精瘦男子，他带有那种不同寻常长寿的人常有的那种极端的苍白。事实上，他看上去与其说是活着，还不如说是死了。他颤抖的手在近距离看来骨瘦如柴。他穿着一件绲边的马甲，一件剪裁精良的西服，一副花花公子的派头，一副公子哥自以为是的神气。他的鼻子很大，发紫，鹰勾，在鼻梁上架着一副夹鼻眼镜，夹鼻眼镜上挂着一根长长的黑色丝带。他的嗓音并不孱弱，他说话时每每表现出非常年迈的人的那种无助，继而便又激动起来，时不时还会用一块宽手巾去擦那流在下巴上的长长的口水。

“是的。”

“我降生在一个非常小的镇上，卡梅伦博士，”老人说道，“我想，我们所生活其中的喧嚣的公共世界和我记得的那世界之间的歧异是非常真实、非常真实的。”接着便是一阵令人困窘的沉默，仿佛他等待着他的心脏往大脑输送足够的血液，好让他继续讲下去。“我知道，我这样年龄的男人倾向于带着伤感回忆过去，我不全相信那些多愁善感的回忆，我想，我还是能在过去的生活中找到许多真正值得赞扬的东西。不过……”他似乎又一次忘记他要说什么，似乎又一次等待血液喷涌上来。“不过，我经历了五次战争。所有的这些战争都是血腥的，摧毁一切的，耗费巨大的，不公正的，我想也是不可避免的，但是，尽管这表明人无法和他的同类和平相处，我仍然真诚地希望，这带有所有它的缺陷的世界将会继续下去。”他用手巾擦拭他的脸颊。“有人告诉我你非常有名，你是个伟人，你到处受到尊崇，我毫不含糊地尊重你的荣耀，但同时，我在你的思想中发现一种狭隘性，不愿承认——我想这么说——将我们互相联系在一起，以及将我们与地球花园联系在一起的简单纽带。”他又一次擦干他的眼泪，老朽的肩膀因抽泣而颤动。“我们拥有普罗米修斯的力量，然而，难道我们不缺乏原始人对于神圣的火的那种敬畏之心，那种谦虚吗？难道这不正是我们应该拥有那种不同寻常的敬畏之心、那种绝对谦虚的时候吗？如果我应该做一个最后的了结的话——我很快就不得不这么做了，因为我已经接近生命的终点了——那么我要说，拥有那种不同寻常的敬畏之心、那种绝对的谦虚，对于有勇气的朋友和可爱美丽的女士，对于蔚蓝的天空，对于生命的圣餐来说，是一种感恩。请不要毁灭地球，卡梅伦先生，”他哭泣起来，

“哦，拜托了，拜托不要毁灭地球吧。”

卡梅伦有礼貌地忽略了这种感情的爆发。听证会继续下去。

“卡梅伦博士，你相信氢战争是不可避免的，是这样吗？”

“是的。”

“你能给我们一个估算的幸存者数目吗？”

“对不起，我不能。这将是最粗糙的估算了。我认为将会有相当多的一部分人活下来。”

“一旦情况发生逆转，卡梅伦博士，你会赞成毁灭这个星球吗？”

“赞成，”他说，“是的，我将赞成。如果我们不能存活下去，我们就应该毁灭这个星球。”

“由谁决定我们已经到了生存最后的紧要时刻了呢？”

“我不知道。”

那老人擦干了眼泪又站了起来。“卡梅伦博士，卡梅伦博士，”他问道，“你是否相信地球上人们之间温情的纽带被低估了呢？”

“什么纽带？”卡梅伦并不是不礼貌，但他显得干巴巴的。

“人情的温暖纽带。”老人说。

“男人和女人，”博士说，“是化学物质构成的机体，是非常容易测算的，通过人工增加或者消除染色体结构，也是非常容易被改变的，比植物更加容易预测，更加容易塑造，在很多情况下，也更加没有趣味。”

“卡梅伦博士，”老人继续说道，“你阅读的范围只局限于西方爱情故事，这是真的吗？”

“我想，我跟我同时代大部分男人阅读一样的东西，”博士回答道，“我有时候会去看电影。我看电视。”

“但是，卡梅伦博士，”老人问道，“你没有受过人文方面的教育，这是真的吗？”

“你在和一位音乐家谈话。”博士说。

“我能这么理解吗，你是说你是一位音乐家？”

“是的，参议员。我是一个小提琴演奏家。你是否想说因为我对人文学科的了解非常匮乏，所以我在地球毁灭的问题上异常沉静。实际情况并不是这样。我热爱音乐，音乐绝对是所有艺术中最让人精神振奋的艺术。”

“我是否可以这样理解，你演奏小提琴？”

“是的，参议员，我演奏小提琴。”

他打开小提琴盒子，拿出那把琴，用松香擦拭琴弦，调试了一下音，拉了一首巴赫的曲子。那是初学者的练习曲，他演奏得并不比任何孩子好多少。但是，当他演奏完了，响起了一阵掌声。他将小提琴放在一边。

“谢谢你，卡梅伦博士，谢谢你，”是老人的声音，他现在又一次站起来了，“你的音乐非常美妙，让我想起我常常享受的幻梦。在这幻梦中，有个曾经看见过我们地球的来自其他星球的男人对他的朋友们说：‘来啊，来啊，让我们赶快奔向地球。那地球形状如一个鸡蛋，由富饶的海洋和大陆覆盖，由太阳温暖和照亮。它拥有无与伦比的美丽教堂，教堂与谁也没有见过的上帝相连，城市里遥远的屋顶和烟囱会让你怦然心动，人们在礼堂里聆听最严肃的音乐，成千的博物馆，在博物馆里人类的生命力被记录和保存下来。啊，让我们赶快去见识那个世界吧！他们发明了乐器以刺激出最美妙的灵感。他们发明了游戏以吸引年轻人的心。他们发明了礼仪以崇扬男女的爱情。啊，让我们赶快去见识那个世界吧！’”他坐下去了。

“卡梅伦博士，”这是刚刚走进来的参议员的声音，“你有一个儿子？”

“我曾经有过一个儿子。”博士说。他的嗓音中有一种强烈的不安感。

“你是说你的儿子死了？”

“我的儿子在医院里。他患有不治之症。”

“他生的是什么病？”

“他得的是多腺体缺陷综合征。”

“他住的医院叫什么？”

“我不记得了。”

“是宾夕法尼亚州疯人院吗？”

博士脸红了，他似乎受到了震动。有一会儿，他处于防御的地位。很快他反击了。

“我不记得了。”

“在讨论你儿子的病情时，你们是否谈到了你是怎么对待他的这样一个话题？”

“不幸的是，所有关于我儿子病情的讨论内容，”博士有力地回答道，“都保留在精神病学家手里。我并不赞同这些讨论，因为精神病学并不是一门科学。我儿子生的病是多腺体缺陷综合征，庸人自扰地去调查他过去的生活并不能改变这一事实。”

“你能回忆当你的儿子四岁的时候，你用一根棍子揍他这样一件事吗？”

“我不记得我曾经做过的具体的事。很可能我惩罚过这孩子。”

“你承认你惩罚过这孩子？”

“当然。我的生活是高度受纪律约束的。我不能容忍在我的组织、下属和我自己身上有任何拂逆或者不可靠的行为。我的人生，我的工作牵涉星球的安全。如果我在这一点上松懈，那简直是不可想象的。”

“你如此残酷地用一根棍子揍他，他不得不被送到医院，在医院待了两个星期。这是真的吗？”

“正如我刚才说的，我的生活是高度受纪律约束的。如果我松弛我的纪律，那我该得到惩罚。我以同样的态度对待我周围的人。”

他颇有尊严地回答了这个问题，但同时给人抓到了把柄。

“卡梅伦博士。”参议员问道。

“是的，先生。”

“你还记得你雇佣过一个名叫米尔德丽德·海宁的管家吗？”

“这是一个很难回答的问题，”他将一只手放在眼睛上，“我很可能雇佣过这个女人。”

“海宁夫人，请进来。”

一个年老的、一头白发的女人穿着悼念的衣服，从门口走了进来。当惯常的确定身份环节走完后，她被要求作证。她的嗓音沙哑而孱弱。“我在加利福尼亚为他工作了六年，”她说，“到最后，我所做的事就是竭力保护菲利普那孩子。他总是揍他。有时候，他看上去就像想要杀死他。”

“海宁夫人，请叙述一下你早先跟我们讲的那件事吧。”

“是的。在这里，我记着日子。我总得给县卫生官员打电话，所以，所有的日子我都有。那是五月十九日。他，这位博士，留下了一些零钱，一些银币，放在五斗橱上。这孩子拿了一枚两角五分的银币。你不能怪他。他从来没有一分零花钱。那天晚上，当博士回家来，他清数了钱。他是非常有条不紊的。当他发现钱短缺了，他就去问孩子是否拿了钱。唉，他是一个老老实实的好孩子，他马上就承认了。于是，博士一把揪住他，拎着他到他的房间——孩子在屋后有一间房间，那房间有一个衣柜——他叫孩子走进衣柜里去。他到浴室去，倒了一杯水，他将水给孩子，便将衣柜的门锁上了。那时大约六点三刻。我没有说什么，因为我想帮助这孩子。我知道如果我多嘴，对于孩子来说，只会更糟糕。我不动声色地伺候博士吃晚饭。我静静地听着，等待着，不走近可怜的孩子在黑暗中被关着的衣柜。我后来光着脚，细声地对孩子说话，但他只是哭泣。他是这么凄惨，除了哭泣什么也做不了。我告诉他别发愁，我将一晚上躺在衣柜外面的地板上，我真的那么做了。我在那儿一直睡到天亮，我轻声跟孩子道别，去做早饭了。好了，博士八点去基地，我设法将锁打开。那锁真结实，屋子里的所有钥匙都无法打开它。那孩子还在哭泣，说不了什么话。他把水喝光了，没有任何吃的东西，但我也没有任何办法可以给他送水和食物。当我做完家务，我便拿了一把椅子，坐在门边，跟他聊天，一直到六点半博士回家。我想他或许会让孩子出来，但是他没去屋后，像没发生任何事似的吃他的晚餐。唉，我只能等待，等呀等，直到他准备上床睡觉。我于是打电话给警察局。他叫我滚出屋子去，说把我辞退了。当警察来时，他竭力想怂恿警察把我赶出去，我让警察把衣柜门打开，那可怜的小家伙——唉，他病得不轻——走了出来，我必须得离开了，虽然把他一个人留下让我心疼。自那以后，在今天之前我一直没有见到过博士。”

“你记得这件事吗，卡梅伦博士？”

“难道你认为，像我这样负有重大责任的人，能有时间和精力记得这类事吗？”

“你不记得惩罚孩子了？”

“如果我惩罚了他的话，我的原意就是教育他分清是非。”他的嗓音仍然是尖厉的，调门很高，但他没有说服任何人。

“你不记得你将你的儿子锁在衣柜里，关了两天，不给他吃喝？”

“我给他水了。”

“那么你记得这件事了？”

“我只是想教育他分清是非。”

“你去探望过你的儿子吗？”

“时不时地。”有什么力量仍然在支撑着他。他微笑了。

“你还记得你最后一次探望他吗？”

“我记不得了。”

“那是不是十年以前？”

“我记不得了。”

“你还认识你的儿子吗？”

“当然。”

“爸爸。爸爸。”

在开着的门前说话的那男子看上去似乎比他的父亲还要老。他的头发一片雪白，脸庞发肿。他在哭泣，穿过整个听证会房间，跪在他父亲坐着的地方。他将脑袋枕在他父亲的膝盖上，有点儿尴尬，因为他已经不是小孩儿了。“爸爸，”他哭喊道，“哦，爸爸。外面在下雨。”

“是的，亲爱的。”这是他说过的最雄辩的话。他不再瞧这听证会房间或者那些起诉他的人。他似乎沉浸在爱与疑虑平衡的一种人性的、非常人性的感情之中，仿佛这感情是一场带有旋风中心的风暴，而他就处于这静止的旋风中心。“外面在下雨，爸爸，”这男子说，“跟我待在一起吧。别走到外面雨中去。只要一次，跟我待在一起。人们告诉我你曾经揍过我，但我并不相信他们。我爱你，爸爸，但是你从来不回我的信。你为什么不回我的信，爸爸？你为什么从来就不回我的信？”

“我不回你的信是因为我为那些信感到羞耻。”博士沙哑地说，但是他的口气并不是在和一个孩子气的或者疯癫的人说话，而是在跟一个和他平起平坐的人，他的儿子说话。“我给你寄了你需要的一切。我给你寄了一些非常精致的文具，但你给我写信却写在包装纸上，写在洗衣店清单上，甚至写在手纸上。”他的嗓音在愤懑中升高，声音在大理石墙间回响。“你用该死的手纸写信，你还指望我回复？收到这些信我都感到羞耻，看见它们，我都感到羞耻。它们勾起我对于生活中一切我讨厌的东西的记忆。”

“爸爸，爸爸。”这男子哭泣起来。

“我们要走了，菲利普。我们必须走了。”有一个护工跟他待在一起，护工挽起他病人的胳膊。

“不，我想跟爸爸待在一起。外面在下雨，我想跟爸爸待在一起。”

“走吧，菲利普。”

“爸爸，爸爸。”他一路走到门边哭喊道。当门关上了，人们仍然可以听见他的哭声，就像多年前海宁夫人听见他在衣柜里的哭声一样。

“我提议，”老人说，“如果那是在我们的权力范围之中的话，我提议中止对卡梅伦博士的安全认可。”他们似乎有权提出这样的提议。动议得到通过，听证会便休会了。卡梅伦继续坐在证人席上，科弗利随大伙儿走了出去。

[23]

埃米尔和梅利莎计划在波士顿见面。梅利莎告诉摩西，她必须到北方探望她的姑妈。她的姑妈在佛罗里达，摩西并没有对她的解释提出异议。

她和埃米尔搭乘不同的飞机。他比她晚一小时抵达，径直到了她的房间。在那儿，他们共度了一个下午的美好时光。然后，他们外出散步。外面寒气逼人，望着考帕利广场大楼的楼面和教堂钟楼，她心中一阵激动，想到波士顿曾经自认为是佛罗伦萨——花之谷——的姐妹城，她心中不禁一阵激动。寒风像针一样刺着她的脸庞。他停下来看一家首饰店橱窗里陈列的一只戒指。那是一只男士戒指，金戒指里镶嵌着一颗蓝宝石。她对金戒指并不感兴趣，但是，那戒指却似乎吸引住了他。她因严寒而发颤，而他却在忘情欣赏那蓝宝石。“我不禁纳闷，这戒指到底要多少钱。让我走进去问问。”

“别，埃米尔，”她说，“我冻得瑟瑟发抖。不管怎么说，这种东西总是贵极了。”

“我只是去问问。用不了一分钟。”

她在门廊里等着他。“八百美元！”他走出来惊呼道，“请想一想，八百美元！”

“我告诉过你这种东西贵极了。”

“八百美元。但它确实漂亮，是不是？而且，我想，当你需要钱的时候，你总是可以将它卖掉的。我的意思是，像那样的东西总有一个固定的价格的，难道你不这样认为吗？那很像是一种投资。你知道，如果我有八百美元的话，我会买下那样的戒指的。我很可能会的。人们看见你戴那样的金戒指，他们就知道你值八百美元。比方说像侍者那样的家伙。我是说，如果你戴那样的金戒指，他们就会对你卑躬屈膝，尊敬有加。”

她感觉，他故意在将他们的关系变得世故而庸俗，迫使她堕落到给他购买金戒指的令人羞耻的境地。但她错了，他从来就没有这样的想法。

“你希望我给你买那个戒指吗，埃米尔？”

“哦，不，我没那样想。它只是引起了我的注意罢了。你知道有时候有些东西就是这么引起人们注意的。”

“我去给你买来。”

“不，不，忘了它吧。”

他们在一家餐馆吃了晚饭，还去看了一场电影。在回旅馆的路上，他买了一份报纸。他在她的房间坐着读报纸，而她则忙着脱衣服、梳头。“我饿了，”他突然说，口气有点儿急躁，“在家时，我一般在上床之前要吃一碗玉米片或者一片三明治。”他站起来，将手放在肚子上，大声说道：“我饿了。在这些餐馆里我吃不饱。我正在长个子，我一天必须吃三顿正餐，在正餐之间有时候还得吃一些点心。”

“哦，那么你为什么不下楼去吃点儿什么呢？”

“好吧。”

“你需要钱吗？”

“要一点儿。”

“拿去吧，”她说，“钱在这儿，拿去吧。下楼去吃晚餐吧。”他走了，没有回来。在半夜，她锁上门，上床睡觉了。上午，她穿上衣服，去首饰店，将那金戒指买下了。“哦，我记得你，”店伙计说，“我昨天晚上看见过你。我看见你站在门外，你儿子进门来问价格。”这真是当头一棒，她想她畏畏缩缩的样子被人看到也没关系的。她想，也许是因为冬日的晦暗和街灯的暗淡让她看上去显老了。“你是一位慷慨的母亲。”店伙计说，接过支票，将首饰盒给了她。她给埃米尔的房间打电话，他来了，她把金戒指给了他。她觉得，他得到戒指表现出来的愉悦和感激的样子表明他并不是那种贪图金钱的愚蠢之徒，他对那古老爱情的象征，那宝石和黄金自古以来就具有的威力的回应极其自然得体。那是一个雾霭弥漫的下午，所有的飞机都不能起飞。他们去搭乘火车，坐在不同的车厢里。

他坐在窗边，欣赏着田野的风光。火车在波士顿南部飞驶过一排郊区的房屋。这些都是新房，虽然建筑师和园丁做了一些改造，但房屋给人的印象还是单调乏味。使他感兴趣的是开发房屋中央隆起的偌大而丑陋、像面包片一样的花岗岩悬崖。道路不得不花大价钱绕着它走。悬崖的边坡太陡直了，人们不可能在那儿建房子。它全然是无用的，却傲然挺立在那儿，看上去既顽固又乖张。这是这原野中唯一没有屈从于变化的景色。你没法用炸药将它爆破。你也没法在它那儿采石，将它零零碎碎地搬走。它没有任何用处，但它是不可战胜的。有几个他年纪的男孩在悬崖陡直的表面攀缘，他想这也许是他们最后的乐园了。

天晚了，越来越冷，他仍然能够记得那寒冬薄暮时分该是结束玩耍、回家做作业的时候了。在他居住的地方附近，也有同样的一座石头山岗，在冬日的下午他也攀缘这石头山，在那儿抽烟，和朋友们谈论未来。他仍然记得在陡峭的悬崖面壁上他怎样死命抓住突出的岩体，那粗糙的石头怎样撕破他在学校穿的最好的衣服，但他记得最清晰的是他的双脚踩到大地的那一刻，他有一种醒悟到全新生活的感觉，一种新的意识状态，这如此清晰地不同于他的过去，就像睡眠不同于醒着一样。在那样的季节，在那样的时刻，站在悬崖脚下——想回家去学习，但还没有走上回家的路——他会以一种发现世界的充满活力的目光瞧一眼那院子、那树和那亮着灯的房子。在初冬的暮霭中，这世界看上去是何等的充满力量和有趣！一切显得是何等的新鲜！他一定对于每一扇窗户，每一个屋顶，每一棵树，每一处地标都十分地熟悉，但是他仍然感觉他仿佛是初次见到它们似的。

自那以后，他已经长大很多了。

十天或者两个星期之后，他们在纽约一家旅馆见面。她先到那儿，要了威士忌和烤牛肉三明治。当他来了，她给自己倒了一杯威士忌，也给他倒了一杯，他把她要的两份三明治都吃了。她戴着一只银铃手镯，很久以前在卡萨布兰卡买的。那次地中海乘游轮旅行是一位年长的有钱姑妈送给她的圣诞节礼物。整个旅程中，她都无法摆脱对那位年迈夫人由衷的、令人压抑的感激之情。当她看见里斯本，她想道，啊，马萨姑妈，我真希望你能看一眼里斯本！当她看见罗得岛，她想道，啊，马萨姑妈，我真希望你能看一眼罗得岛！当她在薄暮中的卡斯巴[1]，她想道，啊，马萨姑妈，我真希望你能看一眼非洲上空天空是多么紫！一想起这些，她便摇一下银铃。

“你必须要戴着那手镯吗？”他问道。

“当然不是。”她说。

“我讨厌那些垃圾货，”他说，“你有一些非常美的首饰，比方说那些蓝宝石。我不明白你为什么喜欢戴那些垃圾货。这

1 卡斯巴：阿尔及利亚的首都阿尔及尔的旧城区。

些银铃让我发疯。你只要一动，它们就会响起来。它们太刺激我的神经了。”

“太抱歉了，亲爱的。”她说，摘下了手镯。他看上去似乎为他的粗鲁而感到羞耻，或者困惑。他以前从来没有对她这样鲁莽，或者这样粗暴过。

“有时候，我独自纳闷我为什么会这样，”他说，“我是说，我不可能得到更好的了，我知道的。你漂亮，你让人着迷——你是我见过的最迷人的女人了——但有时候，我纳闷，我琢磨，我为什么会这样。我是说，有些人很快就能找到一个漂亮姑娘，姑娘就住在隔壁，她的家人非常友好，他们上同一所学校，参加同样的舞会，他们一起跳舞，互相产生了爱情，结婚。但我想，穷人家的孩子可不能这样。我家隔壁没有漂亮姑娘住着。在我们的街上压根就没有美丽的姑娘。啊，我很高兴我拥有这样的际遇，但我还是不断纳闷，如果我没得到这样的机遇的话，我将会是什么样子呢？我是说，像在楠塔基特那个周末那样。那是一个热闹的足球赛周末，我一个劲地在想，我们在那儿，在那阴森森的老房子里，就我们俩待在那儿——那是一个真正阴森森的地方，下着雨——而有些家伙却驾驶着折篷汽车去看足球赛。”

“我一定看上去老极了。”

“啊，不，不，你不显老。不是那么回事……只有一次。

那也是在楠塔基特。晚上下起了雨。开始下雨了，你爬起来去关窗户。”

“我显得老极了？”

“只有那么一会儿……也并不全然是那样。但是，你瞧，你习惯于舒适，你是与众不同的。有两辆车，许多衣服。我只是一个穷孩子。”

“这有关系吗？”

“啊，我知道你并不认为这有什么关系，但是，这确实有关系。当你走进一家餐馆，你从来不关注价格。你的丈夫有能力给你买所有东西。他会给你买你需要的所有东西，他兜里装满了钱，但我是一个穷孩子。我想我是一匹孤独的狼。我想大部分穷人都是孤独的狼。我从来没有住在你住的那种房子里过。我从来就不能参加一个乡村俱乐部。我永远不可能在海边拥有自己的别墅。我现在仍然感觉饥饿，”他说，望着那空空如也的三明治盘子，“我正在长身体，你知道。我必须吃午餐。我并不想显得非常忘恩负义，但是我饿。”

“那你去餐厅吧，亲爱的，”她说，“去吃午餐。这儿是五美元。”她亲吻了他。他一走，她便独自离开了旅馆。

[24]

她在大街上闲逛——她没有一个特定的地方去——心中一个劲寻思，在一连串的事件中最初是什么让她到了她现在所在的地方。是狗的吠叫，梦见一座城堡，抑或是在韦兴夫人家的舞会上感到的厌腻。她回家去。请瞧瞧这可爱的夫人在普罗克西米尔庄园车站走下火车。瞧瞧她干什么。瞧瞧她遇到了什么事。

她穿着一件貂皮大衣，没有戴帽子。她开的轿车是一辆折篷车。她驾车爬上山坡径直来到她家的房前，洁白色的房屋仿佛证实了她的纯洁。任何住在这样一个端庄环境中的人怎么可能会有罪呢？任何一个拥有如许多赫波怀特式轻巧、雅致的家具——而且这些家具仍然完好无损——的人怎么可能会被放荡的淫欲所动摇呢？她含着眼泪拥抱她的独生子。对于孩子的爱似乎是另一件涌进她灵魂的事。单独一个人睡在卧室的床上，她因欲望而弓起身子，就像一条发情的母狗一样。他——他的幻影——似乎穿越过房间，虽然她知道他的心灵率直，但他的皮肤似乎在烁烁发光，他似乎是一个金的亚当。她想把他忘怀。她希望得到宽恕。她有了一个情人了，但这难道就那么具有革命性的意义吗？她也许选择错了，但是，在历史上，难道这种错误的选择不是像下雨一样普通吗？她曾经在一刹那间有过向摩西坦白的念头，但是，她对他的自尊心太了解了，她知道那样的话，他会把她赶出家门的。她感觉她被伤害了。她曾经希望做一个顺其自然的女人，性感，但不放浪形骸，能够拥有一个招之即来、挥之即去的情人。然而，展露在她面前的却是她自己性情中那负疚和欲念的力量。她已经跨过端庄正派的社会的基本价值观念，似乎被她所鄙视的礼仪钉上耻辱柱了。那痛苦是无法容忍的。她下楼去给自己倒了一杯酒。在一天这么早的时候，她去问厨娘要冰块会感到羞耻。她在浴室用自来水兑威士忌喝。

喝了酒让她觉得好受多了。她很快又喝了一杯。她无法驱逐埃米尔的影子，但她能够慢慢地借助威士忌的力道从另一个角度来看这影子。他每每伸开双臂来到她身边，而现在他似乎是邪恶的了，他似乎要来贬低她，毁灭她。她是无辜的，她被错待了！就是这么回事。将他界定为邪恶所带来的慰藉是巨大的。他强奸了她的无辜！而现在，当她对自己在楠塔基特从他那儿获得的最回肠荡气、最温柔的淫乱还记忆犹新的时候，她还能说她是无辜的，她被错待了么？对自己责任的赦免所带来的安慰消失了，她又喝了些威士忌。当摩西回家的时候，她已经喝得醉醺醺的了。

摩西什么也没有说。他思忖，她大概得到了什么坏消息。她似乎有点儿睡眼蒙眬，将一根点燃的烟卷掉在了地毯上。走进餐厅吃晚饭时，她摇摇晃晃打了个趔趄，差点儿绊倒了。当摩西到外面去将汽车倒进车库去时，她冲到吧台那儿，从一只瓶子里又喝了些威士忌。她烂醉成这样，无法入睡。摩西没有碰她。摩西睡在她身边，她却想道，埃米尔腹股沟阴毛那儿的一个小疮疤，对于她来说，比摩西所有的爱还要宝贵得多。当摩西睡熟了，她下楼去又给自己斟了些威士忌。她一直喝到三点钟。当她上床睡觉，埃米尔的形象，她的金的亚当，仍然跃然于眼前。为了分散注意力，她开始设计改造她的厨房。她要拆除那旧的煤气灶，换掉冰箱、洗碗机和下水道，采用一种新的漆布，新的垃圾处理系统，新的色彩装饰，新的照明系统。当她被卷进一场无望爱情的痛苦之中时，她可以找到的唯一的慰藉是想象新的灶台和漆布，难道这不愚蠢、不无聊吗？

第二天下午，她去看医生，做个检查。她伸开手脚躺在检查台上，身上只盖着一条布条。房间里很热，令人感觉不太舒服。医生来触摸她，她心想，医生触摸时所带有的那种温柔情意并不是临床所必需的，她也知道，她这样想也许是由于她的胡思乱想所致，淫乱的梦幻、酒醉和一整个无眠的夜晚有可能使她的想法扭曲了。当他在抚弄她的乳房时，她想她亲眼看见了他脸庞流露出来的由毫不掩饰的欲念造成的痛苦表情。她转过头去，然而，她的呼吸开始急促、喘不过气来，这非常折磨人，她的积聚起来的绝望、她为摩西所感到的痛苦和她对埃米尔淫荡的思念似乎要将她压垮了。她能做什么呢？讨论天气？批评一番城市规划分区委员会？列举一系列她认为使他们不至于垮台的那些经不起推敲的骗人细节？他似乎一直在检查台上淫荡地忙活着，她感觉她世俗情理的纽带被一根一根地解开，到最后，她的欲念徒然爆发而不可遏制。她爬了起来，用手抚摸他的脖子后面，他也没有阻止她。当她听见他在脱衣服的窸窣声时，她闭上了眼睛。那一刻是爆炸性的，瞬息即逝的。她几乎缓不过气来。当他在穿衣服时，电话铃响了起来。“是的，是的，”他说，“但是，你知道，埃塞尔，她活不过今天了。”梅利莎穿上衣服，在外面套上了毛皮大衣。“我什么时候还能再见你？”医生问道。她没有回答。六七个病人正在接待室里等着。其中有一个老人因病痛而呻吟着。她想，她也处在痛苦之中，但她的痛苦是一种更为尖锐的痛苦，因为老人的痛苦毕竟不是因为内心的负疚而产生的。她跨步走了出去，来到午后的大街上。停车计时表在嘀嗒嘀嗒响着。剁碎的猪肉和火腿正在削价销售。公园里的喷泉在喷涌着泉水。她微笑着，和一位驱车经过的朋友挥手打招呼。她竭力显得令人敬重的完美技巧把她压得喘不过气来，她是最痛恨骗子的。薄暮的灯光亮着，商店的店面仿佛着了火一般地辉煌。然而，她似乎由于痛苦而和这一切明亮的世界隔绝开了。

她病了吗？她知道，大街和大街上的人们会这样善意地给她定性，然而，她断然拒绝这样的定性。如果说她病了，那么，摩西也病了，埃米尔也病了，医生也病了，整个人类都病了。如果她用一两年每星期去找赫佐格医生三次，让她摆脱她的记忆和困惑，这世界，这村子就会宽宥她的罪行。她最后见到赫佐格医生是他正在和一位穿着鲜红衬衫的肥胖女人跳舞。难道不正是她对盲从和麻木的深恶痛绝，对心理的、性的和精神的健康的厌烦给她带来麻烦的吗？她无法相信，她的痛苦可以用疯癫来掩饰。这是她的肉身，这是她的灵魂，这些是她的需求。

当她走进屋子时，她的小儿子前来迎接她，她将他充满爱意地抱在怀里。当他回到厨房去，她便在浴室里给自己倒了一杯酒，想麻醉一下她的痛苦。她给她的牧师打电话，问他她能否马上见到他。他的妻子巴斯康姆夫人接的电话，她友爱地邀请她来。巴斯康姆夫人身上散发出一阵阵好闻的香水和雪利酒味，把她让进了教区长住所。她本来要一下午打桥牌的。梅利莎知道，如果她期望过一种以打桥牌为中心的生活的话，那就是多愁善感在作祟。然而，这女人朴实和欢快的性格在梅利莎的内心激起了一阵可怕的渴望。巴斯康姆夫人的自我控制力就像一栋坚固的房子一样坚实，窗户闪耀着光亮，而梅利莎感觉自己却总是轻易地陷进各种各样残酷的险恶境地。巴斯康姆夫人引导她走进客厅，教区长正跪在一座壁炉前，在用火柴点燃纸引火。“下午好，”他说，“下午好，沃普萧夫人。”为了某种理由，他说了她的姓“沃普萧”。他是一个肥胖的男子，头发里夹杂着令人不快的白发，就像冬日最后的残雪，拥有一张强壮的、平淡的脸。“我想我们还是有点儿火好，”他说，“还有什么比火更能刺激谈兴的呢？请坐，请坐。我还要做一个忏悔。”她听到这个词感觉一惊。“巴斯康姆夫人的桥牌俱乐部，她的三个俱乐部之一，今天下午聚会，我决定给自己一个假期，整个下午都用来看电视。我知道许多人不赞成看电视，然而，在今天下午，我的——我能这么说吗——胡闹的时间里，我看了非常有趣的短剧，棒极了的演技，棒极了的表演。我发现在现今的电视上，人们的演技要比我们在剧场看到的演技高超多了，对这个发现我一点儿也不惊奇。我看了一出非常有趣的短剧，讲一个女人憎恶中产阶级单调的家庭生活，受到诱惑——我说诱惑，压根没有什么要不得的东西——放弃了她的家庭，从事商业企业经营。她有一个非常令人讨嫌的婆婆。那婆婆倒不是真的令人讨厌，我想，你也许可以说，那是一个因为一系列不幸的遭遇而形成了怪异性格的女人。她是一个占有欲特别强的女人。她感觉女主人公忽略了自己的丈夫。啊，这婆婆非常有钱，她死后，他们绝对可以指望获得一笔相当可观的遗产。他们去湖边野餐——啊，拍得很好——在一场暴风雨中，婆婆淹死了。下一场戏就在律师的办公室里，宣读遗嘱，他们惊讶地发现他们一个子儿也得不到。啊，这妻子并不失望，在这次事变中，她在她自己身上发现了新的力量源泉，将自己的一切重新奉献——就是所谓的无私奉献——给家庭。这太有深意了，我觉得，如果我们更经常地看电视，看到别人的痛苦和问题，我们的自私也许会更少一些，也许会较少地以自我为中心，较少地被我们自己的小问题所压倒。”

梅利莎来找他是为了获得同情，但她觉得与其找他还不如去找一扇谷仓的门或者一块石头。有那么一会儿，他的愚蠢，他的俗气，似乎看上去是不可侵犯的。如果他对她没有同情心的话，那么，她是不是有责任对他施以同情，竭力去理解他，至少去容忍一个壮实且朴实的男子没完没了地赞扬电视上的蠢行呢？使她感动的是，当他倾身对着壁炉的火时，他表现出来一种古老的献身精神。到他家的人没有谁会是为了来告诉他教区委员会的头儿被当地警察当作殉道者杀掉了。如果她在礼拜仪式外用基督耶稣的名义说话，她感觉他会非常尴尬的。他并没有过错，他并没有选择历史的这一刻，并不是只有他一个人醉心于赋予对我们的主的激情以热情和现实感。他失败了，坐在壁炉火旁的他和她一样是一个失败的人，就像所有其他失败的人一样，他值得人们的同情。她感觉到他多么急切地想避开她的麻烦。谈论诸如教堂事务，棒球世界赛，有盖菜肴的晚餐，彩色玻璃的高价，电热毯的舒适，什么事都可以谈，就是不谈她的麻烦事。

“我犯罪了，”梅利莎说，“我犯罪了，对于犯罪的记忆太痛苦了，压力几乎无法忍受。”

“你怎么犯罪了？”

“我和一个男孩私通了。他还不到二十一岁。”

“经常发生吗？”

“许多次了。”

“还和别人私通吗？”

“还有一个人，但我感觉我无法相信自己。”

他用手蒙住自己的眼睛，她看得出来，他感觉震惊且厌恶。“关于这类事，”他说，仍然蒙着他的眼睛，“我和赫佐格医生合作。我可以给你他的电话，或者我也很高兴给他打电话，跟他定下一个门诊的时间。”

“我不想去找赫佐格医生，”梅利莎哭泣着说，“我不能。”

她离开了教区长的家，回到家给内罗毕杂货店打电话。厨娘已经要了杂货了，她则订购了一箱奎宁，一捆水田芥，一箱胡椒粒。“你家厨娘订购了一箱奎宁，今天上午已经送去了。”内罗毕先生说。他很不愉快。“是的，我知道，”梅利莎说，“我们有客人。”过了一会儿，埃米尔来了。

“我很抱歉把你落在纽约了。”梅利莎说。

“没事儿，”他大笑起来，“我只是饿了。”

“我想见你。”

“当然啦，”他说，“去哪儿？”

“我不知道。”

“啊，有一座木棚屋，”他说，“几个哥儿们和我在小海湾那儿有一座木棚屋。我回杂货店去露一下脸，半小时之后我就到那儿。”

“好吧。”

“你走铁路桥，”他说，“到小海湾去。在垃圾堆旁边有一条土路。我先到那儿去，看看周围有没有人。”

她除了看见她躺着的地方的墙，墙以外她压根什么也没有看见。“你知道，”他说，“那顿午餐，我吃了一份曼哈顿蛤蜊杂烩浓汤，一块热的烤牛肉三明治，两份蔬菜和馅饼，还有冰淇淋，但我还是饿。”

[25]

埃米尔和克兰莫夫人住在一栋两家合住的木造房子的二楼。房子髹漆成深绿色，镶着白色的边，绿色由于雨水而变成黑色。这类房子已成为一种类型，你很少会看到它们是单个存在的。这类房子出现在蒙特利尔的郊区，在北部伐木和锯木厂小镇，它们重又显现，在波士顿、巴的摩尔、克利夫兰和芝加哥形成一大片房子的样式，在小麦州一段短暂的地区转入地下，然后在苏城、威奇托和堪萨斯城萧条破败的社区又重新冒了出来，在整个大陆组成了一个不规则却强大的准游牧式居住群。

克兰莫夫人晚上从巴纳姆花店出来，漫步过克兰莫先生活着的时候还是她家的房子。那是一栋偌大的砖砌拉毛粉饰的房子。有十二间房间呢！房子的宽大和方便仿佛符咒一般又回到了她的心里。这房子由银行卖给了一家叫托马西的意大利家庭。虽然她在学校时学过关于平等的学说，并竭力想接受这一理论，但她还是有点儿愤愤不平：从另一个国家来的人，还没有学会英语和美国习俗的人，竟然能够占有一个像她那样的土生土长的人的房子。经济的法则是无法躲避的，她知道这一点，但这也不能减少她的愤懑。这房子似乎仍然是她的，似乎仍然在她的庇护之下，似乎仍然让她回忆起和克兰莫先生在一起时那富有殷实的生活。托马西家的人似乎把大部分时间都花在厨房里，临街的窗户总是黑着的，而今晚在一扇窗户中有一盏小灯亮着。透过小灯的灯光，她可以看见墙上挂着一张放大的照片，照片上都是外国人，男人们蓄着胡须，穿着高领礼服，而女人们则都穿黑色衣服。她望着曾经生活过的房子亮着灯的窗户，一股强大的异样感觉向她袭来。她穿着她那连环漫画里才有的鞋子继续在大街上走下去。

晚报已经放在信箱里了。她一般在厨房里看晚报。最轰动的新闻是关于埃米尔那样年龄的男子身上发生的隐蔽的道德革命。他们抢劫，掠夺，酗酒，强奸妇女。当他们被关进监狱，他们便捣毁抽水马桶。她觉得，他们的父母应该受到谴责，她向上天发出一份完全真诚的感恩祷告，感谢上苍让埃米尔成为这么一个好孩子。在她年轻的时候，她见过一些撒野的事，然而世界似乎变得更加方便、更加宽容了。她从来不会判定到底是谁错了。她担心，对于她的智力和本能来说，世界是不是变化得太迅速了。她没有任何人帮助她鉴别是非。当她读完报纸，她一般会去卧室脱掉那些紧绑在身上的风流绑带，这些绑带显示她已经体验过一个健壮男人的爱。她从来都不会穿着随便，她从来都不会邋邋遢遢。她穿上干干净净的拖鞋，一件干干净净的棉布衬衫，像平常那样做晚餐。那天晚上，她径直走到卧房里，躺在床上，哭了。

从木棚屋驾车回来，埃米尔觉得他在自己身上发现了一种新的严肃情绪，一种新的成熟感。当他进屋时，厨房的灯亮着，但他的母亲没有在炉前忙活，他听见她在卧房里哭泣。他立即意识到她为什么在哭，完全措手不及。他的心呼唤他走进她的黑暗房间。她看上去比任何时候都更像孩子那么孤单，沉浸在痛苦之中，被弄得完全不知所措，被遗弃了。他感觉她的痛苦几乎要摧毁他。“我压根无法相信，”她哭泣着说，“压根无法相信。我想，你是这么好的一个孩子，我每晚都要为了你的品行感谢上帝，而你就在我的鼻子底下干那种事。内罗毕先生都告诉我了。他今天到杂货店来了。”

“那不是真的，妈妈。内罗毕先生说的都不是真的。”

她在濡湿的枕头上像个孩子一样地搓脸，他感觉她仿佛就是一个孩子，就是他的女儿，被陌生人残酷地对待了。

“那正是我希望你会说的话，那正是我希望你会说的话，但是，我什么也不能相信了。内罗毕先生把什么都告诉我了。如果那不是真的，他为什么要告诉我呢？他不可能捏造那一切。”

“那不是真的，妈妈。”

“那他为什么要告诉我这一切呢？他为什么要告诉我这一切的谎言呢？他告诉我有那么一个女人，你一直跟她鬼混。他告诉我，她并不需要什么时，还总是给杂货店打电话。从那儿，他便明白了一切。”

“那不是真的。”

“那他为什么要告诉我这一切呢？也许他妒忌了，”她以一种胡乱的探询口吻问道，“你知道，前年他要我嫁给他。当然啦，我永远不会再结婚了。当我这么告诉他之后，他似乎很不高兴。”她坐了起来，擦干了眼泪。

“也许是那样。”

“有一天晚上，当我单独一个人时，他来到我家。他给我带来一盒糖果，请求我嫁给他。当我说不，他生起气来。他说，我会后悔的。你认为那正是他想干的吗？让我感到遗憾？”

“是的，准是那样。”

“难道那不可笑吗？请想一想，会有人想对我使坏。难道那不可笑吗？难道那不是人们会做的最奇怪的事吗？”

她洗了脸，开始做晚餐，而埃米尔走到自己的卧室，心中在担心那藏在抽屉里的蓝宝石戒指。他将戒指放在口袋里会觉得安全些。他打开抽屉，正在将戒指从盒子里拿出来时，他转过身，只见她站在门道里。“将那个给我，”她说，“将那个给我，你这个小鬼。谁让你附了鬼魂？把那个戒指给我。这就是她付给你的代价吗，你这肮脏的要命的小鬼？别以为我是为你而哭泣。我在你父亲的坟上哭掉了我最后真诚的眼泪。我知道被一个好人所爱是什么滋味，没有人可以从我这儿取走。你待在你的房间里，等我叫你出来。”

第二天晚上克兰莫夫人来按门铃时，是摩西开的门。她戴着帽子、手套，他无法想象她到底想要什么。她没有车，准是从公共汽车站走过来的。他起先想她也许弄错了地址。她可能是一位找活儿的厨娘，或者女裁缝。她对他直言——这正是她所做的——似乎耗尽了她所有的勇气，所有的自尊。

“告诉你的妻子别再勾引我儿子了。”

“我不明白。”

“告诉你的妻子别再勾引我儿子了。我不知道她跟多少男人干了，但是，如果我抓住她再勾引我儿子，我会把她的眼珠子挖出来。”

“我不……”这时，她已经没有任何力气了。他关上了门，喊道：“梅利莎，梅利莎。”为什么她不应答呢？他听见她爬上楼梯，他跟在后面。房门开着，她坐在梳妆台前，双手掩面在哭泣。他感觉有一股谋杀的冲动在他的血液里奔腾。在往常处于欲望的高潮时，他有时候在手还没有抚摸她时便会感觉她的肉体已全然在他的手中融化了，而这时他似乎要去摸她的喉咙、喉管和肌肉，要一下子结束她的生命。他浑身发抖。他来到她的身后，将双手放在她的脖子上。当她一尖声大喊，他便竭力掐灭了那呐喊声。陡然间，一阵地狱般的恐惧向他袭来。他将她摔到地板上，走了出去。

[26]

以后发生了什么事呢？摩西·沃普萧遭遇了什么呢？在两兄弟中，他更为英俊，更为聪明，更加自然，而科弗利只是一个长着颀长脖子的人，有令人讨厌的捏指关节的习惯，何况还常常陷于忧郁和任性的发作之中。然而，刚过三十岁，摩西就显得老态了，仿佛具有朴实、鲁莽本性的他经历了比科弗利更为严峻的人生危机。

一个星期六的上午，摩西突然作为不速之客来到塔利弗基地。他发现他的弟弟在擦洗窗户。揭示兄弟深厚情谊的传说似乎就在该隐[1]和亚伯的厮杀中结束了，也许本来就应该是这样的。科弗利和摩西相互打招呼所表现出来的完全的快乐在不知不觉之间带有了蓄意的暴力。摩西藐视地瞧了一眼他弟弟洗窗户的抹布。科弗利则注意到摩西的脸涨得通红，而且有点儿肿。摩西拿着一根手杖，把柄是银质的。他一走进房子，便拧开手杖把柄，给自己倒了马提尼酒喝。“这能装一品脱的酒，”他平静地说，“难道爸爸不是喜欢这个吗？”在一天之中，他如此早地喝起他的松子酒，仿佛关于他父亲和许多其他坚定分子的记忆可以免除对他，一个沃普萧家的人，在节俭和自律方

1　该隐：亚当与夏娃的长子，杀其弟亚伯。

面的指责。“我在去旧金山的路上，”他解释道，“我想我应该顺道来拜访一下。飞机五点钟起飞。梅利莎和孩子都挺好的，好极了。”

他如此大声、如此有力地说这个，在像科弗利——像梅利莎——那样的人看来，他已经机敏地信仰起发生的事压根没有发生，正在发生的事压根没有在发生，可能发生的事压根不可能发生。他们首先关心的是神秘的霍诺拉。科弗利给圣博托尔夫斯打了电话，没有人接电话。他写给霍诺拉的信给退回来了。摩西感觉她在信中谈到冬青树也许在暗示她病了，然而，这怎么可能与她犯了法相协调呢？科弗利完全可以带他的哥哥去参观计算机中心，或者让他用望远镜看一看导弹发射塔架，但他开车带摩西去了那颓败的农场。他们在林中一起漫步。在那个地域，这是一个晴朗的冬日，而科弗利给这明丽的天空带来一层浓重的阴霾。果园仍然有一些没有摘撷的、业已变形了的果实，瀑布的轰鸣和芬芳对于他来说犹如大海一般，是遥远的古代世界的东西。天堂，他想，闻起来准像瀑布。几片落叶随风飘扬，使科弗利想起那造成四季的巨大力量。望着腐叶被风吹落，然后又一路飘零，他感觉自己在内心深处升腾起了一股期望和怨恨的情绪。摩西似乎主要关心自己的焦渴。当他们走了一阵之后，他提议他们去找一家卖酒的店铺。当他们走回汽车时，发射塔架那儿似乎发射失败了。从那方向传来一阵轰然巨响，空中响着警报声。在蔚蓝的天空中，他们看不见飞机，但飞机的轰隆声可以听到，那就像一个老人拿一只海螺放在一个孩子的耳边所听到的那种最为无辜的轰隆声。

他们走回车子，驱车到郊区一家卖酒的店铺去，但店铺打烊了。在玻璃橱窗里挂着这样一个牌子："本店停业，店员回家与家人团聚了"。现在，暴发性的、违背常理的恐慌有时候会横扫塔利弗基地。一小部分男人和女人会失望之极，躲进他们的掩蔽体祷告，喝得酩酊大醉，但这对科弗利而言，已经不比他孩提时的基督降临论者更加重要了。这些认为基督将再次降临人间的人时不时地披着被单，爬上帕森山，等待死者复活，等待世界的生命重新降临。彻底毁灭的灾难似乎是普世想象的一部分。他们又驱车前往购物中心，找到一家正在营业的酒铺。摩西说他需要现金，店主在科弗利背书的保证下给兑现了一张一百美元的支票。当他们回到家里，摩西给他的手杖灌满了酒，又开始一本正经地喝了起来。四点钟，科弗利开车送他的哥哥到商用机场，在大门口和他告别。告别对于他们两人来说似乎是一种爱与对立的激烈混合。

三天之后，酒铺打来电话，说摩西的支票是空头。科弗利顺道到酒铺，用自己的支票垫付了。星期四，机场附近的一家摩托旅社打来电话。"我是在电话本里找到你的名字的，"陌生人说，"这名字真怪，我想你也许和这人有关。在这儿，有一名男子叫摩西·沃普萧。他自从星期六就一直在这儿了，从喝干的酒瓶计算，他一天大约喝两夸脱[1]酒。他倒没有做任何讨人厌的事，除非他是将这些酒倒进了阴沟里，否则他准会遇到麻烦的。我想你也许是他的家人。”科弗利说他马上就到，便驱车前往摩托旅社，但是当他到达那儿时，摩西已经走了。

1 1夸脱约合0.95升。

[27]

埃米尔是否爱梅利莎，他是否除了他自己和他父亲的鬼魂之外对任何人怀有真正的爱的冲动还是一个问题。他时不时地想念梅利莎，总是得出这样一个结论：他没错。不管她遭了什么罪，那不是他的责任。被内罗毕杂货店辞退后，他在家中赋闲了一段时间，很快便在山上一家新开张的超市——那超市有一座尖塔——找到了活儿。名义上他是作为理货勤杂工被聘用的，但当超市老板弗理力先生决定录用他时，他便对他说他将干另一件活儿。这超市刚开张两个月，营业清淡。这村里的家庭主妇就像被惯坏了的孩子一样喜怒无常。在她们的生活中，她们无须期盼什么，她们远离贫困——这种有益于健康的生活方式——每每变得十分急躁易怒。在开张的那一天，弗理力先生看见她们蜂拥而至，领取免费发放给每一位顾客的装饰性的新鲜兰花。然而，当兰花发完，他看见她们回来时，一副对老朋友——大联盟及A与P公司——颇为忘恩负义的样子。她们一群群就像蝗虫一样将低价商品一抢而空，而在其他地方购买另外的杂货食品。他认为他的超市是一处辉煌夺目的市场。那宽阔的玻璃门在光的作用下便会自动打开。迎接顾客的是琳琅满目的货品——一条条杂品走廊、罐头食品走廊，成堆的冻禽。在活鱼部有一箱海水，龙虾正漫游期间，水箱上面屹立着一座小小的灯塔。空气中弥漫着音乐声和柔和的灯光。超市还设有给孩子们玩耍的娱乐设施，备有美食家们需要的点心小吃，但是没有人——几乎没有人——光顾超市。

这超市是一家连锁店，被宠惯了的家庭主妇的喜怒无常由总店的统计员作了一番统计。夫人们不能坚持她们的忠诚操守，只能被指望迟早会在哪一天闲逛时来到弗理力先生的超市。他需要做的就是耐心等待，把超市的货品备足。然而，夫人们迟迟未来，比统计员估计的时间长多了。弗理力先生只好想出推销的一系列招数。在复活节前夕，在村子的草地里会藏上一千只塑料鸡蛋。所有的塑料鸡蛋都附有证明，根据证明可以在超市换取一打刚从乡村运来的新鲜鸡蛋。其中二十只塑料鸡蛋附有可以在超市换取一瓶两盎司法国名贵香水的奖票。十只塑料鸡蛋附有可以换取一个尾挂发动机的奖票，五只塑料鸡蛋——头彩——将奖励一对夫妇前往马德里、巴黎、伦敦、威尼斯或者罗马免费旅游三星期。人们的反应热烈极了，超市里挤满了顾客。她们琢磨，总会有一个在超市干活的人去藏鸡蛋，她们设法了解到底是哪一个店员伙计去干这个活儿。“根据我们的经验，”弗理力先生在一篇解释性的文字中说道，“在任何社区的家庭主妇中，总会有一批人竭力想打听藏鸡蛋这件事的人，以及藏鸡蛋的具体位置。在有些情况下，这有可能引发令人惊讶的不道德事件。”弗理力先生指令去藏鸡蛋的人是埃米尔。如果他曾到内罗毕杂货店打听一下，他压根就不会叫埃米尔去了。他只是觉得这男孩一脸聪明相，甚至是非常老实的样子。他在办公室里把所有细节都告诉了埃米尔。他给了埃米尔一张放置塑料鸡蛋的具体位置的图。在复活节清晨两点到三点钟之间执行放置任务。为此，埃米尔可以得到工资以外的二十五美元的奖金。为了保证这件事的私密性，弗理力先生在复活节前夕之前将不再跟他谈论这件事。在这段时间里，埃米尔干往罐头上打印价格标签的活儿。

复活节前夕，超市在六点钟打烊。最后一盆百合花卖掉了，但仍然有一些家庭主妇滞留在货架走廊里，她们想从店员伙计那儿探听到藏鸡蛋的秘密。六点一刻，超市的门全关上了。在六点半钟，灯全灭了，弗理力先生一个人和他的鸡蛋待在办公室里。他从保险柜里拿出那张图，研究起来。几分钟之后，埃米尔从楼梯上走了过来。所有其他的伙计都回家了。弗理力先生给他看他的宝贝，并将图给了他。他计划将鸡蛋放在埃米尔的车的后备箱里。凌晨两点钟，他将等候在埃米尔家门口的人行道上，他们从那儿出发去藏鸡蛋。在他们将一箱箱鸡蛋从弗理力先生的办公室拿下楼之前，他们仔细地检查了超市后面的垃圾桶和空箱子，肯定没有任何家庭主妇躲在里面。鸡蛋塞满了埃米尔车的后座和后备箱。当他们开始干的时候已经是薄暮时分了。当他们干完，天已经黑了。他们两人在快乐的阴谋气氛中握手告别。埃米尔小心翼翼地开车回家，仿佛放在车后面的鸡蛋既易碎又宝贵。这些鸡蛋所包含的令人激动和快乐的力量似乎是显而易见的。在屋后有一间老车库。他将车停在了老车库里，把门锁上了。由于生怕出差错，他非常激动，也有点儿压抑。他知道超市至少有十个伙计在遴选的过程中被淘汰，他们会怀疑有可能是他被选中了去放置这些宝贝，他将不得不对付他们刨根问底的询问。

克兰莫夫人认准是梅利莎利用他儿子的无辜勾引了他之后，也就恢复了她与埃米尔相安无事的生活。尽管她年事已高，又经受了那么多的痛苦和忧伤，但克兰莫夫人仍然能够像一个学生妹一样充满激情地投入友情之中。她的情绪因邻居的重视和忽略忽高忽低。她最近在雷姆森派克——一个廉价开发区——交了一个新朋友，常常在电话上跟她聊天。当埃米尔走进屋时，她正在电话上说话。在等着他母亲结束她的谈话时，埃米尔打开报纸读报。弗理力先生的推销专家们买下了报纸背面的整版版面，那广告太刺激人了。报上登载了五座欧洲城市的照片，并信誓旦旦地说只要你早晨去草地里找鸡蛋，你就有可能得到去欧洲旅游的机会。

他们在厨房里用晚餐。当锅碗瓢盆都洗涤干净，克兰莫夫人又去打电话了。这次她谈论起鸡蛋的事，埃米尔猜想这晚村子里许多谈话都会是关于鸡蛋的。克兰莫夫人似乎并不知道她的儿子被选中了，对此，他谢天谢地。晚餐后，他看电视。九点钟时，他听见一条狗在狂吠。他穿过大厅到卧室去，从窗户望出去，车库那儿什么人也没有。十点半，他上床睡觉。

那晚，弗理力先生感觉非常愉快。超市的买卖要开始繁荣了。他觉得，那将要藏在带露水的草地里的到马德里、巴黎、伦敦、罗马和威尼斯的旅游机会表现了他的慷慨、他深厚的善意。他在厨房里亲吻了妻子，心想，她仍然像许多年之前他娶她的时候一样能撩拨起他的情欲。如果说她已不再那么炽烈，她至少也随着时间和年岁与他身上所发生的变化同步变化。他热烈地、幸福地想要她，瞧着钟，思忖什么时候他们两人才能单独待在一起。烤箱里正烤着肉，她挣脱出他的拥抱，去往烤肉上浇油，然后去整理餐桌，倒掉婴儿的洗澡水，将玩具归拢起来。当他看着她忙活着这些不得不做的事，看见她脸蛋上现出疲惫的苍白时，他意识到在她洗涤碗碟、熨烫睡衣、给孩子唱摇篮曲、听了祷告之后，她已经没有精力回应他激情的抚爱了。这种在性欲上的冲突让他很不好受。晚餐后，他便外出散步了。

天空黑沉沉的，云层压得很低，他心想，对于他的计划，即使下雨，也比明亮的月光之夜要好得多。他漫步出社区，来到帕塞尼亚，心中不无负疚地想到要在这地方藏的鸡蛋太少了。超市和其他的变化让这儿的店铺大部分都关了门。墙上乱画着涂鸦。一家店铺橱窗上，在出租字样旁边陈列着葬礼用的花圈。花圈是用干瘪的苔藓和假黄杨木做的。其中有一个花圈做成情人节爱心的形状，在花圈的中心挂着一面旗帜，上面写着“妈妈和爸爸”。这是清水巷。混混、恶棍的地盘。他看见三个混混站在他面前的门洞里，心想他们看上去很眼熟。

一星期之前，弗理力先生到中学复活节聚会上去听他女儿唱歌。他去迟了，不得不站在礼堂后面靠近门口的地方，就像天下所有的父母一样，望着他孩子在舞台上出现。他知道他女儿虽然没有什么特别的才能，却被选上唱独唱。他迟到太不幸了，已经没有他的座位了。在门口和他站在一起的是一群当地的混混和恶棍。他们窃窃私语，推推搡搡，使他不能全神贯注地听孩子们唱歌。这些混混似乎对演出并不感兴趣。他们不断地从大门进进出出，他心想他们怎么可能对任何事情感兴趣呢。他们不玩游戏，他们不学习，他们不在冰场上溜冰，他们不在体育馆里跳舞，但是，他们却凶神恶煞地出现在所有这些活动周围，总是蹲在门洞里或者坐在门槛上，在黑暗和光亮之间来回走动，就像他们今天晚上所做的那样。

钢琴伴奏奏出了他女儿独唱的前奏，他看见他女儿羞赧地站到合唱队的前面。这时，有一个混混离开他在阴影里的位置，站到弗理力先生面前的一个姑娘身边。他们挡住了他的视线。他一会儿向左，一会儿向右，想避开他们的身影，但这混混和姑娘总是挡在他面前，他只能偶尔瞥见一眼女儿。这混混和他在姑娘身上的动作他倒看得十分真切。他看见他将一只手搭在姑娘的肩膀上。他听见他在她耳边窃窃私语。当响起《我知救赎主活着》的音乐时，他看见他将手伸进她胸前的衬衣里。弗理力先生粗鲁地一把抓住姑娘和男孩的肩膀，把他们猛推了开来。他说话声是如此大，他女儿往骚乱的地方望了过来："把这手斩断，要不拿出来。这不是干这种事的地方。"他浑身因愤怒而颤抖，为了不让自己再伸手去打那男青年的脸，他走出了大礼堂，来到校舍的台阶上。

他点燃一支烟，手颤抖得很。他的内心是如此深深地被搅乱了，他思忖让他真正心烦意乱的并不是对女儿的担忧。他肯定他是作为一位父亲和公民而生气的。在演唱复活节赞美诗时，在一座至少在精神上属于无辜者的建筑物里，他为目睹了极不合适的作为而生气。当他的烟卷烧尽了，他走进大礼堂。混混们避让到一边让他走过去。他看出来，他们对他怀有仇恨。他还从来没有体验过如此露骨地表露出来的仇恨。

在清水巷上的混混们也持有同样令人担忧的态度，同样选择那些半明半暗的地方，他们给他一种令人恶心的陌生感，仿佛他们不是来自另一个阶级或者社区，而是从另一个罪恶的星球掉落下来的。当他走近他们时，他看见他们在将一只威士忌酒瓶传来传去。他不可能谴责他们无法无天和堕落。无法无天和堕落正是他们所追求的。他经过门道时闻到了威士忌的味道。接着，他后脑勺上遭到猛然一拳，他立刻失去了知觉。

埃米尔的闹钟在半夜一点半时叫醒了他。当他在刮脸时，一股狂风砰然把房间的门吹开，把他妈妈也吵醒了。她如此陡然被吵醒，嗓音嘶哑，听上去就像一个年岁还要大得多的老婆子。“埃米尔，你病了吗？”

“没，妈妈，”他说，“没事儿。”

“你病了？你遭到麻烦了，亲爱的？那些冻蟹肉饼——是冻蟹肉饼让你病了吗？”

“不，妈妈，”他说，“什么事儿也没有。”

“你病了吗？”她问道，嗓音仍然沙哑。她清了清喉咙，似乎同时也清了清她的脑袋。“埃米尔！”她惊呼道，“是鸡蛋的事。”

“我现在必须走了，妈妈，”他说，“没什么要命的事。吃早饭之前我就回来。”

“哦，是鸡蛋的事，对吧？”

他能听见她猛然坐起来，床发出咯吱咯吱的声音。她将脚踩在地板上。当他走过她卧室的门外时，她还没有走到门边，他便径直下楼去了。“吃早饭之前我就回来，”他大声喊道，

“到那时，我什么都告诉你。”他摸了一下口袋里的地图，从前门走了出去。

星光在闪烁。在一年中，这还没有到鲜花盛开的季节，只有几簇雪花莲开了花朵，唯一的野花便是山谷里带斑点的臭菘，但在空中仍然飘荡着大地柔和的馨香，就像玫瑰的芬芳一样。他停住脚步，深深吸了一口空气，让他的肺和脑袋充溢这芬芳。在街灯和星光下的整个世界，即使破旧，看起来似乎仍然是美好而年轻的，仿佛这地方的命运才刚刚开始。覆盖着薄薄一层树叶、苔藓、大蒜草和红花草的大地正等待着他的宝藏。

到两点一刻仍然不见弗理力先生的踪影，他开始担忧起来。周围是如此宁静，他完全可以听见远处汽车的声音，但是他什么也没有听到。在干这件事时，他希望有人帮他一把，他不想独自干这件事，但是，两点过了二十分钟时，他发现他不得不单独干了。他打开车库门的锁，车库门摇摇欲坠，刮擦着沙砾路发出刺耳的声音。他瞧了一眼后座。鸡蛋都在那儿。当他将他的老破车倒到路上，街区中唯一亮灯的地方便是他母亲的客厅。他怀着激动的心情想象他母亲可能会做的调皮的事，她可会想出那些调皮的招儿呢。她给她雷姆森派克的新朋友打电话。“埃米尔刚刚出去藏鸡蛋了，”她说，“他刚走。我不知道，但是我有一种感觉，那就是，他将会把鸡蛋藏在德罗斯苏克尔社区。我是说，像弗理力先生那样的人会不会将所有的好东西都给那些势利的富人，而忘了他在雷姆森派克的朋友呢？他会不会是那样的人呢？”

当埃米尔将倒挡换成了低速挡时，他心想，再过两小时，他的任务就要完成了。越接近成功，他感觉责任越发重大。在街角的一栋房子里有一盏灯亮着，那是一扇狭小的窗户，严密地拉上了窗帘，他猜想那准是一间浴室。正当他在瞧着的时候，灯灭了。从特纳街靠近高尔夫球场的高处，他可以将全村一览无余。看到夜幕是如此完美而让人心安，人们是那么甜蜜地沉睡着，一想到如此多的男人、女人、孩子和狗在谜一般的梦幻中漫游，他不禁笑了起来。他站在车灯前阅读给他的指示。在达尔伍德大道和阿尔伯特街的交叉处放八个鸡蛋，在阿尔伯特街放三个鸡蛋，在德罗斯苏克尔和栗树胡同连接处放十个鸡蛋。

哈扎德一家住在达尔伍德大道和阿尔伯特街交叉的街角上。哈扎德夫人醒着。在大约两点钟的时候，她被一场噩梦惊醒了，正坐在一扇打开着的窗户前抽烟。她正在惦记着鸡蛋——在琢磨那些提供旅游机会的奖券——寻思有没有可能会在阿尔伯特街上藏着一些。她想瞧一瞧欧洲。在她的感觉中，妒忌多于渴望。与其说她想多看一看世界，还不如说她想看一看别人看过的地方。当她在报上读到威尼斯正在下沉到海里去，比萨斜塔将要倒塌，她倒不是为这些奇迹的消失而感到悲哀，而是在她，劳拉·哈扎德，看到威尼斯的美景之前，它竟然会淹没到海浪之中，她感到愤愤不平。她还感觉她已经无与伦比地准备好去享受旅游的乐趣了。那是只有她才配享受的东西。当朋友们和亲戚从欧洲旅游归来，带回许多照片、纪念品，她一边聆听着他们关于旅游的讲述，一边心中在想，她的印象会更加生动，她的纪念品和照片会比他们的更加漂亮，她坐在威尼斯的小舟中会与环境更加相配，会更加优雅。她的妒忌中掺杂着一种温柔的多愁善感的情愫。在她的心中，旅游是和庄严的、悲怆的爱情联系在一起的，它就像是爱意的一番表露。在爱情中，她曾经体验过比北半球的蔚蓝天空还要深沉得多的天空，在遥远的过去，体验过更为宽敞的房间、楼梯、拱门、圆顶，体验过许许多多的东西。当她正在想这个时，她看见一辆车从街角驶过来，停了下来。她认识埃米尔，望着他在草地里藏鸡蛋。这一系列事件——把她弄醒的噩梦，坐在打开的窗户前面的思绪，在星光中这年轻人的突然到来——在她看来太神奇了。她一激动，便从窗户往下喊他。

当埃米尔听见她高声喊叫的声音，他绝望极了。除了把她的脖子拧下来，他还有什么办法能挽回她看到他执行秘密任务的事实呢？“嘘。”他抬头瞧窗户，说道。但是，她已经不在那儿了。一会儿，她打开门，光着脚丫，穿着睡衣，来到他跟前。“啊，埃米尔，我注定要找到一个鸡蛋的，”她说，“我睡不着。你来时，我正坐在窗户跟前。我必须要一只头彩蛋，埃米尔！给我一只头彩蛋。”

“这应该是保密的，哈扎德夫人，”埃米尔轻声地说，“谁也不能知道。早晨之前你也不应该去找它们。你必须回你的屋子去。你回床上睡觉去。”

“你以为我是什么人，埃米尔？”她问道，“你以为我还是一个小姑娘吗？你给我一只头彩蛋，我就回床上睡觉，要不我就待在这儿啦。”

“你会把一切搞得乱七八糟的，哈扎德夫人。你不回你的屋子去，我就不藏鸡蛋了。”

“给我一只头彩蛋，给我一只头彩蛋，要不我就自己动手啦。”

哈扎德夫人的说话声惊醒了隔壁的老克莱默夫人。她一下子清醒了，装上假牙，穿上拖鞋，走到窗户跟前。她立即明白了外面的情景意味着什么。她走向电话，给女儿海伦·平切尔打电话，海伦住在三个街区之外的米尔伍德街上。海伦从熟睡中被吵醒，将电话铃声误认为闹钟声了。她设法拨断这闹钟，死命摇晃它，最终打开电灯，明白了那是电话铃声。“海伦，是妈妈，”这老女人说，“他们正在藏复活节鸡蛋呢。就在我家门口。我可以在窗户看到它们。快来！”

电话铃声倒没有惊醒平切尔先生，但灯光和最后那些话却把他惊醒了。他看见他妻子放下电话，从房间里跑了出去。在过往的一两个月中，平切尔先生总是为妻子的行为感到惊异。她在银行透支三次，在一星期内耗完了三次汽油，参加格里帕斯尔家的结婚典礼忘了穿长筒丝袜，丢了蛇链手镯，把他昂贵的狩猎皮夹克放在洗衣机里洗。每一次她都说："我准是昏了头了。"当他听见脚步声，从窗户瞧见她穿着睡衣在前面的人行道上奔跑，他认准她一定疯了。他赶忙穿上浴袍，但找不到任何拖鞋的影子，便光着脚冲出房子，走在她后面。她大约领先他一个街区的距离，他大声喊着："海伦，海伦，回来，亲爱的。回家去，亲爱的。"他吵醒了巴恩斯塔波尔一家，梅尔克一家，菲兹洛一家，还有德霍文一家。

埃米尔回到他的车里。哈扎德夫人想把另一扇门打开，坐进去，但车门锁着。他想启动汽车，但是，他太紧张了，车老熄火。从车前灯光中跑来了海伦·平切尔。她的睡衣是透明的，头发上的卷发器就像一顶皇冠。她母亲在窗户那儿给她打气。"鸡蛋就在那儿，海伦，就在那儿！"在她后面，她丈夫在大喊，"回家去，亲爱的，回家去，我的宝贝。"

当海伦抵达的时候，埃米尔正巧启动了汽车，她把脑袋伸进车里。"我想要去巴黎的那枚头彩蛋。"她说。

埃米尔缓缓地松开离合器，挂上挡。平切尔先生冲了过来，大声说道："别开车，你这该死的混蛋。她病了。"这时，埃米尔在车前灯光中看见十几个穿着睡衣的女人在向他奔来。她们都似乎戴着皇冠。他继续开车缓缓前行，有几个女人就站在他的车跟前，他不得不停下两次车，以免伤害了她们。在一次停车时，德霍文夫人将他的后轮胎放了气。

埃米尔感觉汽车往下沉了。他知道发生了什么，但他仍然将车缓缓往前开去。放了气的胎心紧贴在橡皮轮胎上，他无法加速了，但他琢磨他还是有可能摆脱他的追逐者的。那儿的阿尔伯特街大约有半英里是一段陡峭的山坡路。左边是一大片空地。业主（老克莱默夫人）要价一英亩一万美元，这块地就这么荒着。地上长出了长长的荒草和灌木丛，在每一棵野樱桃树和漆树上钉着置地代理商的名字和电话号码的牌子。埃米尔想，如果他开到德罗斯苏克尔，他就能摆脱她们了。在下坡时，他加速了，但是，当他抵达德罗斯苏克尔时，他看见车前灯光中出现了三四十个雷姆森派克的家庭主妇，她们中的大部分人穿着长袍，戴着看上去似乎是硕大的皇冠的玩意儿。他猛然将车往左拐，冲过了路缘和人行道，闯进还没有卖掉的住宅区，一直开到地产的边上。他像是掉进了陷阱，但他还有时间。他关上了引擎和车灯，跑到车后面去，打开后备箱，将鸡蛋藏到茂密的草丛中。他的胳膊力气很大，将鸡蛋远远地飞抛出去，这样，他可以将正在往前冲的女人转移到另外的方向去。用不了多久，他的胳膊酸疼，他干脆将一箱箱鸡蛋倒进深草丛中。当这些女人奔到他那儿时，除了一只鸡蛋以外，他已经处理了所有的鸡蛋。他挺直了身子瞧着她们——她们太像穿着睡衣的天使了，他倾听着她们那充满期盼的柔软又激动的呼喊声。他兜里装着那唯一的一颗鸡蛋——那头彩蛋——穿过灌木丛走开了。

那使弗理力先生晕倒的一击所造成的疼痛感使他苏醒了过来。他感觉脑袋开了花。他发现自己被用电线绑在地窖的一根柱子上。他冷得发抖，看见自己除了内裤之外身上什么也没有。他起初以为自己疯了，但是，集中在脑袋里的疼痛让他十分清晰地意识到他所处的实实在在的境况。他是一个魁梧的人，身上长满了人到中年棕色的毛。捆绑他的电线深深地嵌进他肥胖手臂的肉里，他的双手麻木了。他突然吼叫着救命，但没有人回应他。他被人抢劫了，揍了，他现在无助地被关在看来像是地底下的一个地方。这残暴的情景和恐慌使他感觉脑袋快要裂开来了。他一发抖，电线便更加深地掐进皮里去。他听见地面上的脚步声，人声，混混们的说话声。他们一个一个地走来地窖。还是那三个人。一个头儿，一个胖脸小子，一个蓄长发、脸瘦瘦的苍白家伙。

“懦夫。”头儿说，死盯着他。

“你们还想要我的什么呢？”弗理力先生说，“你们已经拿了我的钱。是不是因为那高中的姑娘？”

“我压根不知道什么该死的高中姑娘，”头儿说，“我只是不喜欢你的样子，懦夫，就这么回事。怎么回事，懦夫？你颤抖得这么厉害？你怕我们用火柴伤害你吗？”他擦亮一根火柴，将火柴放在弗理力先生的皮肤跟前，但没有去烧他的皮。“瞧这懦夫。这懦夫怕得要死。这就是我为什么不喜欢你的样子，懦夫。天哪，听听懦夫的吼叫声呀。”

弗理力先生吼叫起来。地板一会儿向左，一会儿向右地倾斜起来，他又失去知觉了。他感觉有人在触摸他。他在被宰割。他能感觉电线被松开来了，血一下子奔涌进手臂里。他会一下子倒在地上，但有人一把扶住了他。是那个脸色苍白、留一头油腻腻长发的小子。他引导弗理力先生到地窖角落里，那儿有一张旧的车椅子。他一头倒了进去。

“其他人呢？”他问道。

“溜了，”这小子说，“你昏了过去，他们怕死了。”

“你呢？”

“我一直怕得要死。”

“你想要什么？”

“什么也不要。正如他说的。他不喜欢你的样子。你想要喝水吗？”

“是的。”

这小子取来水，将玻璃杯放在他的嘴唇边。

“我什么时候能走？”

“走吧，”这小子说，“你的外套在楼上。谁都穿不了。哈里拿了你的手表。我什么也没有拿。再见。”

他大摇大摆地从门口走了出去，弗理力先生听见他轻巧地爬上楼梯。他摸了摸脑袋上的伤口，然后又摸了摸手臂和大腿。一切似乎都没有什么问题。他孱弱地爬上了楼梯。他的外套就在门口。当他走到外面，他发现自己在小镇边上一间被遗弃的路边旅馆里。

弗理力先生走回家去。埃米尔也走回家去，但他们走的是不同的路。埃米尔从一些后园抄近路来到特纳街，爬上了小山坡。那情景仿佛是世界末日似的。他可以听见被遗弃的孩子在空屋里哭泣。晨光熹微中，大部分的房门都开着，仿佛加百列天使[1]吹响了他那长长的喇叭。在特纳街的高处，他走进高尔夫球场，爬上最高的平坦球道，坐了下来，等着天亮。他感觉疲惫，幸福，愉悦，摆脱了责任，摆脱了一个更加沉重的负担。一些事情发生了。一些变化发生了。就像每一个读报的人那样，他在心中存有一份恐惧，生怕有一天一个烂醉如泥的下士会把这星球焚烧掉，而在他心中的另一个部分，他又充满激情地期盼他这一代人可以过上和平的生活。尽管他很年轻，他

1　加百列天使：基督教《圣经》中传达上帝佳音的七大天使之一。

已经知道了所谓普遍疾病这样一个概念。他有时候似乎在倾听地球心脏的脉动，仿佛地球是一个忧郁的、过分担忧自己健康的人。它拥有巨大的力量和美丽，却有一种无法抑制的对突然而来又毫无意义的死亡的预感。现在危险的时刻似乎是过去了，他快乐地感觉到人类辉煌灿烂的、和平的业绩将永远继续下去。他无法描述他的感情，他无法描述这黎明的时刻，他甚至无法描述他听见的远处火车的汽笛声，或者他坐在其下面的大树的形状。他只能望着，只能欣赏美丽的日光充溢夜空的每一个角落，鸟儿在树上鸣啼，犹如一队天使在对着自己的猎犬吹口哨。

回家的路上，他在梅利莎家门前停下脚步，将那颗罗马头彩蛋放在她家的草地上。

第三部

[28]

对于霍诺拉，一个如此年迈、生于一个遥远世界并在那儿长大的人，一个对罗马纪念碑的照片是如此熟稔的人，在一定程度上来到罗马犹如回归故里一样。当她还是一个孩子的时候，一张哈德良[1]之墓硕大的棕色照片挂在她的卧室。每每在熟睡之前，或者在饱受疾病痛苦的煎熬时，那鼓一般的形状和狂热的天使会在她的梦幻中牢固地占有一席之地。在后厅有一幅天使桥的画，有两幅硕大的帝国广场废墟的照片按房间一间一间地往回挂，最终挂在厨师的房间里。这样，她对一部分的罗马就十分熟悉了。但是，在罗马干什么呢？去看教皇。在美国运通公司办公室，霍诺拉询问怎么才能去觐见教皇。他们出于对年长的她的尊敬，竭尽全力帮助她，送她到美国学院去见一位牧师。牧师谦恭有礼，对此事有兴趣。觐见教皇可以安排。她将在二十四小时之内收到邀请。她将穿黑色的衣服，戴帽子。如果她希望得到祝福的圣牌，他能够介绍一家商店——他给了她商店的地址——在那儿有各种各样的圣牌卖，打八折。

他非常乖巧地解释道，虽然教皇说英语，但他讲英语要比他听懂英语顺畅得多。如果他忘了给她的圣牌以祝福，她可以

1 哈德良（Hadrian，76—138）：罗马皇帝。

认为他的接见本身就是一种祝福。霍诺拉当然反对佩戴圣牌，但她有许多朋友非常珍惜圣牌的祝福，所以她买了不少。一天夜晚，她回到她的pensione[1]，有人递给她一张来自梵蒂冈的请帖，通知她第二天上午十点教皇将接见她。她早早地起床，穿戴整齐。她打了一辆出租车到梵蒂冈，在那儿，有一个穿着完美无瑕的晚礼服的男子询问了她的名字，并要了她的请帖。他宣布她的名字为“花母笑”[2]。他请她脱去她的手套。他的英语夹杂着浓重的当地口音，她没法听懂。他花了好大劲给她解释在教皇面前是不能戴手套的。他带领她走上楼梯。她不得不停下两次歇歇脚，喘口气。他们在接待室里等待了半小时。十一点钟之后，当第二个侍从打开几扇双扇门，引领她走进一间偌大的客厅，她便看见教皇站在他的皇座旁边。她吻了他的戒指，坐在一张第二位侍从给她端来的椅子里。她注意到他手里拿着一张托盘，托盘里放着几张支票。她没有想到在觐见教皇时，他们会希望她给教会捐献点钱。她在拖盘里放了几里拉。她并不羞赧，她感觉她自己正面对罗马教皇，那是宏伟地组织起来的力量的核心。对教皇，她是怀着真诚的敬畏的。

“你有几个孩子，夫人？”他问道。

---

1 意大利文，意为“膳宿公寓”。

2 意大利人念英文发音不准，把“沃普萧”（Wapshot）念成了“花母笑”（Whamshang）。

“啊，我没有孩子。”她大声地说。

“你家在哪儿？”

“我来自圣博托尔夫斯，”她说，“那是一个小村子。我想你并不曾听说过它。”

“圣巴托洛梅奥？”教皇戴着极大的兴趣问道。

“不，”她说，“博托尔夫斯。”

“法诺的圣巴托洛梅奥，”教皇说，“萨维利亚诺的圣巴托洛梅奥，麻风病使徒巴托洛梅奥，巴托洛梅奥·卡皮塔尼奥，阿米德家的巴托洛梅奥。”

“博托尔夫斯。”她敷衍地重复道。她突然问道：“你见过美国东部的秋天吗，教皇？”他微微一笑，对此似乎很有兴趣，但他没有说话。“啊，那真是一种灿烂无比的美景呀，”她惊呼道，“我想在世界上别的任何地方都没有这样的风景。那是象征收成的金黄色。当然啦，树叶是没有什么价值的，我这么年老体衰了，只能出钱雇别人来为我耙树叶，烧树叶，啊，那树叶是多么美丽呀，它们给人一种富有的印象——啊，我并不是唯利是图的意思——我只是想说，你望出去到处是一片金黄色的树，到处是一片金黄。”

“我要祝福你的家庭。”教皇说。

“谢谢您。”

她低垂她的脑袋。他用拉丁语吟诵祝福词。当她感觉祝福词念完了，她便斗胆大声说了声阿门。觐见结束，一位侍从带领她下楼，走过瑞士侍卫队的面前，回到柱廊处。

梅利莎和霍诺拉没有碰到面。梅利莎和她的儿子与一个donna di servizio[1]住在阿文丁山。她在民众广场附近一家有声电影摄影棚里工作，将意大利语电影配上英语。她配抹大拉的马利亚[2]的音，她是大利拉[3]，她是赫拉克勒斯的宠妇，但她却染上一种罗马忧郁。这种忧郁虽然并不比纽约忧郁或者巴黎忧郁更让人难以忍受，但它们自有它们的特点。就像所有令人不快的情愫一样，当罗马忧郁袭来的时候，它们有可能将普通的景色变成世界末日一般，就像一个掉进陷阱的死老鼠似的。如果说这是由于思乡引起的话，对于梅利莎来说，她忧郁倒不是因为一系列清晰的形象让她记起了美国生活的伤感、甜蜜和活力。她并不期望再一次到特拉华河去划船，或者在萨斯奎哈纳河薄暮的岸上再一次聆听口琴吹奏的音乐。在科尔索步行街上漫步，她之所以感到忧郁，是因为她无法懂得最简单的话语，每每被欺诈。在一个细雨蒙蒙的日子，她行走在罗马市政厅前，有一个导游跟在她的后面，围绕马可·奥勒利乌斯[4]的

1 意大利文，意为“女佣”。

2 抹大拉的马利亚：耶稣隐秘的女门徒，耶稣曾从其身上逐出七个恶鬼。

3 大利拉：《圣经·旧约》中人物，参孙的非利士情妇，将参孙出卖给非利士人。

4 马可·奥勒利乌斯（Marcus Aurelius，121—180）：罗马皇帝。

塑像转呀转，不断抱怨天气和买卖。她忧郁，是因为这冬雨。冬雨是如此阴冷，她不禁为屋顶上裸露的神和英雄着想，他们甚至连一片遮羞布都没有，无法保护他们免受湿冷的侵袭；她忧郁，是因为帝国广场废墟的潮湿，因为十七世纪楼梯井中的寒意，因为罗马那些被遗弃的、还保存有屠夫用的大理石桌子的厨房，因为留有苍蝇叮过痕迹的墙面，因为被苍蝇污秽了的圣母马利亚的画像挂在摇摇欲坠的煤气灶上；她忧郁，是因为在欧洲城市的秋天，战意总是飘浮在空中，因为生长在奥雷连墙最高的洞上那些凋萎的花丛，因为那一丛丛干草和青草，那屹立在罗马教堂圆顶上的圣者和天使脚边顽强生长着的干草和青草；她忧郁，是因为卡匹托尔山上那堆满罗马人像雕塑的房间。与其说她感受到了帝国威力的真髓或色调，还不如说她遥想到了她家族的一支先人们，他们往北跋涉到威斯康星种植小麦。似乎有芭芭拉姑妈，斯宾塞叔叔，还有堂兄弟姐妹爱丽丝、荷马、兰达尔和詹姆斯。他们都有同样纯净的面孔，同样浓密的头发，同样沉思着、坚韧却焦虑的容貌。他们来自皇家家庭的妻子都是他们的好帮手——她们坐在那大理石的宝座里，仿佛馅饼就在炉子里烤着，她们在等待自己的丈夫从田野归来。她竭力在大街上溜达时表现出一副警觉的、匆匆忙忙的样子，仿佛被现代欧洲的历史悲剧所感动。大街上大部分人似乎都是这个样子。然而，她那微笑所带有的甜蜜感让人们一眼就看出来她不是罗马人。她漫步在鲍格才家族[1]的花园中，她感觉到像她那样年纪或者任何其他年纪的女人从一个国家到另一个国家所担负的习俗的压力，比如饮食，穿衣，休闲，焦虑，希望，她所感到的对死亡的恐惧等。花园里的灯光似乎照出了她为旅行所准备的装备之烦冗，仿佛这整个的景色和远处的群山都是为带着少得多的东西旅行的人所设的。她走过被苔藓阻塞的喷泉边，树叶在英雄大理石雕像周围纷纷飘落而下，那些戴飞机驾驶员帽子的英雄，蓄胡子的英雄，戴皇冠、系阔领带、穿常礼服的英雄，以及那些大理石脸庞因岁月和天气的腐蚀已经随心所欲、举世无双地变了形的英雄。她心烦意乱、不安地走啊走，从树影投射到人们肩膀上所带来的那种宁静中得到快乐。她看见一只猫头鹰从废墟中振翅飞出来。在一条小路的转角处，她闻到了金盏花的馥香。花园里到处是情人，如胶似漆，亲密极了，他们对于各自需要的快乐是那么率真。她看见一对情人在一座喷泉旁亲吻，那男的突然坐到一张长椅上，从他的鞋里拿出一颗卵石来。不管这意味着什么，梅利莎明白了她想离开罗马。她那晚就乘火车到岛上去了。

1　鲍格才家族：意大利一贵族世家，其成员在十六世纪和十九世纪初在意大利社会、政治方面起过显要作用。

[29]

埃米尔在夏季大部分时间里都没有工作。秋天，他母亲的哥哥哈里到纽约开会顺道来拜访他们。他是一个令人愉悦的、魁梧的人，在托莱多经营给船舶供应食品和必需品的生意。他能够通过自己作为一个向船舶供应食品的商人身份帮助埃米尔在船上找到一份无执照水手的活儿。这船将航行到鹿特丹或者那不勒斯。埃米尔对此打算马上表示同意。当舅舅回到托莱多，他写信来说，埃米尔将在周末在珍妮特·伦克尔号船上当一个舱面水手。

埃米尔在帕塞尼亚一家旅游公司买了前往托莱多的公共汽车车票，跟母亲道了别，到了纽约。公共汽车那晚预计九点钟出发，但是在八点钟，月台上已经有十多个等车的乘客了。他们是游客。根据他们华丽的衣服和饰物、腼腆的面容和崭新的箱包，你就可以知道他们是游客。每一个种族似乎都有他们固有的地域、战场、坟墓或者教堂。在那儿，他们民族的精髓或者目的得到最精确的展现。他们国家的火车车站、机场、公共汽车站和码头似乎是让国人感觉到他们最伟大之处的地方。他们大部分人都穿戴得仿佛他们的目的地是对个人节俭行为进行道德评判的公堂。他们穿的鞋子夹脚，手套紧绷在手上，头顶上的饰物沉甸甸的。他们穿着如此谨慎，似乎表明他们仍然记得——无论是多么模糊——关于旅游的古老传说——忒修斯和牛头人身怪物弥诺陶[1]。他们的眼神毫无抵御能力，仿佛在两个道德败坏的人之间交换一下眼色就会让人坠入性欲的深渊，所以，他们目不斜视，只瞧着自己、箱包、脚底下的路面或者月台上还没有亮灯的广告牌。八点四十分时，广告牌亮灯了，亮出托莱多。他们开始蠢动，站立起来，往前推搡，脸庞上被洒满灯光，仿佛帷幕刚刚拉开，新的生活开始了，一个紧迫而美丽的天堂展现了似的，虽然实际上展示的仅仅是泽西的沼地、通宵营业的饭馆、俄亥俄州的平原和一些困扰人的梦魇。公共汽车的车窗染上了绿色，车驶出纽约城，所有的街灯都是绿的，仿佛整个世界是一个公园。

他睡得很好，天亮才醒来。这一天车在俄亥俄奔驶。绿色的窗玻璃把景致都糟蹋了，仿佛太阳变得冷冰冰的了，仿佛这是地球上生命的末日了。在这种诡秘的光线中，人们在搭乘便车，在田野上割草，在售卖旧车。薄暮时分，火车抵达托莱多的郊区，他以为自己回到帕塞尼亚了。那儿有卖汉堡和新鲜蔬菜的小摊，销售旧车的地段挂着彩灯，有一家猫狗医院，一个穿着游泳衣裤的女人推着一台汽油割草机除草，一个怀孕的女人在晾晒洗好的衣物。他注意到榆树与枫树和家乡的一样，田

1　雅典国王忒修斯杀死了牛头人身怪物弥诺陶。

野上生长着野胡萝卜。直到汽车到达市中心，你才明白这到底是家乡帕塞尼亚还是托莱多。

其他的旅客散坐着，埃米尔拎着衣箱站在角落里。他想，那空气中弥漫着一股馥郁的草香。这也许是从附近农场或者湖区吹拂来的。华灯初上，商店的橱窗也亮着灯，然而，天上仍然有一抹玫瑰色的落日晚霞的余晖，他于此感到一阵激动。在棒球场，在联赛的第四或第五局时，当天际还是一片蔚蓝色，他们会开灯，这时，他总是会感到这同样的激动之情。天气压根不冷，但是他却打起寒战来，仿佛在这时，在这个平坦广袤的平原上，在空气中浮荡着一丝隐约的寒意。他询问警察如何前往联邦大厦。那要走很长一段路。日光渐渐从大楼的屋际和天空中隐退了，他漫步在店铺、饭馆和酒吧的华灯中。他到达联邦大厦时，大厦里已经没有人了，大厦的墙面髹漆成绿色，地板上了清漆，摆放着让人等待时坐的长凳。在一扇窗户后面的一个人拿了他三十美元，说他舅舅把一切都安排好了。晚上，他们将搭乘轮船，在轮船装完货后上船。他坐在一张长凳上，等待船员来上班。

最早来的是厨师，一个小矮个儿，穿着褐色的西装。他跟窗户后面的朋友打招呼，跟埃米尔做了自我介绍。他的皮肤呈灰黄色，鼻子歪斜，丑得不成样子。你一见他，第一眼就会注意到他这鼻子和猴子般的眼神。他那歪斜的鼻子占据了他脸部的绝大部分，那鼻孔是如此肆无忌惮地张大开来，使得他眼睛里狡黠的神色看上去就像类人猿。那眼睛时不时地调皮捣蛋，时不时地陷于沉思，就像我们在星期日下午在动物园看到的那样。“你就像去年跟我们一起在船上的一个家伙，”他说，“他的名字叫帕夫。他在某个大学得了一份奖学金，最终离开了大海。你就像他。”

埃米尔很高兴自己和一个拿到大学奖学金的人很相像。那陌生人的说法似乎对他产生了影响。其他船员开始零零落落地走了进来，他们一个个都对他说他多么像帕夫。大副是一个年轻人，像棒球手那样将帽子倒扣在脑袋上。他似乎非常快乐，咄咄逼人，但绝不盛气凌人。二副是一位老人，蓄着薄薄的唇髭，穿着一套破旧的制服，从他的钱包里拿出一张他女儿的照片给埃米尔看。照片上一个穿芭蕾舞服的姑娘在住房的屋顶上摆着姿势。然后，舱房侍者来到埃米尔和厨师身边。他是一个年轻人，一副无法辨认的在内布拉斯加州草棚里长大的温和仪态，一种在绝对的失望中孕育的优雅。一共有三十五名船员。最后到的是一个深色皮肤的男子，手中拿着一根杠铃。

出租车送他们到城外去。埃米尔坐在前面司机和厨师的旁边，饱览着托莱多的景色。那儿有灯光、建筑，远处有一条河流，那儿附近一定有一片沙滩，因为在对面的车道里许多人穿着游泳衣。埃米尔感觉十分不适，因为他还没有真正地体验一下托莱多的生活。他将他生活中最美好的东西留在帕塞尼亚了。他们越过火车铁轨，驶进了一个由气相裂化工厂照明的幽暗社区。街角时不时地出现一家酒馆。他们在一座大门前停了下来，那儿有一个穿着制服的人一见厨师，便让他们进去了。他们起先看到了一片荒野，拐了个弯来到一条路上，一大圈灯光照耀着。他们听见引擎的轰鸣，珍妮特·伦克尔号正在黑夜中装货。这黑夜与仅仅两三小时之前在伊利湖湖岸落下的太阳仿佛迥然是两回事，塔吊、绞车、矿石装载机、叉车、船上的辅助发动机、底卸式车和汽笛声的嘈杂声，就像描述爱情的痛苦音乐一样，在空中回响。

乘客在半夜上船。首先上船的是一个老头子跟他的妻子或者女儿。他直接就爬上长长的跳板上了船，而和他一起的女人却有些害怕。最终她被建议脱下高跟鞋，前后各安排一个舱面水手保驾，这样才平安地走过了跳板。下一个是一位男子和他的妻子以及三个孩子。有一个孩子在哭号着。最后来的是一位年轻人，手中拿着一把吉他。在四点钟的时候，埃米尔值班，和其他值夜的水手一起用软管输水冲洗甲板。他穿着帕夫的防水服。船长预订五点钟来一艘拖船，但拖船迟迟没来，他就叫两个水手坐在船两边的吊椅上，用绳索和绞车把船拽入航道。在黎明时分，他们大发脾气，埃米尔对着晨星祈祷一路平安。

早晨值班的人用软管输水冲洗甲板，用肥皂和水洗涤船体上部建筑和甲板室。下午值班的人刮漆。这活儿不难，和伙计们在一块儿也挺快乐的，只不过伙食糟透了。这是埃米尔吃过的最糟糕的伙食了。早餐吃蛋粉，正餐吃油腻的肉和土豆，每晚吃奶酪和冷切肉片。埃米尔总是感觉饿，他的饥饿程度造成了他与周围世界之间深深的误解。每天晚上他所面对的那盘奶酪和冷切肉片就像圣餐一样，似乎代表愚蠢和冷漠。他的需要、他的希冀以及他的生活都被误解了，而奶酪和冷切肉片把这种误解加深了。一天晚上，他愤懑地离开餐厅，走回到船尾。西蒙来到他的身边，西蒙就是那个提拎杠铃的人。“这伦克尔号上，”西蒙说，“糟糕伙食是世界闻名的。”

“我饿。”埃米尔说。

“到那不勒斯，我将逃下船，”西蒙说，“我有四百美元的旅行支票。跟我一块儿走吧。”

“我饿。”埃米尔说。

“在那不勒斯有一家美国餐馆，”西蒙说，“烤牛肉，土豆泥。你能够吃到总汇三明治。跟我走吧。”

“到哪儿，”埃米尔问道，“到哪儿去呢？”

“拉德罗斯，”西蒙说，“那儿将举行一场选美比赛，我将参加那比赛。我的想法是这样的，摆在你面前有许多机会，但我只知道一件事，那就是我的容貌。我很英俊。那是我唯一的资本，趁还不太晚的时候，我要让它生出现金来。在拉德罗斯的比赛上你可以拿到两三千美元的奖金。”

“你疯了。”埃米尔说。

“啊，毫无疑问我非常虚荣，”西蒙说，“我是一个非常虚荣的人。我每每走过一面镜子就会瞧一眼自己，心想这是一个多么英俊的人呀。总是这样。你跟我去。我们到那家餐馆去。苹果派。汉堡包。”

“我最喜欢蓝莓派，”埃米尔说，“然后是柠檬调和蛋白。再就是杏子。”

埃米尔坐在一盘奶酪和冷切肉片面前阴郁地瞧着轮船驶过亚速尔群岛[1]。经过直布罗陀海峡时，他面对的是一盘肉糕。在西班牙海岸航行时，他吃的是泡烂了的意大利面，但轮船在一天早晨停靠在那不勒斯港口时，尽管他对西蒙的雄心壮志毫无兴趣，他觉得他已经别无选择了。他们在上午的中间时分离开了伦克尔号，径直奔向美国餐馆。在美国餐馆，埃米尔吃了两盘火腿、鸡蛋和总汇三明治。自打离开托莱多以后，他第一次感觉真正吃饱了。他们搭乘一艘下午的轮船在惊涛骇浪中前往拉德罗斯。西蒙晕船了。比赛总部设在主广场上的一家咖啡馆里，虽然西蒙仍然一脸病容，他做的第一件事便是去报名，交

1 亚速尔群岛：位于北大西洋中东部，属葡萄牙。

上报名费。他们在港口附近的宿舍里被分配到两张小床，在那宿舍里住着二十五名或者三十名参赛者。西蒙认真地练着他健美的肌肉。他给自己身上涂油，晒太阳，跟其他人一样系一根布条，就是那种下体遮羞盖片。他租了一条船，在上午时分划船锻炼体力。午睡后，他练杠铃。埃米尔穿着他那笨重的美国游泳裤在上午跟西蒙一起划船，在下午则在岩石海岸外快乐地游泳。

天气很热，拉德罗斯人也很多，但这里海水的颜色却是他从未见过的。空中游荡着一种良知泯灭的气氛，这种气氛使得他自己祖国的白沙滩和深蓝色的大海显得挑剔而遥远。在横跨那不勒斯海湾时，他似乎忘掉了他良心上的不安了。比赛安排在星期日，而星期五西蒙突然食物中毒。埃米尔从药店给他买了些药。他一晚上不断地起床去上厕所，第二天上午已孱弱得无法起床了。埃米尔非常同情他，热切地希望他能够帮助他。他已经花完了他的积蓄，即使他唯一的雄心看来可笑得很，谁能怪他呢？西蒙请求他冒名顶替他去参赛，最终他同意了。是那种百无聊赖促使他做出这个决定的。他没别的事情可干。他穿上他的游泳裤，别上西蒙的赛号。刚过四点钟，他便前往广场了。在大街的一头仍然可以看见那炙热的阳光，然而广场却躺在阴影中。排队等待的队伍很长。不久，一船英国游客来到广场，占据了广场边上的桌子。不久，他们开始按数字顺序列队入场。

他不想看上去很忧郁的样子，因为这毕竟对西蒙是不公正的，但是他想看起来心不在焉，向人们表明这并不是他的初衷，并不是他所向往的。他不看他身下的那些脸庞，而是瞧着咖啡馆外面墙上一张圣培露矿泉水的广告牌。他母亲，他舅舅，他父亲的阴魂会怎么想呢？他居住的帕塞尼亚那座暗色的房子在哪儿呢？当他穿越过广场，他和其他人一起等在那儿。咖啡馆老板带着他走进咖啡馆，到那时，他才意识到只有十个优胜者，他是其中之一。

那时天开始黑了，天空显现出葡萄般深沉的颜色，那使他快乐地感受到他离家有多么遥远。现在广场上全是人。十个人站在酒吧那儿，喝咖啡和葡萄酒，他们因一个共同的经验和不能确定的胜利而联系在一起，却被语言的隔阂而间离。埃米尔站在一个法国人和一个埃及人之间，他最多只能说一点儿蹩脚的意大利语，脸上挂着充满希望却也傻乎乎的笑容，这表明他友好而泰然自若。随着日光渐渐退去，广场越来越幽暗。他们站在咖啡馆裸露的灯光下。灯光如此合理而节约地配置在那儿，只给酒保足够的亮光干他们的活儿，并不特别奉承任何人。要不是他们穿得很少，他们完全可能被当作一群路过这儿的工人师傅、职员或者陪审员，在返回他们生活的中心、家人期盼着他们归来的地方之前，停下来喝上一杯。埃米尔不知道往下会发生什么，他用手势询问咖啡馆老板。咖啡馆老板的解释非常冗长，埃米尔花了好大劲才弄懂：他们，这十个优胜者将被拍卖给广场上的人群。“但我是一个美国人，”埃米尔说，“我们不信那个！”

“Niente, niente[1]。”裁判客气地说，并对埃米尔解释，如果他不想被卖掉的话，他完全可以离开。在他自己的祖国，埃米尔完全可能愤懑地离开，但他不是在美国。一种好奇心，或者某种更加深沉的思想使他留在了那儿。他惊讶地想到不熟悉的环境、灯光和境遇有可能影响到了他的情绪。为了给自己壮胆，他竭力回想起家乡帕塞尼亚的街道，但那些街道现在在遥远的远方了。难道他性格的一部分是由房间、街道、椅子和桌子构成的吗？他的道德受风景和食物影响吗？他没有能够将他的品性、他的是非观带到那不勒斯海湾的彼岸吗？

广场上，一支乐队开始演奏，在咖啡馆后面发射了一些烟火礼花。主持人打开一扇门，喊叫一个名叫伊凡的人的名字。伊凡跟同伴微微一笑，走到露天平台上。平台上摆放着一块大木块，他站了上去。他似乎非常优雅地默默同意了事情向这个方向发展。埃米尔走上露天平台，站在一棵金合欢树树荫底下。拍卖在一片嬉笑声中开始，仿佛是在开一场玩笑似的，但随着拍卖价不断抬升，他意识到年轻人的皮肤原来是一件可以

1　意大利文，意为“不，不”。

买卖的东西。喊价很快飙升到十五万里拉，然后缓慢攀缘，在人群中传来一阵淫荡的骚动。伊凡装得若无其事，但他的心在激烈跳动，那是明眼人一眼就能看出来的。埃米尔在心中纳闷：这是罪过吗？如果是的话，那为什么它似乎如此深沉地表现在那里每一个人的脸上呢？在这里是快乐的肉欲买卖，罪恶感被忘怀得荡然无存了。在这里只有性欲的陷阱和美好的天空，宫殿，楼梯，雷声和闪电，伟大的国王和淹死的水手。从参拍者的嗓音判断，他们似乎从来就没有需要过任何别的东西。拍卖在二十五万里拉落槌，伊凡走下木块，进入黑影中。在那里有一个人——埃米尔看不清是谁——一直守着一辆车等在那儿。他听见发动机启动，看见汽车驶离时车前灯将倾颓的城墙照得通明。

下一个被拍卖的是一个名叫阿哈伯的埃及人，但不知怎的有点不对劲。他笑的样子显示他对这一行太了解了，他似乎太愿意将自己出卖了，一切都按人们期望他做的做，因此，在几分钟之内他就以五万里拉草草落槌。下一个名叫帕罗的人又重新唤起了性感的气氛，跟伊凡的情况一样，竞拍者嘶哑的叫价缓慢抬升。一个叫皮埃尔的人爬上木块，竞拍一时停了下来。

有些不对劲。他已经失去了所有健美的光彩。他喝了太多的酒，要不就是他太疲惫了，他站在大木块上像一根木棍。他的遮羞布被扯开了，露出了阴毛，他站着的形象隐隐约约具有一种古典的美——臀部倾斜，手臂弯放在大腿上——经典而古老，仿佛他曾不断地出现在人类的噩梦之中。在这里是一张没有脸容、没有声音、没有气味、没有记忆的爱情的脸，在这里是一个没有一丁点儿人格的令人恼怒的堕落的人。这使人想起爱情中的愚蠢、报复和淫荡。他似乎在这一群腐化堕落的人群中激起了对体面的执着的爱。他们要先看一眼价格单，然后再看他。他的容貌狡猾而险恶，他比别人更加露骨地淫荡，但似乎并没有人在乎这一点。这广场上的气氛有那么一点儿微妙的变化。一万。一万两千。拍卖停了下来。对于埃米尔来说，这是他所见过的最糟糕的事了。伊凡把自己卖给了天知道什么人，那张在黑暗中的脸。然而，愿意为最不神圣的报酬做神圣而神秘的礼仪的皮埃尔却没有人要。他愿意去犯罪，到头来却只好回宿舍过一个悄无声息的夜晚，躺着数绵羊好让自己入睡，这似乎更加丢脸、更加罪孽。什么地方出错了，诺言，无论多么淫秽，失信了，埃米尔大汗淋漓地为他的同伴感到羞耻，因为想淫乱却又没人需要他似乎是最不体面的事了。最终皮埃尔以两万里拉成交。主持人转身问埃米尔，他是否愿意重新考虑他的决定。他陶醉在一种傲慢之中，决意展示一下发生在皮埃尔身上的事绝不会发生在他身上。他向前一步，跨上大木块，勇敢地望向广场上的灯光，仿佛他这样做便能直面世界了。

竞拍非常踊跃，他最终以十万里拉成交。他从台上走下来，穿过桌子，来到一个等待着的女人那儿。她是梅利莎。

她驱车带他上了山，进了一座别墅的大门。在这别墅里，他可以听见一座喷泉奔突的潺潺声和夜莺在树林中的鸣啼。在这别墅里，他发现他并没有将他的是非观带过那不勒斯海湾。他的感官一下子爆发了，他割裂了与他生活中重负的联系。这种爆发，这种割裂是如此断然而绝对，以至于他要去飞翔，去游泳，去活，去死，摆脱所有已知的观念，他似乎要在一个与地球和时光完全脱离关系的更高级的感官层次上激烈地毁掉自己，使自己获得新生，摧毁并重建他的精神。

花园里有一座游泳池，他们在那儿游泳，在露天平台上用餐。这次和她在一起，他似乎从来就没有过意识，或者也许可以说他发现了一种更加新颖的意识。别墅里有六条狗守卫着他们，仆役们托着食品和美酒的盘子来回奔忙。他已经没有时光流逝的感觉了。当有一天上午，她告诉他她有事必须驱车到拉德罗斯去，午饭前就会回来时，他猜想他已经待在那儿一个星期或者十天了。

到两点钟她还没有回来，他便独自在露天平台上吃午饭了。当女侍者收拾好餐桌，她们便上楼去午睡了。这整个峡谷静谧极了。他躺在游泳池边的草地上，等待着她归来。他被一种如毒品一般的强烈性欲攫住了，她的迟归就像迟到的毒品一样，让他处于极端的痛苦之中。黑狗们躺在他附近的草地上。有两条狗不断地将木棍衔来让他往远处扔。它们一个劲地连续要他这样做，每隔几分钟就会将木棍扔在他的脚边，如果他不立马扔木棍，它们就会狂吠吸引他的注意。他听见路上一辆车的声音，心想再过五分钟她就会跟他在一起了，然而那车继续开下去，到这悬崖的另一处别墅去了。他跳到游泳池里，从池的一边游到池的另一边，从清凉的水中爬出来，来到炙热的太阳底下。太阳一晒让他对她的需求变得更加难以克制了。园中的鲜花仿佛是催发性欲的春药，甚至这蔚蓝的天空仿佛也是爱情的一部分了。他又在游泳池里游了一圈，躺在草地的树荫底下。狗们又来到了他的身边，寻回犬又狂吠着要求他扔木棍了。

他纳闷她在拉德罗斯干什么。厨师已经买好了酒和食品，他想，她没有什么别的需要了。她无法抗拒他的抚摸和容貌，这使他纳闷她是否能够抵挡住任何其他男人的抚摸和容貌，她是否现在正在和一个前臂全是体毛的陌生人爬上楼梯。他在她身上所得到的性欲的快乐程度与他妒忌的程度是一致的。他无法对她的忠诚存有任何信任感。他继续为狗扔木棍。

他投掷着木棍，仿佛这牵涉了一种明确的责任，仿佛狗的福祉和快乐与他的良知休戚相关。但是，为什么？他并没有喜欢它们，也没有不喜欢它们。他的实在的感情完全是可以追溯的。他对狗似乎负有一种义务。在这里有一种相互性，仿佛在过去他就是一条狗，完全依赖花园中一个喜怒无常的陌生人，或者仿佛在未来他有可能演变成一条狗，祈求主人放它进门躲雨。他扔木棍的耐心似乎是一种义务和报偿。她在哪儿？她现在为什么不跟他在一起呢？他竭力想象她正在做一件完全无辜的事，但他不能。他突然愤懑而痛苦地坐了起来，狗也都随之爬了起来观望着。狗的金色眼睛和寻回犬的哀鸣令他更加愤怒了。他爬上楼梯走进客厅，给自己倒了一杯酒。他没有关门，狗跟着他也进来了。他站在酒吧台旁边，狗则蹲坐在他的身边，仿佛期望他跟它们说话似的。整个房子悄无声息，一片静谧，女佣们在午睡。他对于她处于如此邻近的地方而不可及、对她的无用和腐败产生的愤怒让他发抖。这些动物的目光似乎在询问更多的问题，仿佛这时刻正在奔向它们熟知的高潮，仿佛他正在走向一个关键的与它们都有关的瞬间，仿佛它们的无言和他淫荡的欲念、妒忌和愤懑汇合在一起了。他奔上楼梯，穿上衣服。到村子里去要走上一个小时，他也并不指望她的车会开来，因为他坚信即使她回来，那也一定是跟另一个情人，而他则一定会演变成一条狗了。当她真的与他打了照面，她停下了车。当他看见车后面装满了食品和杂品，他道德的义愤一下子垮下来了。他和她一起回到别墅，然后在周末前往罗马。

[30]

一天上午回到旅馆，霍诺拉发现诺曼·约翰逊在大厅里等着她。“哦，沃普萧小姐，”他说，“哦，见到你多好呀。见到任何能说英语的人多好呀。人们告诉我，这些人都在学校学过英语，但是我见过的大部分人只说意大利语。我可以在这儿坐一会儿吗？”他打开他的皮包，给她看引渡她的命令、特拉弗廷巡回法庭所做的罪行指控的复写件和一个没收她所有财产的命令。虽然他手中握有这些权威文件，他仍然面露羞色，轮到她来为他感到遗憾。“别担心，”她说，轻轻地碰一下他的膝盖，“别为我担忧。全是我的错。我总是非常惧怕那可怜的农场。我一辈子都在惧怕那可怜的农场，即使当我还是一个小姑娘的时候。当勃勒塔尼夫人开车送我去看秋叶的风光，当我们经过那可怜的农场时，我总是闭上我的眼睛，我是那么地怕它。然而现在我思乡了，我想回去。我将去银行取我的钱，我们一块儿去乘那飞行的机器回去。”

他们一块儿走到运通办公室，并不是作为看守和罪犯，而是作为亲密的朋友。他等在楼下，她去关闭账户，来到他的跟前时手中提拎着一大捆两万里拉的钞票。“让我叫一辆出租车，”他说，“你不能那样在大街上走。有人会抢劫你的。”他们走上了西班牙广场。

那是一个晴朗的冬日。在弗雷杰内区里，双体船装着轮子，浴室都关了门，忧郁的光洒在橄榄树叶上，鱼汤广告要么掉了下来，要么摇摇欲坠悬挂在一根钉子上。燕子飞走了。在罗马，太阳底下很热，阴凉地方很冷。那柔和的、明亮的光辉给这拥挤的古老城市增添了一种古怪的潮水色彩，仿佛在古代台伯河黑色的潮水就漫过它的堤岸染黑了建筑物和教堂基底以下的部分，而基底以上的石灰仍然是雪白的，甚至在这么多年以后，缝隙上葳蕤地生长起厚厚的野草和马槟榔，它们看上去与阴毛是如此相像，给这著名的广场一种苍老的面貌。美国人在运通办公室周围溜达，阅读来自甜蜜家乡的新闻。大部分新闻似乎充满了幽默感，因为他们大部分人在阅读的时候都时不时地忍俊不禁了。和意大利人不同，他们散步时举步的样子仿佛是踩在值得纪念的、有明确界限的土地上——如网球场，海滩，被开垦的处女地——他们那一副似乎对变化、死亡、时光的流逝毫无准备的样子使他们显得与众不同。当霍诺拉走进广场时，广场上大约有一百五十个人。她抬头望一望天空。一位丹麦的游客正在西班牙台阶上给她的丈夫拍照留念。一位美国水手正在喷泉边将他的脑袋浸在水中。纪念圣母马利亚的纪念碑前摆放着鲜花。空气中弥漫着咖啡和金盏花的馥郁香味。十六个德国游客在街对面的咖啡馆里呷饮咖啡。上午十一点十八分了。

一个光脚丫、穿着破旧的绿色衣服的乞丐抱着一个婴儿走近霍诺拉。她给了她一张一里拉钞票。她还分发一里拉钞票给一名系着条纹围裙的男子，一个穿白色外套、手中托着咖啡盘的小孩，一个外衣领口紧扣在喉咙那儿的漂亮妓女，一个戴着一顶像废纸篓的帽子的佝偻女人，三个穿玫瑰红袍子的德国牧师，三个穿黑色袍子的耶稣会会士（那袍子的绲边是紫色的），六个光脚丫的圣方济修士，六个修女，三个年轻的女人（穿着罗马少女质地拙劣的黑色制服），一个来自纪念品商店的店员，一个美发师，一个理发师，一个男妓，三个职员（手上还沾着政府办公室蓝色印泥的污垢），一个失意的侯爵夫人（破旧的手提包里塞满了早已易主的别墅、房子、马匹和狗的照片），一个小提琴手、一个大号手、一个大提琴手（他们正在前往雅典娜大道排演厅的路上），一个扒手，一个神学院学生，一个古玩商人，一个窃贼，一个傻瓜，一个无所事事的人，一个正在寻找工作的西西里人，一个下班的警察，一个厨师，一个保姆，一个美国小说家，一个英国侍者，一个黑人击鼓手，一个医疗设备供应商，还有三个卖花的。她发放钞票的过程中没一丁点儿慈善的意味。她心中压根没有想到她的钱有用。她散发钞票的冲动就像她爱看火一样根深蒂固，她自私地追求沉醉在干脆利落、轻松和有用中的感觉。金钱是肮脏的，这是她的洗礼。

这时候，广场的屋顶上站满了人。运通办公室的一个职员从窗户爬出来，滑到遮篷上，跳到人行道上，一下子扑倒在霍诺拉的脚边。围观者站在齐膝深的喷泉水池中。几个荷枪的警察来到康多提大道。霍诺拉转过身子爬上了阶梯。数千人以圣父、圣子和圣灵的名义呼喊着祝福她，至于万世万代。

[31]

在卡梅伦访问新德里回国之前，科弗利的安全地位仍然悬而未决，但伯伦纳去了英国，科弗利也无法知道这老人什么时候回来。通过一些无法逆转的、混乱不堪的官僚程序，科弗利收到政府房产办公室的一份通知，在十天之内他将要被驱逐出他的住房。他的感情是悲喜交集的。他们在塔利弗基地的生活似乎结束了，如果说他们的生活曾经开始过的话。他作为计算机预编程序员可以很容易地就找到工作，离开塔利弗对于贝特西来说无异于开始新的生活。正在这个时候，他收到从圣博托尔夫斯发来的电报。立即回来。这个来自他老姑妈的从未有过的指示着实让他吓了一大跳。他打了包，便离开了。第二天向晚时分，他抵达圣博托尔夫斯。那天正下着雨，当火车靠近大海时，雨就变成白雪了。纷纷扬扬的白雪将铁道边上光秃秃的树枝和贫民区变成一片洁白，科弗利想，白雪使光秃的树和贫民区带有了一种悲凉感和美感，这种悲凉感和美感在它们历史中的其他时候是从来没有过的。这漫天的洁白使他心情轻快起来。当他跳下火车，乔韦特先生不知在哪儿。火车站里阒无一人。在维亚达克客栈的窗户里他也看不见任何他可以与之挥手致意的人，在饲料店里也没有人。跨过公共草地广场，他碰上了一队从基督教堂本堂区房子里走出来的男男女女组成的队列。他们一共八个人，成双成对地行进着。所有的男人，除了一个光脚以外，都戴着圆锥形绒线帽。他猜想那儿或许刚举行了茶话会、讲演或者慈善活动，这些人是住在可怜的农场的人。他们中一个瘦骨嶙峋的人似乎疯了，或者说傻了，嘴中不断地嗫嚅道："忏悔，忏悔，你的日子到头了。天使的声音已经告诉我怎样才能使天主对我满意……""闭嘴，闭嘴，亨利·桑德尔斯，"一个走在他身旁的肥胖女黑人说，"在登上大巴士之前，你给我闭嘴。"一辆车身上漆写着哈钦斯盲人院的大巴士停放在路缘上。科弗利看着一位司机帮助他们登上车，然后走上了船舶巷。

一个女佣开的霍诺拉的门。她对科弗利诡秘地一笑，仿佛她已经听说了许多关于他的事，而且已经形成了一个对他不利的想法。"她一直在等待着你，"她悄悄地说，"这可怜人儿整天都在盼望你来。"没什么可以责备的。科弗利给老姑妈发了电报，她知道他准确到来的时间。"我在厨房。"女佣说，穿过大厅走了。这房子既肮脏又阴冷。他记得那墙面原来是白白的，没有任何装饰，而如今却贴着壁纸。壁纸是格子花样，上面印了深红色的玫瑰花。他打开一扇双重门，进到起居室，起初猛然闪过一个念头：她死了。

她躺在一张破旧的高背沙发椅里。自从他最后一次见到她，这中间的几个月中，她已经失去了那肥腻的样子。她变得可怕地消瘦了。她曾经精力充沛——正如她自己说的，坚忍不拔——而现在她孱弱不堪了。但是，她那狮子般的容貌和孩子气地搁放她的脚的样子却没有变。她继续睡着。他瞧了一眼房间。这房间和大厅一样，长久没人整理了，到处是灰尘、蜘蛛网和印花的壁纸，窗帘没有了。从高大的窗户望出去，他可以看见白雪。她醒来了。

“啊，科弗利。”

“霍诺拉姑妈。”他亲吻她，坐在沙发椅旁边的一张凳子上。

“你来，我多么高兴呀，亲爱的，我多么高兴你来了。”

“我很高兴到这儿来。”

“你知道我干了什么吗，科弗利？我去了欧洲。我没有上税，比斯利法官，那个老傻瓜，说他们要把我扔进牢房去，所以，我就去了欧洲。”

“在欧洲玩得快乐吗？”

“你还记得打西红柿仗吗？”霍诺拉问道。他在心中纳闷她是否变傻了。

“记得。”

“打霜之后，我总是让你和其他孩子到我种西红柿的地方打西红柿仗。当你们将所有的西红柿都扔光了，你就捡奶牛留下的名片扔。”这位令人敬畏的老女人竟然称奶牛冒热气的粪堆为名片，这使人想起这村子种种古怪的事。“啊，当你扔完了那些名片和西红柿，你身上已经乱七八糟了，”霍诺拉说，“如果任何人问你玩得痛不痛快，你一定会说是的。这就是我对欧洲之行的感觉。”

“我明白了。”科弗利说。

“我变了，”霍诺拉问道，“你能看得出来我变了吗？”在她的话语中，带有一点儿轻松，一点儿希望，一点儿恳求，仿佛他也许会安慰地说她压根没有变，她还能风风火火地到花园去，在白雪覆盖落叶之前将一些落叶拾起来。

“是的。”

“是的，我想我变了。我掉了不少肉。但是，我感觉好多了。”又是一副不屈的姿态。“不过我现在不出去了，因为我注意到人们并不喜欢看见我。那使他们难受。我从他们的眼睛里可以看得出来。我如今像一个死亡天使了。”

“啊，不，霍诺拉。”科弗利说。

“啊，是的，我是。为什么我不应该是呢？我快死了。”

“啊，不。”科弗利说。

“我快死了，科弗利，我知道，我想死。”

“你不应该那样说，霍诺拉。”

“为什么我不应该那么说呢？”

“因为生命是一件礼物，一件神秘的礼物。”他孱弱地说，尽管这几个词对于他来说具有千钧的重量。

“啊，”她解释道，“这些日子，你一定常常去教堂吧。”

“我有时候去。”他说。

“是高教会派教堂还是低教会派教堂？”她问道。

“低教会派教堂。”

“你们家，”她说，“一直是去高教会派教堂的。”

这是一个严酷而简单的事实。在这一古老的分歧上表述自己的时候，她是比任何别的东西更加在意的，然而现在她太孱弱了，就无法太顾忌了。她随着他的眼睛去看那肮脏不堪的墙纸，说：“看得出来你注意到我的玫瑰了。”

“是的。”

“啊，我得承认那是一个错误，但是，当我回家时，我给泰纳先生打电话，请他给我拿些印着玫瑰图案的、能让我回想起夏日的墙纸来。”她在沙发椅中向前倾着佝偻的身子，抬起脑袋和眼睛，极端憔悴地望了一眼玫瑰花朵。“望着它们，我感到累极了，”她说，“但是，太晚了，已没法改变了。”

科弗利抬头望一眼墙壁，望一眼她的错误，发现那花朵压根不是真实的玫瑰的颜色和样子。花蕾像男性的那玩意儿，而花朵本身看上去却像是食虫植物，像饰有花瓣的、裂开喉咙的鹟科食虫鸟。如果说它们是为了勾起她对夏日的思念，那它们一定无法做到。它们似乎是黑暗和腐败，他不禁纳闷，她是否故意选择这种图案以表述她在人生这个时刻的感觉。

“请给我拿点儿威士忌来，科弗利，”她说，“酒在食品储藏室里。我不敢叫她。”霍诺拉向屋子后面点一点头，那正是女佣坐着的地方。她用左手遮在嘴边，看来像是不想让她的声音从门边漏出去，然而，当她说话的时候，她的呵责声是如此尖利，准传到大厅里去了。“她喝酒。”霍诺拉发出嘶嘶的声音，眼睛滴溜溜地往厨房那儿转动着，生怕科弗利不理解她说话的意思。

科弗利非常惊讶，老姑妈竟然要喝威士忌酒。她每每在家庭聚会上喝上一点儿酒，但总是一个劲地表示罪过和自责，仿佛喝了一高杯掺水加冰块的威士忌会让她醉躺在地板上失去知觉，或者更加糟糕，让她在桌子上跳上一曲吉格舞。科弗利穿过餐厅来到食品储藏室。他发现的两样变化，也就是说房子年久失修和她对玫瑰的钟爱，在那儿同样存在着。墙壁覆盖着深色的玫瑰，桌子吱吱嘎嘎作响，桌面划着刀痕，落满了厚厚一层灰尘。在一张椅子的座面上放着一根破损的椅腿和扶手。这地方简直是不可收拾，但如果正如她自己说的，她快死了，那么，她似乎就像一只蜗牛或者一只鹦鹉螺一样，在她自己房子的躯壳中爬向坟墓，将她模糊的眼神和丧失的记忆力都充分地表现在蜘蛛网和灰尘之中了。

“我能帮你做点儿什么吗，沃普萧先生？”这是女佣的声音。她空手坐在洗涤槽旁边的一张椅子里。

“我在找威士忌。”

“在果酱橱里。没有冰，但她不喜欢在酒里放冰块。”

那儿有许多威士忌。半箱波旁威士忌，至少还有一箱空酒瓶子，杂乱地散放在地板上。这太神秘了。难道是女佣购买的这些箱威士忌，独自在厨房里痛饮的吗？

“你给沃普萧小姐干了多久了？”科弗利问道。

“啊，我不是给她干活的，”女佣说，“我只是今天来打扫打扫。她想，如果你见到她孤独一人，你会担忧的，所以她叫我来，顺便把东西归置归置，显得好看一点儿。”

“她一直独自一人吗？”

“她独自一人，如果她想孤独一人的话。啊，有许多人想来，给她煮杯茶喝，但她不让他们来。她想独自待着。她已经什么也不吃了。她只喝酒。”

科弗利定睛仔细瞧了女佣一眼，看看她是否如霍诺拉所说是个酒鬼，她想把她的罪孽都推到那老女人身上。

“医生知道这些吗？”科弗利问道。

“医生。哈哈。她不让医生到她屋子里来。她在伤害自己。她就是这么干的。她想自杀。她知道医生会给她动手术，她怕刀。”

她说话的神气中没有半点儿怜悯，仿佛她就是刀的鼓吹者，而霍诺拉则是一个变节者。就是这么回事，他还能干什么呢？他不能再待在厨房里了，如果他待的时间太长，她会起疑心的。他回去用女佣的谎言和空威士忌酒瓶指责她，是不可思议的。她会断然否认一切，而且会被深深地伤害，因为这样他就粗暴地破坏了维系他们关系的古老的游戏规则了。

他穿过食品储藏室和餐厅走回去，那死亡一般的失修作为一个简单的事实提醒了他，让他明白她似乎一直在勇敢地面对着这一简单的事实。他记得他曾经背着一麻袋黑蛤蜊在卡斯卡达的海滩上行走。大海的咆哮听上去像什么？大部分时候像狮子的吼叫，像天定的命运，像最后的一手牌，一张张 A 就像墓碑一样硕大。大海吼道：轰隆隆。他所有这些关于变形的虔诚的自省是为了什么呢？他想，他在海滩上看到一种生命形式蜕变到另一种生命形式。海草死亡，干枯，像一只燕子一样随风飘扬，而那一脸愤懑的游客将用他手中拿着的漂流木做一盏台灯的底座。昨夜涨潮时留下的海岸线由孔雀石和紫水晶标示了出来，海滩上划出的纹路和天空中的云彩图案一个样。人仿佛就站在蜕变的节骨眼上，这儿就是分界线。这儿，随着浪涛的逝去，便是一种生命和另一种生命的分界线。然而，当他的时日将尽，这种认识会让他不去尖声苦苦哀求宽恕么？

“谢谢你，亲爱的。”她焦渴地喝威士忌，眼睛眯成一条缝瞧着他。“她喝得醉醺醺的了吗？”

“在我看来没有。”科弗利说。

“她装着样子。我希望你答应我三件事，科弗利。”

“是的。”

“我希望你答应我，要是我失去知觉，你不会把我送到医院去。我想死在这房子里。”

“我答应。”

“我希望你答应我，当我去了，别因我而忧愁。我的人生完了，我知道。我已经做了我应该做的一切，还有许多我并不应该做的我也做了。当然啦，一切都会被没收，但是，约翰逊先生要到一月份才会没收我的财产。我请了一些很好的人来这儿吃圣诞节宴席，我希望你在这儿欢迎他们。麦琪将负责做菜。答应我。”

“我答应。”

“然后，我希望你答应我，答应我……哦，还有些别的事，”她说，“但我不记得了。现在，我想我要躺一会儿了。”

“需要我的帮助吗？”

“是的。你把我抬到沙发上去，在那儿你可以给我读点儿什么。这些日子我喜欢听别人给我读点儿什么。啊，还记得当你病了的时候，我读书给你听吗？我总是给你读《大卫·科波菲尔》，我们两人都哭了，哭得我读不下去。还记得我们一块儿哭吗，科弗利，你和我？”

这充溢了感情的回忆使她的嗓音变得年轻，仿佛让她回到了遥远的过去，一刹那间听上去又像是一个姑娘在说话了。他帮她离开那椅子，扶着她到那用马鬃填塞的古老的沙发上。她躺下，让他给她盖上一条地毯。“我的书在桌上，”她说，“我正在重读《基度山伯爵》。第二十二章。”当他把她在沙发上安置好以后，他找到她的书，开始朗读。

他对于她朗读的记忆不是一种形象，而是一种感觉。他已经不记得她坐在他的床边所流的眼泪，但是他真切地记得当她走开时她所留下的那种令人困惑的激烈的感情。现在，他不安地朗读着，他在心中纳闷为什么。当他是一个生病的孩子时，她读书给他听；而现在当她快要死去时，他给她读书。这种轮回太明显不过了，但是，为什么他却感觉，即使她完全无助地瘫躺在沙发里，她仍然拥有能让他陷于深渊的魔力呢？他从她那儿得到无尽的慷慨和慈爱，但他为什么做这么一件简单的事却还要带着不安的心情呢？他喜欢这本书，他爱这年迈的女人，世界上没有一间房间他是这么熟悉的了。那么，为什么他却感觉他无辜地跨进了一个陷阱，这陷阱牵涉一个骗人的女佣、一箱威士忌和一本旧书。当读到一半时，她睡着了，他便停了下来。不久，女佣来到门前，戴着一顶黑帽子，在制服外套着一件黑外套。“我必须走了，”她轻声地说道，“我必须给家里做晚饭了。”科弗利点点头，聆听着她的脚步声走到屋后面，门关上了。

他走到那长长的肮脏的窗户跟前去看雪景。在地平线上有一抹黄色的——不是柠檬色的——光，那光色也是飘忽不定的。那是一盏灯笼，一盏兽角灯彩，一盏走马灯的光，那映在纸张上的光影，撩起他对于孩提时代和花园聚会的回忆。那孩提的时代和花园聚会被这一刻迟暮的光阴和隆冬阻隔在遥远的过去了。

“科弗利？”她问道，但她是在睡梦中说话。他走回到他的椅子边。他看出她如今是多么地消瘦，但是他仍然乐意去相信她终究还是没有改变她的精神和活力。她不仅独立地生活，她有时候还似乎创造了她自己的文化。她认为，在死亡的问题上，是没有任何东西可以缓解与掩饰的。她的礼仪是勇敢的、举世无双的、深奥的。她心爱的房子所带有的那年久失修的阴郁气氛，那骗人的女佣，那开裂的玫瑰花——她似乎将这一切满意地安排在自己周围，就像古人在临死前充满信心地给自己备足上远路的食物和酒。

“科弗利！”她突然醒来，将脑袋从枕头上抬起来。

“在这儿呢。”

“科弗利。我刚看见了天堂的大门！”

“那是什么样子，霍诺拉，那是什么样子？”

“啊，我说不好，我无法描述那样的东西，它们是如此美丽，我看见它们了，啊，我看见它们了。”她一脸红光地坐起来，抹眼泪。“啊，它们是如此美丽。那儿有大门和成群带有彩色翅膀的天使，我看见了。难道这不好吗？”

“好。霍诺拉。”

“再给我一些威士忌。”

他轻松愉快地穿过那阴暗的房间，心中感觉很幸福，仿佛他分享了她所见的天景。他兑了些酒，一边安慰自己她是永远不会消亡的。她会停止呼吸，被埋葬在家族的墓地里，然而，她鲜活的形象在他的记忆中不会改变。当他们做决定的时候，她将永远和他们在一起。在她成为尘土之后很长的一段时间里，即使她的墓碑上长满了苔藓，她的棺木因为冬霜而松动，变得倾斜，她仍然将自由地驰骋在他的梦中，她将惩罚他和他哥哥的奸诈和罪愆，奖赏他们的良善，使他们活得心情轻松，赢得朋友和情人的好评。这老女人所代表的良善和邪行是不会消亡的。他拿着她的酒穿过黑暗，在壁炉的火中又放上一根木头。她不再说什么了，他给她的酒杯斟了两次酒。

在六点半钟时，他给格林诺医生打电话。医生正在吃晚餐，一个小时之后他来了，宣布她死于饥饿。

他们都不愿意来到这变化了的古怪地方。科弗利是家族中参加她葬礼的唯一的成员。他没法找到摩西，贝特西忙着了结塔利弗基地的房子。梅利莎失踪了，我们最后看见她是在从罗马郊区开回城区的公共汽车上。快到圣诞节了，但仍然没有太多的节日气氛。埃米尔或者他的理发师在他的前额上留出那么一缕卷发挂在那儿，这给他的容貌一种顽皮、孩子气却也有点儿傻的感觉。他似乎有点儿醉意，当然啦，也有点儿饿。梅利莎的头发染成红色的。和一个比自己年轻许多的人待在一起——他们确实是在一块儿生活——的结果之一就是让她也显得非常像个小姑娘了。她养成了耸肩膀、左右摆动脑袋的习惯。她不属于那些连讲英语都感觉羞耻的外国人。她的嗓音富有音乐性，甜蜜蜜的，在公共汽车里飘荡。“我知道你饿了，亲爱的，”她说，“我知道，但这绝对不是我的错。正如我理解的，他们邀请我们吃午餐。我清晰地记得她邀请我们吃午餐。我在想也许在她邀请我们吃午餐之后，帕拉皮阿诺斯家又请他们去赴午宴，于是他们决定抛弃我们，和我们敷衍一下，只让我们喝那么一点儿就完事。我们进去时，我注意到餐桌全然没有摆好。我就知道什么地方出错了。要是她早一些打电话，把这次约会取消，那就会令人愉快得多。那样做会是很鲁莽的，但是，让我们去，我们期待着吃一顿午餐，却又被告知他们有约会了，这真是我听说过的最鲁莽的事儿了。我们能做的就是把它忘了吧，忘了吧，就算是我们要忘却的许多事情中的一件吧。一回到罗马，我就去购物，给你做一顿午餐……”

她真这么做了。她去了戴勒萨奇脱里乌斯大道的美国超市。她从串在一块儿的几百辆购物车中拿了一辆，车身上发出轻轻的金属的叮当声。她推着购物车在堆满美国食品的货架间行走。对于因生活的打击而痛苦、困惑的她来说，这是一种慰藉，这是她选择的路。她的脸色苍白，脸庞上挂着一缕垂挂下来的卷发。眼泪赋予她眼睛里的光一种玻璃般的晶莹，但超市里人群嘈杂。在超市的历史中，她不是第一个，也不会是最后一个带着泪眼购买食品和杂物的女人。她心不在焉地在这群外国人中走来走去，仿佛这些只是她生活中的溪流而已。在这男人和女人的溪流上没有斜着吹拂水面的杨柳，不过，她最像奥菲莉亚[1]了，与其说她在采撷毛茛、荨麻和长颈兰编织她那奇异的花环，还不如说她在用盐、胡椒、清洁剂、舒洁餐巾纸、冻鳕鱼丸子、羊肉馅饼、汉堡包、面包、黄油、调料、一本给儿子的美国卡通图画书和给自己的一捧康乃馨编织她自己奇异的花环。和奥菲莉亚一样，她也吟唱古老的曲调。“温斯顿烟味太好了，就像香烟应该的那样，科林先生，科林先生。”[2]当她的花冠或者说花环编织完了，她便去付账，将她的战利品拿走，一个充满痛苦的女人，然而，她一点也不比其他高贵的女士逊色。

1　英国剧作家莎士比亚戏剧《哈姆雷特》中的人物。

2　从 1954 至 1972 年温斯顿烟闻名遐迩的广告用词。

[32]

贝特西和宾克西在圣诞节前一天抵达，科弗利到火车站去迎接他们。“我太累了，”贝特西说，“我太累了，要累死了。”“是火车旅程太颠簸了吗，我的心？”科弗利问道。“糟透了，”贝特西说，“糟透了。什么也不跟我说，就那么回事。我不明白我们为什么要到这儿来过圣诞节。我们完全可以到佛罗里达去。我一辈子还没有去过佛罗里达呢。”

“我答应霍诺拉我们将在这儿过圣诞节。”

“你告诉我她死了，死了而且埋葬了。”

“我答应过的。”一刹那间，面对如此的不协调他感觉非常无助，他感觉他的血液由于愤懑或者绝望而演变成像可口可乐那样糖浆般的冒泡玩意儿。对这老女人失信是不可思议的，这是他自尊的一部分，然而他可以看得出来，对于贝特西来说，他如此给自己找麻烦是不可思议的。科弗利在妻子的身边走着，像一个失去性事威力的战士那样有点儿卑躬屈膝，而贝特西挺直身子站着，庄严地抬起头颅，仿佛她捡拾起了他扔掉的每一块自尊的面包皮。科弗利竭尽所能将房子归置整齐。他点起了壁炉火，装饰了一棵圣诞树，在树上挂着给儿子和妻子的礼物。“我要让宾克西睡觉了，”贝特西义愤地说，“我想不会有任何热水洗澡吧，是不是？来，宾克西，跟妈妈一块儿上楼吧。我太累了，我要累死了。”

晚餐后，科弗利等待着唱圣诞歌曲的人，但是，他们要么放弃了这一仪式，要么压根将船舶巷排除在他们的行程之外了。十点半钟，基督教堂的钟声响了起来。他穿上外套，走到公共草地的广场上去。当他走到教堂门口时，教堂钟声停止了。在他前面有三个女人，他都不认识。她们似乎也不是一起的，都过了中年年纪了。第一个女人戴一顶鼓一般的帽子，帽子上缀着金属圆片，金属圆片反映着街灯的光芒，仿佛做广告的灯在闪烁着，吸引人的注意似的。想买姜汁松糕？想买地塞米松？想买傻瓜轮胎？他瞧着她的脸庞，想得到答案，但那儿除了婚姻、生育孩子、欢乐和悲伤的印记之外，什么也没有。另外两个女人戴着同样的帽子。他等她们走进去之后才走进教堂。他发现在这圣诞前夕，除了他们四个人外，没有别的朝拜者。

他走到一条很远的长凳那儿，跪了下去，膝盖关节发出很响的咯吱咯吱的声音。他开始祷告起来，浑身沉湎在遥远的圣公会古老的雨的味道中。艾普尔盖特先生走了进来，没有穿法衣，点燃了蜡烛。过了一会儿，他手中拿着圣体，回到祭台。“全能的上帝，”他吟诵起来，“在主的面前，吾等敞开心灵，将吾等所有的想法告知主，对于主，吾等不隐瞒任何秘密，求主以圣灵的灵感洗净吾等的思想吧……”

弥撒的回响在圣诞前夜像伊丽莎白时代宏伟庄严的队列一般来到那个阴暗的教堂。在主要的祈愿或者广泛的忏悔和赞颂之后，紧接着便是一大套夸夸其谈的说教，而那喃喃细声的回应似乎也用尽了玫瑰色和金色的修饰美词。弥撒在进行着，科弗利心想，在弥撒中将要吟唱赞美诗《上帝的羔羊》和《荣归主颂》，然后是赐福祈祷，最终说一声阿门，犹如对一切华丽的辞藻砰然关上了门。他感觉到有什么奇怪而错误的东西。艾普尔盖特先生的布道充满了戏剧性，但让人感觉更为显著的是那种温文尔雅的姿态，那种对待神圣词汇的令人腻味的傲慢态度，克兰麦[1]曾经那么狂热地热爱那些神圣的词汇。当他转身到祭台去祷告时，科弗利看见他摇摇晃晃，手抓着法衣的花边稳住自己。他病了吗？他非常孱弱吗？那个戴亮灯帽子的女人转过头来对科弗利悄悄说："他又喝醉了。"他是醉了。他是带着藐视和侮慢在弥撒中布道的，仿佛他的糊涂是他智慧的一种形式似的。他在祭台上蹒跚而行，他将礼拜时的公共忏悔和晨祷搞混了，不断地说道："基督可怜吾等。让吾等祈祷吧。"直到他似乎窘迫不堪。圣餐的礼仪没有按规定的程式进行。当发生这样的灾难时，领受圣餐者其实是有权进行干预的，但他们这时什么也干不了，只好眼睁睁地看着他从头到尾这样踉踉跄

1 即托马斯·克兰麦（Thomas Cranmer，1489—1556），英国十六世纪宗教改革领袖。

跄，摇摇欲坠。陡然间，他张开双臂，跪了下去，高声喊道：“让我们为所有那些在高速公路上、快速干道上、免费高速公路上、收费公路上死难或严重受伤的人祷告。让我们为所有那些在飞机错降、空中相撞和高山空难中烧死的人祷告。让我们为所有那些被旋转式割草机、链锯、电动树篱剪和其他动力工具伤害的人祈祷。让我们为所有那些以盎司、品脱和 1/5 加仑来计算上帝赐予的日子的酒鬼祷告。”他号啕大哭起来。“让我们为那些淫荡好色之徒……”在那戴着亮灯帽子的女人带领下，其他教友在祈祷完结之前便离席了。科弗利一个人留下说阿门，给足了艾普尔盖特先生面子。艾普尔盖特先生说完了余下的祷告，脱掉他的法衣，吹灭蜡烛，匆匆忙忙去拿藏在祭服里的松子酒。科弗利走回船舶巷。电话铃声在响。

“科弗利，科弗利，我是汉克·摩尔，在从维亚达克客栈给你打电话。我知道这不关我的事，但我想你也许在纳闷你哥哥在哪儿，他在这儿。他跟寡妇威尔斯顿在一起。我不想管别人的闲事，但我想你也许想知道他在哪儿。”

这是维亚达克客栈的圣诞节前夜，而楼上完全是一番厚颜无耻的享乐情景。这儿绝不是神圣的树丛，唯一的流水声来自一只漏水的龙头，而好色之徒摩西色眯眯地透过烟雾弥漫的空间斜睨了一眼他的酒神女祭司。威尔斯顿夫人的卷发蓬乱不堪，脸庞涨得通红，那微笑是一种痴迷的、恣意任性的、忘怀一切的微笑。她右手举着一只可爱的酒杯，酒杯中满盛着可爱的波旁威士忌。她的下颌垂肉是她给人的第一个肉鼓鼓的印象，这一印象由那一对硕大的乳房更为加深了。“听我说，摩西·沃普萧，”她说，“你听我说。你们沃普萧家的人总是认为你们比别人优秀，但是，我想告诉你，我想告诉你，我记不得我想告诉你什么了。”她哈哈大笑起来。她已经丧失连贯思维的能力，随着这种思维能力的丧失，她也忘记了生活中的挫折和痛苦。她醒着，但她是行尸走肉，做着白日梦。摩西像所有的好色之徒一样光裸着他的身子，咂咂嘴，离开了他的椅子。他的醉步笨拙，一副好斗的样子，有一点儿被苦恼折磨着。那步子一方面有一种好斗的成分，另一方面还有一种轻松感，一种敏捷机灵，就像一个人用一张空头支票购买了一夸脱松子酒，从酒店里偷偷走出来时的那副样子。他走到她跟前，在她身上多处地方咂着嘴，吻得湿漉漉的，一把将她抱在怀里。她轻嘻鬼叫，懒洋洋地躺在他的怀抱里。他抱着他那鲜蹦活跳的女人到床上去。他摇晃到右边，重新恢复平衡，然后又再一次摇晃到右边。他走啊，走啊。他倒下了。啪。这整个维亚达克客栈被这跌倒声震动了，紧接着便是一片可怕的静寂。他横倒在她身上，脸庞顶着地毯，那地毯有一股令人愉悦的尘土味，就像秋天树林中的味道。啊，他的狗，他的枪，他生活中简单的快乐在哪儿呢！她仍然像一团肉躺在那儿，先开口了。她说话的腔调中既没有愤懑，也没有不耐烦。她嫣然一笑。“让我们再喝上一杯吧。”她说。这时，科弗利打开门。“回家去吧，摩西，”他说，“回家去吧，哥哥。这是圣诞前夜了。”

圣诞节清晨光辉灿烂。科弗利醒来，跟贝特西亲热了一番。冻结在窗玻璃上的冰霜，像炮弹散片，有点儿要融化了，让室内充满亮光。麦琪早早地就来了，打开炉子的通风口，很快热空气和煤气就开始从挡板那儿冒了出来。宾克西将长袜里科弗利给他买的礼物倾倒出来，全家在暖洋洋的厨房里一张木头桌子上吃早饭。那木头桌子油滑而千疮百孔，像洗手的香皂。厨房其实并不幽暗，而屋外新下的雪所散发出来的白皑皑的光使厨房显得似洞穴般深邃。

摩西在一阵焦虑、最严重的忧郁症的毁灭性发作中醒来。那灿烂的天光，基督的降生，对于他来说，似乎都是愚昧的藏豆赌博游戏而已，是发明出来欺骗像他弟弟那样的傻瓜的，而他看透了世上一切皆空。他所做的一切对他神经和记忆力的伤害远不如他感受到的快要临近一场灾难的感觉，那将是一种无情地、神不知鬼不觉地毁掉他的厄运。他的手开始颤抖起来，再过十五分钟他就会大汗淋漓。这是一种死亡的痛苦，这种痛苦与他所知的永恒的生命是不同的。它存在于霍诺拉遗留在肉冻柜子里的波旁威士忌酒瓶里。当他刮胡子和穿衣时，他想起波旁威士忌。当他下楼走到厨房，发现波旁威士忌酒瓶都放在餐桌上时，他并不把它们看成这家庭中的一员，而把那瓶里装着的酸溜溜的琼浆玉液看成横隔于他和高山美景之间的残酷障碍。麦琪给他喝的咖啡和橘子汁似乎淡而无味，令人恶心。他怎么能将它们扔到房间外面去呢？要是他想到买上圣诞节礼物，并把它们挂在圣诞树上，他本该就有独处一会儿的机会了。“果酱，”他高声喊道，“我要一些涂烤面包的果酱。”他走进了放果酱的小房间，关上了门。

科弗利在早餐后穿过餐室时，看见麦琪在餐桌上摆好了十二个客人用的餐具，他心中纳闷这些客人该是些什么人。霍诺拉在圣诞节时总是使用一张偌大的餐桌。在感恩节之后，她便开始在公共场所，诸如火车上、公共汽车上和候车室里，寻觅一脸现出无法抹去的孤独感的人，请他们到她家来吃圣诞节大餐。本能和实践使她明察秋毫，她能够绝对准确地找到这一类人。虽然她知道所有男人在他们的生活中都会有极端孤独的感觉，她的邀请却更多地被陌生人拒绝，尽管她看见他们在转身走开之后走进一间空荡荡的房间过节，没有朋友，也没有亲戚，只有一张摇摇欲坠、发出吱吱嘎嘎声音的餐桌。她不喜欢刚愎自用的傲慢，这种刚愎自用的傲慢在她看来太可怕了。她希望她的餐桌坐满人的好意，就像她对火的热爱或者对金钱的冷漠一样，是与生俱来的。有一次，她在圣诞节清晨跑到火车站候车室去，将守在煤炉边取暖的流浪者们统统围捕了起来。

科弗利在早餐后将走道上的积雪都扫干净。铲子在走道上响亮的铲雪声自有一种独一无二的魅力，一种傻乎乎的魅力，仿佛这粗糙的音乐，这简单的活儿，召唤着利安德扮演一种更为幸福的角色时的鬼魂，这鬼魂比他在河巷上残破颓败的老房子中走向没落时被迫要扮演的角色快乐得多了。照在白雪上令人目眩的天光似乎在围绕着村子边界一圈一圈地转，就像是被搅动的水杯中的水的涟漪一般，然而，即使在一天中如此早的清晨，人们仍然可以看得见这天光在变化，有时变得像是一年中冬至那最短日子的灯光。

十一点的时候，勃勒塔尼夫妇和达莫夫妇到了。麦琪拿来雪利酒和树莓汁气泡水款待他们。这时，在摩西的眼睛里闪烁着如此机敏、如此调皮的神色，不过这神色并没有停留很长的时间。在午后，当科弗利站在窗户边时，他看见那天晚上归来时看见的那辆黄色大巴士。司机是同样的人，乘客也是同样的乘客，巴士上同样写着哈钦斯盲人院。巴士就停在房子的门前，科弗利奔下楼梯，让大厅的门开着。“沃普萧吗？”司机问道。“是的。”科弗利说。“好了，这是参加您的圣诞节宴席的人们，”司机说，“他们告诉我三点来接他们。”“你不进来坐一会儿吗？”科弗利问道。“哦，不，谢谢，不，”司机说，“我有胃病，我只想喝碗汤。我在村子里找点儿东西吃。火鸡什么的，我受不了。你还得带他们上台阶。我来帮你一把。”

科弗利打开门，对他曾在公共草地的广场看见过的女黑人说：“圣诞快乐。我是科弗利·沃普萧。非常欢迎你们到这儿来。”“圣诞快乐，圣诞快乐。”她说，她手提着的无线电收音机里播送着百人合唱团正在演唱的《齐来钦崇》。“一共有七层台阶，”科弗利说，“进房间还有一层。”这女人抓住他的胳膊，无助却信任他。她抬头面向苍穹。“我可以看到一点光，”她说，“只有一点。外面肯定很亮。”“是的，没错，”科弗利说，“五，六，七。”“Joyeux Noël[1]，”摩西说，深深地弯腰鞠了一躬，“我能帮你脱下披肩吗？”“不，谢谢你，不，谢谢你，”那女人说，“汽车里太冷了，我要披着它暖和暖和。”摩西引领她来到客厅，这时，司机充当了愚蠢的先知，说道：“怜悯我们吧，怜悯我们吧，慈悲的天父，给我们以和平吧。”“嘘，嘘，亨利·桑德尔斯，”女黑人说，“你要把这聚会搞得一塌糊涂了。”她的无线电收音机在吟唱《平安夜》。

一共有八个人。男人们都戴着圆锤形绒线帽，帽子压到耳朵边上，仿佛是哪一个侍者不耐烦地、粗暴地将帽子拉到那儿似的，因为这家伙急于赶快离开，好去参加他自己的圣诞宴席。当科弗利和贝特西让他们在客厅都就座，科弗利环视四

---

1 法文，意为“圣诞快乐”。

周，想弄明白霍诺拉的选择到底明智在什么地方，心中不禁思忖，这八位盲客人应该是最了解人性中仁慈所包含的那些最原始的东西的人。这些无助的盲人在拥挤的交通里只能等待那些他们看不见的陌生人帮助他们，他们根据人们的触摸便可以知晓那是真心实意的温情还是勉为其难的伪善，很可能这些人只是生怕在大庭广众之下让人看到他们不愿帮助无助的盲人而已。盲人们不得不忍受他们的冷漠，他们在每一个转弯处都要依赖别人的慈悲，于是，这些盲人似乎带来了这样一种情境，在这情境中黑暗的强度大大超越了白天的光辉。他们的视力遭受了打击，然而这似乎并不是一种残疾，恰恰相反，打击反而提高了他们的洞察力，就仿佛土著人曾经是盲人，那只是远古人类的一种状况一样。他们将夜的神秘带到了客厅。他们似乎是沉浸在痛苦中的人的拥护者，拥护如同狂喜一样丰满、一样充满激情的凄苦滋味，拥护失败者、倒霉蛋、失意者，拥护那些梦到错过飞机、火车、轮船、机会的人（他们一觉醒来看见空荡荡的飞机跑道，空荡荡的候车室，轮船驶离码头留下的像爱之隧道般恶臭不堪的空荡水域），拥护所有那些惧怕死亡的人。他们安静地、耐心地、羞赧地坐在那儿。麦琪来到门口，说：“晚餐已准备好，如果不赶快吃，就要凉了。”他们引领这些盲者一个又一个地穿过灯光灿烂的大厅来到餐厅。

这就是要写的一切，该是结束的时候了。现在在圣博托尔夫斯已经是秋天了，我一直住在圣博托尔夫斯，季节的变换是何等倥偬！在清晨黎明时分，我听见大雁的鸣声，尖尖的，怪怪的，就像 B 与 M 公司的货轮那嘶哑的鸣笛声。我将脏衣物放进小屋，拿上网球场皮尺。天光已经失去了夏日的炽热，现在显得更有穿透力，更明澈。天空似乎隐退而去，却没有失去它的辉煌。机场往来繁忙，我那些不安久居一地的人又穿上他们宽松的长裤，戴上卷发器，又一次上路了。把生活看成一种迁徙的想法居然在这穷乡僻壤也流行起来了。勃勒塔尼夫人在她的晾衣绳上挂了一只蓝色的塑料游泳池晾干。特拉弗廷的一位夫人在她种薄荷的地里发现了一具尸体。在霍诺拉和利安德永眠的墓地里有一片绿草地，修剪得像是一丝笑容，微笑地静观着那回归尘土的喧闹的一幕。我打起行囊，到河里去最后游上一次。我热爱这河流和河岸。我是如此荒诞不经地爱这河流，仿佛我能和这风景结合，把这旖旎美景带回家同床共枕。银餐具工厂的汽笛声在四点鸣响。蔚蓝的天空中飞翔的银鸥鸣叫着，有如咯咯狂叫的下蛋的母鸡。

在一年中如此晚的时候，威廉姆斯夫妇仍然驱车来到特拉弗廷，在那滋养人类的黝黑大海里游泳。晚餐后，威廉姆斯夫人去打电话，对电话接线员说：“晚上好，埃尔西亚。劳驾你把电话接到瓦格纳先生的冰淇淋店。”瓦格纳先生推荐了他的咖啡，几分钟之后骑上他的自行车去送一夸脱的咖啡。自行车在秋日的薄暮中丁零当啷穿过街区，仿佛车身系着许多银铃似的。他们打了一会儿惠斯特牌戏，互相亲吻，互道晚安，便上床睡觉、做梦。威廉姆斯先生被那地动山摇、累断脊背、将两个肉体黏合在一起的对性爱的剧烈需求所折磨，梦到他将那位在特拉弗廷绿廊餐馆干活的中国女侍者拥抱在怀里。威廉姆斯夫人辗转难眠，便向天空送去一连串祈祷，就像彩色烟雾中的一朵朵小云圈。勃勒塔尼夫人梦到凌晨三点她在一个陌生村庄中按响一座木板房的门铃。她似乎在寻找她洗好的衣物，而开门的陌生人突然说："哦，我以为是弗兰西斯，我以为弗兰西斯回家来了！"勃勒塔尼先生梦见他在一条小溪中钓鲑鱼，那小溪中的石头就像任何废墟中的石头一样，像模像样地安放着，具有一种深邃的历史感，就像一个古代遗迹的街道和长方形廊柱大厅一样。达莫夫人梦见她沿着梦中清晰的河流航行着，而睡在她身旁的达莫先生则爬上了马特洪恩山[1]。杰克·勃莱特尔梦到一片没有匍匐冰草的草地，一条没有野草的车道，一座没有蚜虫、地老虎和黑斑病的花园，一座没有黄褐天幕毛虫的果园。他的母亲在隔壁房间里梦见马萨诸塞州州长和州交通委员会主席给她戴上花冠，表彰她遵守限速规定、交通灯和

1　马特洪恩山：海拔四千四百七十八米，是阿尔卑斯山最美丽的山峰，位于瑞士和意大利边境。

禁行标志的模范行为。她穿着雪白的长袍，数千人为她的德行向她鼓掌。那花冠却令人惊讶地沉重。

半夜之后，来了一场暴风雨。我就是在暴烈的雷声和闪电中看这村子最后一眼的，心中明白时间将给这乡村地区带来怎样严酷的影响。雷电在基督教堂的尖塔周围轰鸣、闪烁，那尖塔是我们与善恶进行吞噬一切的斗争的象征。我现在复述利安德淹死后，人们在他的钱包里发现的他写的话："让我们料想人的灵魂是不朽的，是完全能够忍受所有的善和所有的恶的。"在这乡间黑夜的静谧中，一个声音构成的深邃洞穴、一个深渊般的洞穴在漫漫的天际打开了，我正伫立其下的木头屋顶将雷雨的隆隆声变得更为惊天动地了。我永远不会再回来了，即使我回来，这里也不会再存有任何以往的东西了，什么也不会再有了，除了那记录曾经发生过的一切的墓碑。真的，什么都不会再有了。

图书在版编目（CIP）数据
沃普萧丑闻 /（美）约翰·契弗（John Cheever）著；朱世达译．—南京：译林出版社，2018.10
（约翰·契弗作品）
书名原文：The Wapshot Scandal
ISBN 978-7-5447-7364-5

I.①沃… II.①约… ②朱… III.①长篇小说－美国－现代 IV.①I712.45

中国版本图书馆 CIP 数据核字（2018）第 105234 号

著作权合同登记号　图字：10-2014-100 号

沃普萧丑闻［美国］约翰·契弗／著　朱世达／译

责任编辑　赵　奕
封面插画　Patrick Leger
装帧设计　@broussaille 私制
校　　对　张　堃
责任印制　颜　亮

原文出版　Vintage,1998
出版发行　译林出版社
地　　址　南京市湖南路 1 号 A 楼
邮　　箱　yilin@yilin.com
网　　址　www.yilin.com
市场热线　025-86633278
排　　版　南京展望文化发展有限公司
印　　刷　恒美印务（广州）有限公司
开　　本　787 毫米 × 1092 毫米　1/32
印　　张　11.375
插　　页　4
版　　次　2018 年 10 月第 1 版　2018 年 10 月第 1 次印刷
书　　号　ISBN 978-7-5447-7364-5
定　　价　68.00 元